Cuando seas mayor

Miguel Gane

Cuando seas mayor

SUMA
de letras

Papel certificado por el Forest Stewardship Council®

Primera edición: septiembre de 2019

© Miguel Gane, 2019
© 2019, Penguin Random House Grupo Editorial, S. A. U.
Travessera de Gràcia, 47-49. 08021 Barcelona

Printed in Spain – Impreso en España

ISBN: 978-84-91-29303-3
Depósito legal: B-15.239-2019

Impreso en Rodesa, Villatuerta (Navarra)

SL93033

Penguin
Random House
Grupo Editorial

«*No regreses. No pienses en nosotros. No telefonees. No escribas. No te dejes engañar por la nostalgia. Olvídate de todos. Si no resistes y vuelves, no quiero que me veas. No te dejaré entrar en mi casa, ¿entendido? Hagas lo que hagas, ámalo. Como amabas la cabina del Paradiso cuando eras niño*».

ALFREDO, *Cinema Paradiso*

«*Inima-i ca un cocor, spre țări calde pleacă-n zbor, atunci când e-n suflet iarnă*».

VOLTAJ, *de la Capat*

Para Eduard,
por traerme agua cuando tenía sed.

Para mis padres,
por ser el agua.

1

La cálida voz de mi madre me despertó la mañana de Navidad. Era casi una costumbre que, al tiempo que yo abría los ojos y me quejaba entre bostezos, ella se sentara en el borde de la cama para acariciarme la cabeza mientras me susurraba alguna canción. Esa noche no había pasado tanto frío como las anteriores, aunque me desvelé varias veces. Todo estaba oscuro y el único ruido de la casa era el tictac del reloj. Pero enseguida volvía a dormirme, accionando un mecanismo automático con la promesa de que sorprendería a Papá Noel dejándome el regalo debajo del árbol. A las seis y media, con su puntualidad característica, el canto de los gallos me despertó por segunda vez y comencé a revolverme debajo del edredón, pero volví a dormirme una hora más, hasta que mamá me agarró las axilas y, de un tirón, me incorporó sobre la cama. Todavía algo aturdido me dijo que fuese al salón. Entonces, como si me hubiesen echado un cubo de agua helada sobre la cara, abrí los ojos de par en par y esbocé una sonrisa. ¡Mi regalo! Me puse en pie y empecé a saltar sobre el colchón. Mis padres me lo tenían prohibido porque decían que me iba cargar el somier y las patas de madera, pero ese día no me importaba. Sentía que con cada salto llegaba un poco más arriba. Mi madre no decía nada, tan solo se limitaba a recoger cuidadosamente las almohadas y las mantas que se deslizaban al suelo. De un último impulso caí sobre la moqueta. Estaba fría. Por debajo del pijama una brisa de aire helado me puso la piel de gallina. Pero no importaba, había llegado el momento. Me metí la blusa en los pantalones y me los subí por encima del ombligo. Al tirar de las mangas del pijama para cubrirme los brazos, vi lo pequeño que me quedaba. Mis nueve años ya no cabían en él. En aquel momento deseé haber pedido uno nuevo, pero ya no podía ser. Ese año detallé en mi carta, con una precisión casi milimétrica qué era lo que quería.

Me fascinaban los soldados. Puede que fuera porque en mi pueblo había una base militar y me pasaba el día avistando militares, camiones y coches blindados del ejército rumano. De vez en cuando se escuchaban disparos de cañón y las montañas resonaban con fiereza. Pedí una bolsita con cien soldaditos de plástico. Verdes y grises. Y cien, ni uno más ni uno menos. En mi mente ya me veía organizando todas las batallas que imaginara. Tenía absolutamente claro que siempre sería el general de los verdes porque los soldados de mi pueblo iban de ese color. Le conté a Papá Noel que, además, cuando fuese mayor, quería ser militar y que los juguetes podrían ayudarme a aprender tácticas de combate y a familiarizarme con el entorno marcial. También le avisé de que había sacado buenas notas, que no me había metido en líos en todo el año y que siempre que mis padres me requerían para algo, obedecía. Le había dicho todo esto porque en el pueblo éramos pocos los niños a quienes se nos regalaba lo que pedíamos. Incluso éramos pocos a quienes se nos regalaba algo parecido a lo que pedíamos. Hasta aquel momento yo nunca había querido nada en particular y tenía la tranquila sensación de que Papá Noel siempre había acertado.

El árbol de Navidad desprendía su olor característico por todo el salón. Lo había elegido yo mismo a principios de diciembre, antes de que cayesen las primeras nevadas, cuando subí con mi padre a la *magura** para buscar uno. Ese año había sido el primero en el que papá me había dejado llevar el hacha durante unos minutos. Me sentía muy orgulloso y estaba deseando contárselo a mis amigos, sobre todo a Eduard. Casi toda la colina estaba llena de vecinos que iban a hacer lo mismo que nosotros. Mi padre los saludaba e intercambiaba unas pocas palabras sobre el tiempo con algunos. Desde todos los rincones se escuchaba cómo las hachas impactaban en los troncos. Una y otra vez. Yo escogí un pino mediano. No medía más de dos metros y estaba repleto de ramas. Tenía una estructura perfecta. Era como un triángulo

---

* Forma tradicional para denominar a las colinas altas que hay en los pueblos de montaña rumanos.

isósceles. Parecía estar hecho a medida para nuestro pequeño salón. Mi padre no tardó mucho rato en tirarlo abajo. Como no podíamos arrastrarlo por la colina, lo ayudé a llevarlo sobre los hombros, aunque yo cargaba con la punta, que era la parte que menos pesaba. Cuando lo metimos en la casa vimos que habíamos acertado porque encajaba a la perfección. Mi madre ya tenía preparadas sus cajas con todo tipo de decoraciones. Había bolas rojas, amarillas, azules, doradas y plateadas. Además, lo envolveríamos con una tira de luces que brillaban mucho y le colgaríamos bombones y chocolatinas. Me pasé varias horas haciendo agujeritos en los envoltorios y pasando un hilo para poder atarlas a las ramas. Fue duro resistirme a la tentación de comérmelos, pero lo hice por el placer de devorarlos poco a poco a lo largo de las fiestas, aunque me comí alguno a escondidas y volví a cerrar el envoltorio de plástico para que mis padres no se diesen cuenta. *Ojalá tuviéramos una cámara para hacerle una fotografía,* pensé. El resultado era una amalgama de colores sin ningún sentido. Algunas de las bombillitas no se encendían y le daban un aspecto un tanto bochornoso y cutre, pero a nosotros no nos importaba.

Esa mañana vi apoyada en el tronco una bolsa de plástico con un pequeño lazo rojo atado a los bordes. Visualicé los hombrecitos diminutos esperándome. Estaba feliz y excitado. La agarré y rompí la atadura de un tirón. No quise mirar lo que había dentro, pero por el peso calculé que perfectamente podía ser lo que había pedido. *Ojalá, ojalá, ojalá,* repetía mi cabeza. Estuve a punto de rezar un padrenuestro.

Pero no lo hice. Sentía el tacto del plástico en mis yemas y en el antebrazo, hundí la mano dentro de la bolsa y dejé de pensar completamente. Agarré un par de calcetines y, algo sorprendido, los saqué. Entonces abrí las asas todo lo que pude y vi dos plátanos y un huevo Kinder. Nada de soldados verdes. Nada de soldados grises. La dejé caer al suelo, poco a poco, hasta quedar arrugada junto a las hojas de pino muertas y a lo más vivo de la miseria.

2

La vida era complicada para un niño en un mundo de adultos, quiero decir, uno en el que a los niños no se les permitía serlo en cuanto tomaban conciencia del entorno en el que vivían; un mundo que no reía.

Después de descubrir mis regalos, mi madre asomó por la puerta del salón. Su rostro esbozó la sonrisa más triste que había visto en mi vida. Yo me sentía decepcionado con Papá Noel, y en aquel instante pensé que mi madre también. Me acerqué a ella y, sin mediar palabra, rodeé su cintura con mis pequeños brazos y sentí cómo sus manos subían y bajaban por mi espalda, consolándome. No entendía qué había hecho mal para que Papá Noel no hubiera tenido en cuenta mi carta. Mi madre no decía nada, tal vez era su forma de protegerme. Pero sus ojos hablaban, gritaban a su manera que no habían podido darme más, que ese era el límite de lo que teníamos. Le devolví la sonrisa y, con los regalos en la mano, seguí abrazado a su cuerpo. Pensé en compartirlos con ella y con mi padre, me daba mucha pena que a ellos no les hubiese dejado nada.

Papá llegaría a casa por la tarde. Llevaba fuera desde el día anterior, pues su turno era de veinticuatro horas. Trabajaba como portero en una empresa de fabricación de coches llamada ARO. Me hubiese gustado mucho que hubiera podido estar con nosotros esa mañana. Mi padre era muy estricto, pero siempre se las ingeniaba para ponerme feliz cuando me veía triste. Seguro que se le habría ocurrido algo para solucionar lo que más tarde calificaría como «un terrible error de Santa Claus».

Mami dedicó su mañana a limpiar la casa, a lavar los platos amontonados en la cocina, a recoger la colada y ponerla a secar sobre el respaldo de algunas sillas del salón. La ropa estaba tan helada que parecía que no se iba a descongelar nunca. Después se puso a planchar. No me gustaba verla planchar, me daba miedo porque la plancha de hierro me parecía peligrosa. Una vez me había quemado con ella y todavía tenía una marca en el brazo. Para que la ropa quedase bien, mi madre tenía que apretar con mucha presión y siempre acababa sudando y agotada, como si viniese de subir y bajar la colina un par de veces. A media mañana me avisó de que tenía que irse a casa de uno de los jefes más importantes de mi padre, un señor al que todo el mundo llamaba *domndirector*, para ayudar a su mujer a preparar una cena muy importante. Según esta le había dicho, parecía que el día de

Navidad era una magnífica ocasión para hacer negocios y su marido iba a recibir a varios clientes de Bucarest, unos políticos importantes y también unos americanos. Era todo un acontecimiento porque en el pueblo nunca se había visto un extranjero. Incluso había contratado a Maria Ciobanu y a Ion Dolanescu para cantar canciones populares rumanas. Las ancianas del pueblo no paraban de repetirlo cada día con una mezcla de envidia y admiración. Mamá me advirtió antes de marcharse de que me quedara tranquilo en casa y, especialmente, de que no saliese hasta que no llegara mi padre. Me animó a terminar *Los viajes de Gulliver*, el libro que nos habían mandado leer en el colegio, y a ir adelantando las redacciones de Lengua que debía entregar el primer día de clase. También me recordó que había metido leña suficiente en la estufa de su habitación y que aguantaría varias horas. Era la única estufa que había en la casa y me encantaba llegar empapado de nieve y pegar mi cuerpo a la terracota hasta que entraba en calor.

Se despidió dándome un beso en los labios y revolviéndome el pelo. Luego la vi perdiéndose a lo lejos a través de la ventana que daba al jardín delantero de la casa. En cuanto se fue me puse en pie, solté el libro, agarré mi abrigo, me calcé las botas de nieve, y, vestido con el pijama, salí al patio. Al abrir la puerta el sol me dio en la cara y agradecí tener que cerrar los ojos por un momento. Me hubiese gustado quedarme así un buen rato, pero volví a la tierra al escuchar la voz chillona de mi mejor amigo, Eduard. Estaba asomado a la ventana de su casa. Casi en un arrebato, me preguntó qué me había traído y, sin dejarme responder, me sacó una mano por la ventana y me enseñó un mando. Yo no le contesté nada, pero sonreí con una complicidad que le hizo creer que yo también tenía mi deseado regalo. El coche teledirigido de policía que pidió en su carta sí le había llegado. Lo agitaba de lado a lado. Estaba muy feliz y no paraba de chillarme que subiese. Esa mañana Eduard también estaba solo. Sus padres eran propietarios de dos de las tiendas que había en el pueblo. Una de ellas inicialmente era una panadería, pero creció hasta que decidieron convertirla también en una *pâtisserie*, donde hacían unos hojaldres rellenos de queso que se volvieron famosos en casi toda la región, hasta tal punto que la gente de Bucarest venía expresamente para probarlos. La otra era de alimentación, aunque a partir de cierta hora se convertía en una taberna donde solo vendían aguardiente de pera y vino de uva roja. En el pueblo se bebía mucho y la única distracción, aparte de la televisión, era echar las tardes jugando a *barbut** con los otros vecinos.

Salté la valla como de costumbre, dejé las botas tiradas en la entrada, solté el abrigo sobre la moqueta de su salón y subí a su habitación. Mi madre siempre me decía que era una falta de respeto no descalzarte si entrabas en el hogar de alguien. La casa de Eduard era mucho más grande que la mía y además tenía dos plantas. No solía ir muy a menudo pues su madre, doña Carmen, decía que ensuciábamos y alborotábamos. Lo que más me impresionaba era el gran tapete con el pavo real que cubría una de las paredes de la entrada. En

---

* Juego de dedos.

la planta de abajo, en el salón, había un enorme sofá de piel negra, junto a una televisión con una pantalla mucho más amplia que la que yo tenía y una mesita de cristal con los bordes dorados sobre la que descansaba un cenicero que, de vez en cuando, ensuciaba el padre de Eduard con alguna colilla. También tenían una vitrina de madera pintada de negro, en la que había talladas varias figuras extrañas. Dentro guardaban unas copas con los bordes dorados y unos platos enormes y relucientes que sacaban solamente en ocasiones especiales. También tenían un despacho, aunque ahí nunca entré porque estaba prohibido. En las escaleras, a lo largo de la pared blanca, había colgados varios cuadros con unos paisajes horrorosos y unos pequeños y antiguos retratos de sus abuelos. En el suelo de mármol se extendía una moqueta roja que estaba sujeta por unos tornillos dorados. Los escalones terminaban delante de una fotografía de mi amigo, vestido de elfo. Había tres habitaciones, aunque yo solamente podía entrar en la de Eduard. También tenían un baño azul con una bañera tan grande como en las películas, aunque algo amarilla por los bordes. No había muchas casas así en mi pueblo.

Eduard me atropelló con el coche nada más verme. Iba hacia adelante, hacia atrás e incluso giraba a los lados. Si activabas un botón, sonaba la sirena y, ciertamente, el ruido era demasiado molesto para que sus padres lo aguantasen mucho tiempo. Jugamos con él durante bastante rato, pero poco a poco nuestra emoción inicial se fue apagando como una vela. Pusimos los dibujos de Cartoon Network, pero también dejamos de prestarles mucha atención, así que mi amigo me dijo que llevase mis soldaditos para hacer una batalla.

Él tenía una caja llena. Sin que se me notara la decepción, le comenté que mi madre me había prohibido sacarlos de casa por si los perdía. Hizo una mueca y esparció todo su cajón por el suelo. Cientos de ellos. Nos tiramos un buen rato montando campos de batalla que destrozábamos en pocos segundos. Seguíamos en pijama y no teníamos ninguna intención de cambiarnos. Jugábamos y reíamos. A las dos de la tarde tenía que volver a casa porque mi padre regresaría y debía estar ahí, tal y como me advirtió mamá. Me despedí de Eduard con una palmada en el hombro y bajé corriendo las escaleras. Doña Carmen también estaría a punto de llegar y no quería que me viese. Salté la valla y me encontré a mi perra, *Cassandra*, tumbada sobre el felpudo del pequeño escalón de mi puerta. Tenía pinta de estar hambrienta y eso me recordó que yo también tenía la barriga vacía. Pero me puse a hacer mis tareas y se me olvidó.

Me terminé el libro, hice dos composiciones y las corregí varias veces. Fuera iba cayendo la tarde y el sol iba desapareciendo detrás de los valles, pero mamá no llegaba. En esos meses anochecía alrededor de las cinco y me gustaba ver cómo la oscuridad se acercaba poco a poco. No entendía qué pasaba exactamente con el sol, aunque me imaginaba que también se iba a dormir. El fuego de la estufa se había apagado y la casa estaba cada vez más fría. Volví a ponerme el abrigo y me calcé el par de calcetines que había recibido esa mañana. Ciertamente eran bastante gruesos. Volví a sentir hambre y empecé a fantasear con unas ricas patatas fritas con sal y dos huevos cocidos recién hechos, con un poco de queso ahumado frito. Incluso me hubiera conformado con unas manzanas con pan. Sentía en el paladar el sabor de la yema y el de la corteza roja. Me relamí los labios varias veces, pero no llegaba nadie a casa y sabía que no podía hacer nada, salvo esperar. Tenía terminantemente prohibido acercarme a la bombona de gas que prendía la estufa de la cocina. Se suponía que mi padre tenía que haber vuelto sobre las tres, pero no había ni rastro de él y tampoco de mamá. Aun así esperé hasta que no pude más. Entonces recordé los plátanos. Y el huevo de chocolate. Aquel día de Navidad devoré las frutas hasta rebañar la cáscara con los dientes y sentir el sabor ácido y amargo en la boca. Luego partí el huevo en pequeños trozos, blancos y negros, y me lo fui comiendo poco a poco, para que durara más. Escuché ruido fuera, volví a mirar por la ventana y divisé a la familia de mi amigo Eduard sentándose en la mesa. Depués seguí esperando.

3

Los preparativos de la cena se alargaron mucho más de lo esperado. A última hora, varios clientes importantes de Bucarest avisaron de que iban a asistir a la fiesta. El viaje era largo y todo tenía que estar a punto. Mesas grandes y largas, vasos impolutos, botellas de buen vino y de aguardiente tan suave como la seda, comida tradicional, postres típicos y una hoguera enorme en el jardín para que los hombres pudiesen hablar de negocios al final de la velada. Antes de acabar su turno, un coche había ido a recoger a mi padre para llevarlo a casa de sus jefes. Tenía que encargarse de matar dos cerdos y preparar la carne. En mi pueblo, la matanza era algo típico de las Navidades y papá era de los pocos hombres que se atrevía con ella.

Todos estaban a disposición de lo que se les indicase. ARO era una de las empresas con más trabajadores de la región y daba empleo a medio pueblo. Llevaban fabricando coches 4×4 desde la época comunista y habían adquirido mucha fama a raíz de que uno de sus modelos ganase el rally París Dakar. Mucha gente presumía de que ellos habían trabajado en la construcción del coche vencedor. Recuerdo que *domn-director* solía decir con ironía y prepotencia: «Si trabajáis os irá bien a todos, pero mejor me irá a mí».

Ya de noche pude ver desde mi ventana la comitiva de vehículos que iba adentrándose en el pueblo. Había desde Mercedes hasta Dacias. Incluso vi una limusina. Era la primera vez en mi vida que veía una. No tenía ni idea de quién era la persona que iba dentro, pero estaba seguro de que sería alguien importante. Me avergoncé un poco del mal estado de la carretera.

No sé exactamente la hora a la que volvieron a casa mis padres, pero yo estaba a punto de quedarme dormido. Recuerdo que cuando entraron olían a humo y parecían muy cansados. Cargaban varias bolsas llenas de embutidos que mi padre habría transportado en su vieja bicicleta Ukraina. Mi madre y yo sospechábamos que le tenía tanto cariño que se había convertido en el cuarto miembro de nuestra familia. Me encontraron tumbado en la cama, pequeñito, hecho un ovillo, tiritando, combatiendo el frío como podía con el abrigo, los guantes, un gorro grueso y varios pares de calcetines. Les devolví una mirada inocente y apenas pude articular palabra. La estufa llevaba fría varias horas. Mi madre, rápidamente, se acercó a la cama y con el dorso de su mano me tocó la cara. «Estás helado», exclamó. Le indicó a mi padre con el dedo que sacase otra manta del armario y me la puso encima. Luego él salió de la casa en busca de leña. La guardábamos en un pequeño depósito que había al lado de la cocina. Ambas estaban separadas de la casa. Enseguida volvió con una brazada de madera seca, cortada en días anteriores, y el pequeño bidón de gasolina. Si bien me encantaba esa combinación de olores, en aquel momento tenía tanto frío que sentía que no podía respirar. Se arrodilló delante de la puertecita de hierro y la abrió. Me miró y me dijo que me acercase lo máximo posible para sentir el calor del fuego cuanto antes. Metió toda la leña que había traído, sacó varias cerillas y le prendió fuego al líquido que había rociado previamente. Papá se sentó a mi lado y me abrazó. Probablemente ese sea uno de los primeros abrazos que recuerdo de él. Luego metió las palmas de mis manos entre las suyas y empezó a soplar y a frotar para calentarlas. Mi madre estaba sentada en la cama, tratando también de entrar en calor, pero se levantó para acercarse al armario y coger su chaqueta de lana. Acto seguido, escuché cómo salía por la puerta; probablemente fuera a la cocina. Se llevó con ella las bolsas que habían traído. La mano fuerte de mi padre me frotó el cuerpo rápidamente en ademán de calentarme hasta que mis labios perdieron el color morado y dejé de tiritar. El calor pegaba tan fuerte como un guantazo y cuando me preguntó si estaba mejor afirmé con la cabeza.

Nuestra cocina era un pequeño cuarto cuyas paredes de ladrillo estaban tapadas con unas enormes placas de contrachapado que mi padre colocó como pudo en el verano. Tenía lo básico. Varias sillas de madera, una pequeña mesa pegada a la pared que, a menudo, estaba llena de migas de pan, un armario con varios cajones donde guardábamos los cubiertos y los manteles de las ocasiones especiales y, justo al lado de la pequeña ventana rectangular, una estufa donde calentábamos la comida y el agua. En un rincón, sobre un soporte de plástico, mami tenía colocados los platos, las cazuelas, algunos cazos y todos los demás artilugios necesarios para cocinar. Cuando volvió de allí yo estaba mucho más relajado. Tati —así llamaba a papá en esa época— seguía a mi lado. Me había llevado una sopa caliente y un té de limón. «Come», me dijo mientras me tocaba la barbilla y sonreía cariñosamente. Me incorporé y, si bien mis padres me tenían terminantemente prohibido comer en la cama, esa vez hicieron una excepción. Cerré los ojos y sentí cómo la sopa me ardía en la punta de la lengua. Eché un poco de pan y la removí. Mis padres volvieron a salir de la habitación. Escuchaba sus voces en la cocina mientras me comía los trozos desechos. Fuera, la sombra más profunda ya había caído sobre el valle. Esa noche la luna estaba llena. El eco de la montaña transportaba el sonido de la música que anunciaba el banquete al que ni mis padres ni yo habíamos sido invitados. Las pinceladas de nieve que se divisaban levemente entre la oscuridad le daban al paisaje un aspecto cercano, aunque triste. La luz dejaba las primeras caricias sobre el pico de los árboles y todo indicaba que en las siguientes horas el valle iba a volver a llenarse de blanco. Incorporado sobre la cama, apurando las últimas migas del plato, miré por la ventana y pensé si alguna vez llegaría el día en el que perdiera de vista todo lo que tenía delante: esos árboles, esa naturaleza tan salvaje, la libertad de los pájaros en primavera... Me preguntaba si la gente rica también se fijaba en las mismas cosas en las que nos fijábamos los pobres. Entonces mi madre entró al cuarto y me preguntó si quería un poco de ensalada de *boeuf.** Le contesté que no mientras le tendía el plato de sopa vacío. Ella me sonrió mientras volvía a salir. Clavé la mirada en un poste de luz que había en el pico más alto de una colina y deseé que hubiese alguien ahí, en ese mismo instante, mirando mi ventana, preguntándose quién había al otro lado.

---

* Ensaladilla rusa.

4

Mi madre era la persona más importante de mi vida. Pasábamos mucho tiempo juntos y siempre aprendía algo nuevo de ella. No tenía un puesto fijo de trabajo como tati, sino que acudía cuando alguna vecina la llamaba para algo relacionado con la cocina. Mamá hacía unas comidas excelentes y todo el mundo halagaba sus platos. A veces era eso mismo lo que nos aseguraba poder comer algo que no fuesen patatas o pan con mermelada. Le solían dar las sobras. Era una mujer muy generosa, tanto que se sentía casi culpable cuando las vecinas le daban por pago alguna cosa de más. Muchas veces la escuchaba contarle a mi padre que prefería que le diesen dinero en lugar de comida, pero que nunca tendría la indecencia de pedirlo. Trataba de contentar a todo el mundo, cosa que en el pueblo era muy complicada, pero ella lo conseguía estando siempre atenta a los detalles.

Era una amante de los detalles. Por ejemplo, tenía una lista con los cumpleaños de aquellas mujeres que le daban trabajo y, cuando llegaba el día, se presentaba, de buena mañana, en sus casas, con algún pastel de manzana o de arándanos. Adoraba preparar postres porque decía que alegraban el carácter de todo el mundo.

Era una persona callada y nunca andaba con chismes. Tal vez por eso mismo era una lectora tan descomunal. No le interesaba lo que había fuera porque el mundo que llevaba dentro era demasiado extenso. Devoraba novelas como nunca he visto hacer a nadie. Cada noche venía a mi cama, encendía el candelabro que colgaba encima del cabecero junto a una imagen de Cristo y se ponía a leer hasta asegurarse de que me quedaba completamente dormido. Mamá decía que no tenía un libro favorito, más bien tenía momentos favoritos en los que leía. Y ese era uno de ellos. Cerraba los ojos mientras escuchaba cómo su nariz respiraba letras, sus labios susurraban palabras y sus dedos frágiles pasaban páginas y páginas. Papá siempre le decía que, si había una mujer capaz de dedicarse a leer todo lo que le quedaba de vida, era ella.

Sin embargo, lo que más me gustaba de mi madre eran sus manos: cálidas, blancas, tiernas como los pasteles que preparaba. A veces se posaban en mi espalda, me estrujaban y podía sentir toda la bondad que desprendían. Cuando me acariciaba el pelo, sus uñas me provocaban las cosquillas más placenteras de mi vida y entonces me invadía una extraña sensación de pertenencia, como si sus finos y largos dedos me hubiesen cubierto entero, desde los pies hasta el último pelo, como un caparazón. Cerraba los ojos y volvía a estar dentro de su regazo, donde todo era calor e inocencia. De alguna forma, mi madre vivía en un mundo para el que no estaba hecha, porque en el pueblo la sensibilidad se miraba con ojos acusadores.

Era curioso, porque tati se enamoró de ella desde que siendo muy joven. Eran compañeros en el liceo y participaban en todos los desfiles que los comunistas organizaban durante el gobierno de Ceausescu. El líder era lo único que importaba en aquellos días negros, pero mi padre encontró en mamá un clavo al que agarrarse. Desde el momento en el que la vio supo que se iban a casar. Siempre me he imaginado la escena como si fuese una película americana de las que emitían cada domingo en PRO TV y que solíamos ver los tres juntos, tumbados en la cama en nuestra vieja tele.

Lo primero que le dijeron sus padres fue que con una mujer como ella no iba a llegar a ningún lado, porque prefería leer un libro a agarrar una guadaña o sembrar la tierra. Mi abuela tenía otros planes para la vida de mi padre y no cesaba en el oficio de buscarle esposa. No quería que se casase con una mujer de clase baja. Y tenían razón, claro, pero a papá lo que le gustaba de ella era eso, que mi madre era una mujer diferente a las demás. Por eso, nada más terminar los estudios y antes de enrolarse en el servicio militar, le pidió matrimonio. Se presentó en una de sus citas con un ramo de flores —siempre impares, porque decían que el número par trae mala suerte y solamente se da cuando alguien ha muerto—, e hizo lo que llevaba tiempo deseando. La sentía un poco suya y cada vez que estaba en sus brazos no le importaba nada más. Como si fuese un libro. Mi madre tampoco dudó ni un instante, estaba enamorada y le dijo que sí. Se casaron un mes de abril. Papá se había dejado bigote en el ejército y mi madre lo obligó a afeitarse después de la boda. En la pared de su cuarto había una fotografía enmarcada donde se ve a mi padre con su arma y su largo mostacho negro. Sonríe y el bigote le tapa parte de los dientes. Cuando fallecieron mis abuelos paternos, algunos años después de su boda, se llevaron a la tumba todo el ajuar que correspondía a mi padre. Las vasijas de oro, los colgantes, las perlas de mi abuela... Vendieron su casa, donando el dinero a la Iglesia. Solamente le dejaron en propiedad la casa en la que vivíamos. Mis padres siempre recordaban cómo, después de tener su sí, mi padre fue a pedir su mano a casa de mis abuelos maternos y se quedó en blanco. Enseguida, mi madre rompió el hielo, aunque todos sabían a lo que había acudido. Siendo mi madre su única hija y sabiendo que mi padre tendría una casa, mis abuelos maternos decidieron dar el visto bueno al matrimonio.

Como era de esperar, los padres de mi padre no asistieron a la boda. Pero eso no importó. Mis padres guardaban varias fotografías, también en blanco y negro, de aquel día. Se pueden ver muchos invitados, aunque cada vez que las miraba no reconocía a ninguno. Había amigos, compañeros de liceo, primos lejanos y tías a las que llevaban años sin ver. Había una foto hecha enfrente de la iglesia del pueblo en la que se ve a mi madre debajo de una imagen de san Miguel arcángel, con la cara cubierta por un velo largo con flores bordadas. Tati estaba a su lado, agarrándole la mano, orgulloso y contento, con una pose algo infantil y vistiendo un traje negro con rayas en cuyo bolsillo asoma un pañuelo con una rosa, también bordada. Siempre que las veíamos, mami repetía que esa casualidad floral no fue intencionada, más bien al contrario. Mi padre llevaba clavada una aguja, cerca del hombro, que sostenía un billete de un millón de leis. La tradición decía que era una buena señal de prosperidad. Además, ese día llovió tanto que pensaron que el pueblo acabaría inundado. Las viejas recordaron que ese era el augurio de la felicidad y del dinero. Ninguno de los dos guardó nada más de aquel acontecimiento, salvo el recuerdo. El traje de mi madre era alquilado y mi padre tuvo que vender el suyo.

Aún siguen queriéndose como el primer día. Lo sé porque siempre recuerdan los momentos felices y creo que el amor es eso, estar juntos en la salud, en la enfermedad, en la riqueza y en la pobreza. Sobre todo, en la pobreza.

5

Había nevado y el pueblo estaba precioso. Era sábado y todo se encontraba muy tranquilo. De vez en cuando pasaba algún gitano con su carroza gritando a pleno pulmón que vendía unos buenos troncos de aliso. Hasta las seis de la tarde en casa estaba prohibido tener la luz encendida, pero ese día hicimos una excepción. Mi madre se metió en la cocina desde las primeras horas. Mientras tanto tati se encargó de cortar leña para la noche y yo limpié las ramitas de pino del árbol de Navidad que habían caído al suelo a lo largo del día. Además, mi madre había calentado agua y, como todos los sábados, me lavé las manos hasta los codos. También la nuca, la cara y los pies. El jabón de lagarto se me escurría constantemente por lo grande que era. Luego tiré en la fina capa de nieve el agua de la artesa de madera y me quedé observando cómo se fundía lentamente. Cuando abrí la puerta me salía humo de las manos y me puse a abrir la boca y a soltar el aire como si estuviese fumando; me encantaba. Cuando mi madre terminó de cocinar, volvió a la casa y dijo que ese día cenaríamos en el salón porque en la cocina hacía demasiado frío. Los tablones que papá puso no aislaban lo suficiente y el aire entraba por los bordes de la ventana. Ni siquiera el fogón bastaba para mantenernos calientes. Además, era una ocasión especial. Mamá guardaba los platos y los vasos buenos en los armarios que había en la vitrina del salón. Estaba tan golpeada y desgastada que siempre me preguntaba cuánto tiempo aguantaría en pie. Le acerqué un taburete y empezó a pasármelos de uno en uno. Los dejé cuidadosamente sobre la mesa. Había sido el regalo de boda que sus padres le habían hecho. Una buena vajilla. Mi padre había extendido el mantel rojo que, si bien algo desgastado, le daba a la sala un toque navideño. Mientras colocamos los cubiertos, mi madre salió hacia la cocina para volver con la comida. La había tapado con varios paños pequeños, pero el olor era inconfundible. Mamá olía a libros y a comida, sobre todo en esas fechas.

Nos sentamos a la mesa y papá subió el volumen de la tele porque quería escuchar el partido. Disfrutaba mucho picándome con el fútbol. Él era del Steaua, yo del Rapid y mamá decía que, en función de mis notas, ella apoyaría a uno u otro, cosa que me daba rabia porque quería ganarle a mi padre de cualquier forma. Mamá encendió una vela y la colocó en el centro de la mesa. Se la habían regalado. Antes de empezar a cenar, rezamos. Papá dio las gracias por estar juntos un año más y porque Dios nos había permitido conseguir unos alimentos que en otros tiempos eran impensables. Después recitó un padrenuestro y mi madre y yo lo acompañamos en el amén. Cuando abrimos los ojos, una sonrisa invitaba a mamá a destapar las cazuelas. Antes de empezar me preguntó si me había lavado las manos y, para comprobar si estaban frías y húmedas, se las llevó a su mejilla. Había preparado carne de cerdo ahumada con salsa de tomate y patatas asadas. Además, había segundo plato, lo que era infrecuente, una cacerola de *bulz** que partimos en tres y de la que yo me quedé con el pedazo más pequeño. Para terminar, pastel de manzana caliente. Me encantaba morder su masa esponjosa y sentir cómo se me derretía en la boca. Apenas usé los cubiertos en toda la cena, si bien mis padres me llamaban la atención porque me estaba ensuciando de grasa y me iba a manchar el pijama, destrozándolo mucho más de lo que ya estaba. Tati sacó una botella de vino que le había regalado *domn-director*. Era un tinto que había estado tres años reposando. Yo no sabía lo que significaba, pero sonaba como algo importante. Probablemente, cuando lo metieron en la bolsa, mis padres pensaron que íbamos a beber lo mismo que toda aquella gente rica, y tal vez se sintiesen reconfortados por un momento. La carne era de la espalda de uno de los cerdos que mi padre había matado la tarde anterior. Tati cogió la botella y le sirvió primero a mami y luego a mí. «Dos deditos —decía—, para que puedas brindar». Luego abrió una botella de soda y la vertió sobre su vaso de vino hasta llenarlo. Nuestras bromas inocentes acompañaron al

---

* Especialidad rumana de polenta y queso fundido.

tintineo de los cristales al chocarse. El partido ya no importaba. Cuando terminamos la cena mamá se acordó de que nos habíamos dejado algo. Fue a la cocina rápidamente y trajo un tarro con una tapa roja del que sacó varias rodajas de *sorici**, aunque yo no pude comerme más que unos pocos trozos. Me chupé un dedo y lo mojé en el botecito de sal. Luego lo extendí por la corteza y tati se encargó de quitarle la grasa con un cuchillo. Estaba muy blanda y no me dolían los dientes al masticarla.

Esa noche cenamos en paz, en el calor del hogar, sentados sobre la inmensidad del cariño y de lo diminuto. Era la ocasión. Ese vino, esas sobras de carne, el *bulz*, algo de *sorici*, la vela y el árbol eran el máximo lujo que podíamos permitirnos. Ninguno de nosotros era consciente de cuánto iban a cambiar las cosas y todo lo que íbamos a perder por el camino. Fuera empezaba a nevar de nuevo y esa noche estuvimos despiertos hasta que la vela se agotó, hablando de sueños y de esperanzas, viendo cómo las colinas se iban vistiendo de boda.

---

* Corteza que se genera con la piel del cerdo.

6

A la mañana siguiente la nieve había cubierto todo el valle. Papá entraba a trabajar por la tarde, pero antes yo tendría que ayudarle a despejar la parcela, a deshelar la bomba de agua y las ventanas. También debía colocar en el pequeño depósito de madera la leña que mi padre cortaba y, especialmente, tenía encargada la tarea de limpiar su bicicleta. Mis padres se calentaron un poco de café en el hervidor y se lo tomaron en unas tacitas pequeñas mientras hablaban sobre lo que harían a lo largo del día. Yo los miraba y los escuchaba con atención. Me tenían prohibido tomar café porque decían que era peligroso para los niños y que podría explotarme el corazón. Si bien no solía comer nada antes de las doce, esa mañana desayuné lo que sobraba del pastel de manzana y un poco de *mamaliga.**

---

* Polenta.

La tarea de despejar el camino era muy cansada. Tenía una pala mucho más pequeña que la de papá y con ella hacía frente, como podía, a la nieve que me llegaba hasta las rodillas. La había usado muchas veces aquellos inviernos y ya me había acostumbrado a la fricción de la madera con mi piel, pero ese día llevaba guantes, por lo que no agarraba tan bien y se me resbalaba constantemente. Mientras paleaba, se me ocurrió que cuando Eduard saliese de su casa podríamos hacer un muñeco. Mi madre, detrás de nosotros, se encargaba de barrer con una gran escoba hecha de paja madura los restos que las palas dejaban para que no se formase hielo. De vez en cuando, se paraba a reposar y estiraba un poco la espalda. Tenía la impresión de que la barriga le había crecido un poco últimamente. Al lado de mi casa, junto a una farola de cemento, paraba el microbús que hacía ruta por la calle principal, de modo que había bastantes transeúntes, además de los vecinos, que nos daban los buenos días y algunos incluso nos transmitían sus buenos deseos con un *spor la treaba*.* Un amigo de mi padre, el señor Vali, se paró delante de nuestra casa y me llamó. Llevaba su inconfundible gorro de militar ruso. Cargaba un trineo con varias bolsas y, mientras me preguntaba si me había portado bien, sacó un poco de pan de jengibre de una de ellas y me lo dio. Pude ver la botellita de aguardiente en el bolsillo de su chaleco de lana. Sabía que estaba enfermo y por ello tenía terminantemente prohibido beber alcohol, pero no dije nada. Sonreí y le agradecí el detalle. También se

---

* Expresión rumana que se usa para desearle a alguien que su trabajo sea lo más efectivo posible.

paró la señora Mariana para decirle a mi madre que, pasadas las fiestas, tendría que acercarse a su casa para recoger unas cosas. No le dijo qué, pero sabíamos que su hija le mandaba de vez en cuando ropa desde Alemania y a nosotros nos daba la que no quería. Después pasaron unas carrozas de gitanos y nos ofrecieron grandes troncos de madera, pero como no les decíamos nada siguieron su camino.

A ratos, cuando el viento despejaba el cielo, asomaban los rayos de sol que nos golpeaban en la cara y, como no teníamos gafas ni crema, nos quemamos la nariz y los pómulos. Yo empezaba a sudar y tenía la tentación de quitarme la bufanda o los guantes, pero mi madre no me lo permitía. Admiraba que mi padre solo llevase un jersey roído y una camiseta interior que, de tanto lavarla, se había vuelto amarillenta. También tenía una boina de lado y de vez en cuando se la enderezaba, aunque volvía a caerse en cuanto agachaba un poco la cabeza. El pantalón militar le venía largo, pero metido dentro de las altas botas de goma no quedaba tan mal. Mi madre llevaba un mono rojo con el que, entre tanta nieve, era difícil pasar desapercibida. Hablábamos de cosas sin importancia para hacer más amena la tarea: mis deberes, el cole, quiénes sacaban mejores notas... Cuando terminamos, los tres teníamos la nariz helada y el cuerpo lleno de sudor. Papá calculó que habría caído cerca de medio metro de nieve y mi madre confirmó con la cabeza, argumentando que casi llega al pomo de la puerta de la cocina que, ciertamente, estaba colocado algo bajo.

Entramos en casa y mamá llevó tres tazas de té caliente hecho con el tomillo que papá había recogido antes del verano y que habíamos guardado en bolsitas para todo el año. Fuera, entre la brisa de la montaña, se empezó a escuchar la risa de Eduard. Miré a mis padres y no hizo falta ninguna petición de permiso para saber que tenía su aprobación para zambullirme otra vez en el frío de la calle. Me encantaba jugar en la nieve, organizábamos verdaderos campos de batalla con bolas cuando nos juntábamos varios amigos, incluso cavábamos trincheras y hacíamos túneles. Aunque no solíamos quedar tantos en invierno, la mayor parte del tiempo la pasaba solo con Eduard. Ese día decidimos hacer un muñeco en el jardín trasero de la parcela porque ahí no habíamos limpiado. Cuando Eduard vio los montículos, fue corriendo a tirarse encima. Esperaba que mis padres no lo hubiesen visto porque nos echarían la bronca por expandirla otra vez. Se lo advertí y le dije que me acompañase. «Tonto el último», grité; y los dos empezamos a correr hasta llegar a las vallas de madera que separaban mi casa del río que estaba al pie de la colina.

Empezamos con una bola pequeña y, poco a poco, haciéndola rodar por el suelo, se hizo más grande. Era bastante pesada y cuando ya no pudimos empujarla, consideramos que sería suficiente para la base. Volvimos a correr entre los árboles en busca de un buen montículo para hacer el tronco. Tenía la camiseta interior empapada y la sentía pegándose a mi piel, pero me daba igual. Me entró sed y me metí un poco de nieve en la boca. Vi a mi perra, *Cassandra,* asomándose, junto a la puerta de la cocina. A Eduard se le ocurrió que fuera a por ella para subir encima y ver cómo saltaba y se hundía en la nieve. Me pareció buena idea. Para no asustarla, me acerqué andando muy despacio, hablándole, «*Cutu, cutu, ven aquí*». No se movió, así que pude cargarla en mis brazos con facilidad, pero algo distrajo mi atención. Vi a mi padre por la ventana gesticulando con severidad y cierta extravagancia, como si se estuviese quejando, mientras mi madre permanecía cabizbaja sin participar en la conversación. Dejé a Cassandra y entré con la excusa de beber agua. No me oyeron. Cuando me dirigía a coger una botella, escuché su conversación. Papá decía que nos estábamos quedando sin leña, que teníamos que limitar, otra vez, la cantidad que usábamos y que debíamos ser más cuidadosos, pues no era un momento para derrochar. «Tal vez lo ideal sería encender el fuego solamente en la noche y dejar que se queme hasta las cenizas para reavivarlo un poco por la mañana con un par de troncos», decía. De todos modos, tenía la esperanza de que el invierno fuese más corto ese año. Mi madre le preguntó por qué no pedía un adelanto en el trabajo, pero él negó diciendo que un carro con buenos troncos valía ochocientos mil leis, demasiado para un adelanto. El salario de mi padre eran tres millones quinientos mil leis al mes, dinero insuficiente para mantener tres bocas y cubrir todas las necesidades, y, aunque siempre nos las habíamos apañado, parecía que aquel invierno teníamos el agua al cuello más que nunca. Mi madre se sentó en la cama y tiró al suelo el paño que llevaba en las manos. Dijo que no era justo. No podíamos quedarnos sin madera. Qué haríamos. No seríamos como la familia de los Ghiorghiu. Mi padre le reprochó por primera vez el hecho de no tener un trabajo fijo y le advirtió que quizá en primavera tendría que buscarse algo en la fábrica de costura o en una empresa de plásticos que unos italianos pretendían abrir en el pueblo. Ella argumentó que tenía que cuidar de mí. Además, añadió que no podía olvidar todos los problemas que tenía. Algo más serio, elevando la voz, papá respondió que yo ya era mayorcito, que podía comer solo y que no pasaba nada porque me limpiase el culo sin su ayuda. Comentó, en tono irónico: «Yo también tengo problemas». Cuando la discusión iba a encenderse, el ruido de uno de los vasos de cristal me delató al escurrirse y golpear la mesa. Ambos giraron la cabeza en mi dirección y me miraron. Mamá se acercó y, con una sonrisa forzada, me preguntó si necesitaba algo y si estaba todo bien. «Claro —respondí—, solo he venido a beber agua. Adiós». Mi padre, desde el otro lado del cuarto, me dijo: «En media hora te quiero en casa. Tienes que estudiar y preparar la tarea. Ya no tienes edad para andar jugando a esas cosas». Asentí zanjando el asunto, pero en cuanto salí por la puerta mi madre se giró y escuché cómo le respondía, diciéndole que me dejase en paz y que no pagase conmigo las deudas que tenía con su padre.

Dejé de escucharlos a medida que me alejaba de la casa y avisté a mi amigo esforzándose por subir el tercer montículo. Mi mente estaba todavía pensando en la discusión de mis padres cuando Eduard me preguntó si lo acompañaba a su casa a por materiales para darle cara y vestimenta al muñeco. Me lo volvió a preguntar dándome un toque en el hombro. Le dije que sí, aunque aún un poco abrumado. Rápidamente, saltó la valla que separaba nuestras parcelas y volvió con dos trozos redondos de carbón, una zanahoria, una vieja bufanda, un gorro de lana y dos palos de madera. Me los pasó, volvió a saltar la valla y recogimos unas piedras para dibujarle el abrigo y la boca. Cuando nos dirigíamos a colocarlo todo en el muñeco oí un portazo y vi a mi padre salir con su bicicleta. Después de colocar cada detalle, nos quedamos mirándolo. La boca estaba un poco torcida y los ojos no eran iguales, pero podía habernos salido peor. Recordé la advertencia de mi padre y me dio miedo no hacer caso, por lo que le dije a Eduard que era hora de volver a casa.

Mamá estaba sentada frente a la televisión. En el suelo había un vaso roto. Pisé con cuidado para no cortarme. Hacía frío, aunque no lo noté demasiado porque mi cuerpo aún estaba sofocado. Cabizbajo y silencioso, me quité la ropa húmeda y la dejé colgada sobre una de las sillas de la sala. Mamá no me miró, aunque sabía que estaba ahí. Casi desnudo, fui a mi cuarto, me acerqué al cabecero, cogí el bote de monedas que tenía y lo vacié sobre la cama. Ahí estaba parte del aguinaldo que había conseguido ese año. El acero de las monedas estaba helado y sentí el frío en mis yemas. Fui amontonándolas todas y ordené los billetes, de mayor a menor. Calculé que tenía unos quince mil leis. Me puse el pijama de siempre, lo recogí en un puñado y me fui al cuarto de mamá. La tele sonaba de fondo, pero mamá no la estaba mirando. Cuando me acerqué, vi que había llorado. Tenía la cara hinchada y roja. Se pasó el dedo índice por debajo del ojo izquierdo antes de forzar una sonrisa. Respiró fuerte y cuando me iba a preguntar qué quería, estiré las manos y le ofrecí en silencio el dinero.

7

Naturalmente, mi madre no aceptó mi dinero. Desde la inocencia más feroz, pensaba que mi granito de arena podía vencer a toda esa montaña que era el mundo en el que vivíamos. David contra Goliat. Y yo pretendía aportar mi nada. Porque eso era el dinero, nada. Y, mientras me abrazaba, escuché cómo mamá lloraba de nuevo. En mi hombro, como si yo fuese suficiente consuelo. Y no lo entendía, pues uno nunca entiende porqué llora una madre. Pensé si sería por mi culpa. *Pobre niño, pobre criatura,* me susurraba al oído, *todo va a ir bien, todo va a estar bien, ya lo verás.* Y creo que además de decírmelo a mí se lo estaba diciendo a ella. Era su forma de autoconsolarse. No sé de dónde provenía toda la fortaleza. Tal vez era algo innato de las mujeres del pueblo. Todas ellas trataban de sobrevivir en un entorno hostil.

Para los hombres del lugar, las mujeres nacían destinadas a casarse, parir, cuidar a los hijos, atender al marido y morir. Era todo un drama cuando una mujer moría antes que su esposo. Recuerdo el día de la muerte de la señora Liliana. Todos estaban mucho más preocupados de lo que haría su marido, el señor Mirel, que de la muerta. Ni en su velatorio ni en el camino a la iglesia escuché lamentos exagerados. Era habitual en el entierro de un hombre que las mujeres se tiraran de los pelos y se arrancaran las ropas, incluso las familiares más cercanas tenían el deber de aullar con la fuerza de los lobos. Se decía que si los llantos no eran sonoros, significaba que no querían lo suficiente al fallecido. Y la gente empezaba a hablar.

Cuando murieron los padres de papá yo era muy pequeño. No recuerdo nada del entierro, pero sí sé que fui a despedirme de ellos. Los besé a los dos y me santigüé en medio de la iglesia, delante del féretro. Primero se marchó mi abuelo Dumitru y después, a los tres meses, mi abuela Elizabeta. En el pueblo era raro tener hijos a partir de los cuarenta años y los vecinos los criticaron por tener a mi padre. A todos les preocupaba y les horrorizaba que ellos muriesen a los cincuenta —cosa muy habitual— y que papá se quedase huérfano.

Me contó mi padre que incluso el pope del pueblo hizo muecas cuando lo llevaron a bautizar. Pero mi abuela era una mujer con carácter, aunque nunca ignoraba la palabra de su marido. Si los dos estaban de acuerdo, ella era la que lo peleaba. Se presentó delante de la iglesia y cuando terminó la misa, interceptó al cura y le exigió que bautizase a su hijo o diría a gritos, en medio de la comunidad, que se negaba a salvar a su hijo de Satanás. Él sabía que mi abuela era capaz de esa vergüenza y muchas otras, así que accedió y a la semana siguiente lo bautizaron. Se expandió entre las vecinas el rumor de que el pope había cedido ante una mujer y aquello supuso otras muchas miradas indiscretas, pero con el tiempo se fueron olvidando y surgieron nuevas habladurías.

Mamá también tenía esa fortaleza. Siempre me decía que yo debía ser fuerte como la piedra, rápido como la flecha y duro como el acero. Tati, por su parte, era un hombre de los de antes. Nunca expresaba sus sentimientos, nunca decía que nos quería, pero trataba de demostrarlo cada día. La discusión con mi madre era fruto de la frustración, no del desamor. Por más que trabajaba como una mula no estábamos siendo capaces de salir adelante. Su papel, o al menos eso era lo que la sociedad le decía, era llevar comida a casa y cuidar de su mujer. A ojos de la gente del pueblo, para cumplir con esas responsabilidades como padre y esposo, era estrictamente necesario ser un hombre próspero. Pero a nosotros nos costaba prosperar.

En el pueblo no estaba mal visto que un hombre bebiese o fumase. De hecho, gran parte de ellos perdían sus noches en la tasca. En muchos aspectos, se podría decir que mi padre era un ejemplo para otros hombres de su entorno. La mayoría de ellos había caído en el alcohol, como el señor Petrin o los hermanos Burtea. Eran todos de su quinta. Se decía en el pueblo que no eran pocas las ocasiones en las que se gastaban el sueldo en *tuica**, y que por eso estaban llenos de deudas. El tabernero —el padre de mi amigo Eduard— iba a sus casas a avergonzarlos delante de sus mujeres.

Mi padre no bebía como ellos y pocas eran las veces en las que se emborrachaba. Ayudaba a todo aquel que podía y presumía de su familia cada vez que tenía la ocasión. Se decía de él que era un buen hombre. Una vez, cuando terminé segundo de primaria, recuerdo cómo mi padre les contaba a sus amigos que había sacado en todo sobresaliente y presumía de que la maestra había dicho de mí que era el alumno más aventajado de su clase.

Sin embargo, papá tenía un fallo: todo ese orgullo nunca lo compartía conmigo. Nunca me dio la enhorabuena por nada. Papá trataba de educarme cada día desde un sentimiento de responsabilidad, tenía el propósito de hacer de mí un hombre cuanto antes. Eso me decía siempre. Por eso sé que ese comportamiento para él era otra forma de amor, pero muchas veces echaba en falta que me quisiera de una manera más humana, más sencilla, con un abrazo o un beso sin porqué. *¿O acaso, papá, no pueden los hombres querer de ese modo?*

---

* Aguardiente rumano hecho de pera o de ciruelas.

8

Pasaríamos la Nochevieja nosotros tres solos. Agradecí que mis abuelos maternos no viniesen al pueblo porque mis padres seguían peleados. Papá llegó a casa por la tarde y apenas habló con ninguno de los dos. Cuando nos pusimos a cenar él presidía la mesa. Tenía el semblante serio de siempre, aunque esa vez las circunstancias acompañaban. Mamá, por otro lado, estaba algo más sonriente y, antes de destapar la cazuela de *sarmale**, tímidamente trató de proponer un brindis: «Por una vida mejor». Yo levanté mi vaso de agua y papá apenas si elevó la mirada del plato mientras su tazón de barro chocaba, levemente, contra los nuestros. Pero algo extraño, una pasividad inquietante seguía reinando en la noche de fin de año. Se palpaba en el ambiente que la

---

* Plato típico de repollo y carne de cerdo.

situación era tensa. Mis padres se estaban guardando dentro muchas cosas y, de alguna forma, los dos necesitaban descargarse. Y entonces llegó la tormenta.

Cuando fui a servirme agua, la jarra se me resbaló de la mano y se estrelló en el suelo, esparciéndose el líquido y los cristales por la alfombra. Y en ese momento, justo antes de reventarse en mil pedazos, supe que iba a empezar el ruido. El golpe seco del puño de mi padre contra la mesa de madera movió todos los platos y cubiertos de sitio. Después, como si estuviese previsto en un manual de discusiones en familia, llegaron los gritos. Mamá me defendió de las recriminaciones, aunque la pelea al poco rato se derivó hacia otros cauces. Yo ya no importaba. Los reproches, las acusaciones, los insultos, las palabras que nunca deberían decirse, las palabras que hacen daño, las malditas palabras. Y la mirada inocente de un niño. Presente. Absorbiéndolo todo, escuchando. Guardándose para siempre cada atisbo de odio. Y lo peor de todo, sintiéndose torpe, un estorbo, pensando que, de no ser por esa maldita jarra, la tormenta se hubiese demorado y las aguas se hubiesen calmado.

Cubierto por un manto de impotencia, sentado en la silla de madera, balanceando mis piernas, sin tocar el suelo, con la mirada fija en mis manos, que acariciaban mis rodillas. Como si eso fuese suficiente para que el ruido fuera a pararse. *Qué tonto, qué manazas. Torpe, torpe, torpe. Si hubieras estado más atento.* Entonces mis uñas se clavaron fuerte en la piel. Y dolía. El castigo, el autocastigo. Merecido. Mientras, los gritos seguían, pero yo ya no escuchaba. Y de repente una mano se posó sobre mi antebrazo y tiró fuerte. Papá me ordenó levantarme. Mamá dijo que no tocase a su hijo. *Su hijo, su hijo.* También era hijo de papá, aunque no importaba. Pero sí importaban las lágrimas. Entonces fui arrastrado hasta mi habitación. Como un preso, porque caminaba, pero la rabia, el dolor pesaban demasiado, tanto que me hacían arrastrar los pies. Fui arrojado contra la cama y mi cabeza golpeó levemente contra el cabecero. Otra vez el daño. La cara se hundía dentro de la almohada y el portazo fue el último atisbo de ruido que escuché dentro de la casa. Agotado, lleno de lágrimas, me quedé dormido. Al otro lado de la puerta mami lloraba. Otra vez. Y sabía que fuera, en el frío de la nevada, tati también se estaría secando las lágrimas y seguiría caminando, probablemente durante horas, buscando algo, aun sabiendo que no encontraría nada porque todo lo que tenía era su familia.

Feliz año.

9

No se hablaron durante días. No se felicitaron el año. No se miraron. Convivían ignorándose el uno al otro. Y yo también ignoraba cosas. Por ejemplo, dónde había ido papá esa noche o cuándo había dejado de llorar mami. Aquellos días parecían dos fantasmas conviviendo en la misma casa. Yo era el pequeño punto de unión que existía entre ellos. De vez en cuando papá me preguntaba algo, cosas banales o recurrentes para aparentar normalidad, como si había decidido ya qué quería ser de mayor. Le respondía con algo que sabía que le agradaba, como que de mayor quería ser médico o guarda forestal, para que viera que no me conformaba con poco. Ambos comían y cenaban separados, con lo cual yo tenía que dividirme. Tan solo deseaba tener el poder sobre el tiempo y adelantar la vida varios días hasta el segundo preciso en el cual dejasen de estar peleados.

Porque entre ellos había amor, mucho amor. Dentro de las discusiones también hay amor. Mis padres fueron como esa jarra que se me cayó de las manos y se hizo añicos contra el suelo. Su amor era el agua, claro. Porque, además de estar en todas partes, calaba, llenaba y los mantenía con vida. Y supongo que ese lazo era lo que hacía que su relación se mantuviese fuerte. «En la adversidad», dijeron cuando se casaron. «Y en la enfermedad». Y justo eso íbamos a comprobar, porque mamá cayó enferma dos días después de la discusión.

Una mañana no pudo levantarse de la cama, estaba muy débil y algo pálida. Ella insistía que era solo cansancio, pero sonreír cuesta poco trabajo y mi madre no sonrió en todo el día. Se quejaba, a ratos, de un dolor fuerte en el estómago y la escuché repasar, en voz baja, los alimentos que habíamos comido en días anteriores, por si alguno estaba caducado. Papá parecía estar dejando de lado el rencor y antes de irse a trabajar le preparó un té y yo se lo serví. No podía dejar de pensar que lo había hecho por pena más que por preocupación. Mamá se tomó un Algocalmin y un Paracetamol y me rogó que le frotase la espalda con *spirt**. Naturalmente obedecí, aunque odiaba el persistente olor a alcohol impregnado en mis manos. Cuando papá se marchó, se despidió diciéndole que tratase de ponerse buena porque había muchas cosas que hacer y me advirtió de que estuviera pendiente de ella. También me dio la orden de que, si pasaba algo grave, fuese corriendo a la casa de los padres de Eduard y pidiese ayuda.

---

* Alcohol.

Cuando papá no estaba, para ahorrar leña, solía dormir con mi madre, pero ese día ella me dijo que me fuese a mi cama, pues no quería pasarme lo que suponía que sería una gripe. Por la noche mami empezó a temblar muchísimo y a gemir como si fuera a ahogarse. De repente, un grito sordo me despertó. Cuando encendí la luz de su cuarto, la vi incorporada y llena de sudor, con un rastro de coágulos de sangre en las sábanas y en el paño con el que se limpiaba. Al intentar ponerse en pie se desplomó y cayó al suelo. No reaccioné a tiempo de poder ayudarla, así que me asusté mucho y, sin decir palabra alguna, salí corriendo a casa de los padres de Eduard. Descalzo, me planté delante de la puerta y empecé a aporrearla. Gritaba una y otra vez que mami estaba enferma y que no quería que se muriese. *No quería que se muriese. No quería que se muriese.* Era un niño algo dramático y tenía miedo a la muerte, a esa soledad irremplazable que mi madre podría dejarme. Doña Carmen me abrió la puerta y estaba tan soñolienta que no entendió lo que estaba pasando. Las palabras me salían desordenadas y lo único que se percibía con claridad era que no quería que mami muriese. Me agarró la mano y, de un tirón, me metió dentro de la casa. El alboroto despertó a su marido, el señor Virgil, y, mientras se abrochaba la bata, preguntó qué estaba pasando. Yo respiraba fuerte y, aunque la adrenalina me impedía sentir el frío, mis pies estaban congelados. El papá de Eduard se dio cuenta de que algo no marchaba bien y, bajo la mirada impasible de su mujer, fue hacia mi casa. Debió de encontrarse a mi madre tal como la había dejado yo porque cuando volvió, le dijo a su esposa que llamase a la ambulancia cuanto antes. Nosotros no teníamos teléfono en casa. Los siguientes momentos fueron confusos, tan solo recuerdo la discusión de los padres de Eduard sobre quién iría con mamá al hospital, si es que debía acompañarla alguien.

Yo no me había movido de la silla en la que me habían sentado, pero al rato me sobresaltó el sonido de la sirena. Cuando llegaron los sanitarios el señor Virgil ya estaba vestido. Llevaba unos pantalones de pana muy anchos, un jersey de lana con el cuello alto y una chupa de cuero marrón que no parecía abrigar mucho. En ese instante me asomé a la puerta y vi cómo el padre de Eduard interceptaba a una mujer con un chaleco naranja en el que ponía SMURD y se la llevaba hacia mi casa. La señora Carmen ni siquiera se asomó para ver lo que estaba pasando, se metió en la cama como si todo aquello le importase muy poco. Yo fui hasta la puerta de la ambulancia y vi al conductor fumándose un pitillo Carpati con la ventanilla a medio abrir. Seguía estando descalzo y tenía los pies tan congelados que ya no los sentía. Cuando me vio no se molestó en dirigirme la palabra. Mi casa estaba toda alumbrada, como cuando alguien moría. Vi la sombra de mami asomándose a la puerta y, justo a su lado, la mujer que había salido de la ambulancia agarrándola por el codo y forzándola a caminar. Iban muy despacio y mi madre no paraba de toser. El señor Virgil apagó todas las luces, salvo la que había encima de la puerta de la entrada. Mamá me vio ahí, parado, mirándola y, como pudo, me dijo con su voz ahogada que me fuese a casa, que todo estaba bien. Nada más que eso. Parecía estar algo confusa. Cuando se subió a la ambulancia, se tumbó en una camilla de piel marrón roída por los bordes y hundió la cabeza entre las manos para no volver a levantarla. No pude decirle nada. Me sentí impotente, sin poder hacer otra cosa más que obedecerla y aceptar que se la debían llevar. Era como si me hubiese quedado mudo. El señor Virgil me agarró la mano y, mientras me decía, casi en tono de bronca, que entrase ya mismo en casa, se montó en la parte delantera de la ambulancia estrujando al conductor y a la enfermera. Se marcharon sin poner la sirena. Vi cómo el coche se perdía en la noche, mientras empezaba a nevar. Entonces lo único que podía hacer era dormir. Nunca había dormido solo. No tenía miedo a la oscuridad, pero esa noche me di cuenta de que no hay mayor oscuridad que acostarse pensando en que alguien a quien quieres podría morir.

10

De repente abrí los ojos y estaba delante de mi casa, parado en el jardín. Fuera nevaba con una intensidad y una fuerza que nunca había visto. La ventisca me cortaba la cara, y el ruido que hacía el bosque imponía miedo y respeto. Se escuchaba aullar a los lobos en lo alto de la loma. Deduje que estaban hambrientos. Únicamente llevaba puesta mi ropa interior, ya amarillenta por el desgaste y el pis. A pesar de ello, solo tenía frío en los dedos de los pies. Quería meterme en casa, pero no podía. Andaba, andaba rápido, y acabé corriendo, pero no avanzaba. Parecía que el mundo daba vueltas en dirección contraria y yo quería luchar contra el mundo. El viento azotaba más fuerte y la nevada empezaba a ser tan dura que los copos me hacían daño en la piel. Caían como si fuesen el granizo de la lluvia. Al poco me di cuenta de que no estaba solo. A mi derecha estaba papá, vestido tal como se había ido de casa, con un vaquero desgastado y su parca militar llena de parches que mami había cosido. A la izquierda la vi a ella. Llevaba puesto el mismo pijama que vestía cuando la subieron a esa ambulancia vieja. Pero ellos no me veían, no podían verme, miraban hacia la casa y trataban de alcanzarla. Nunca giraban la cabeza hacia los lados. Yo sí. Entonces traté de hablarles y llamar su atención de alguna forma, pero no pude. Estaba igual de mudo que cuando vi a mami derrumbarse y caer al suelo. Las palabras no me salían y mi voz estaba ahogada por un grito. Entonces los tres empezamos a correr, tratando de alcanzar el pomo de la puerta. Pero, por más rápido que corríamos, el mundo seguía girando en la dirección contraria. Era frustrante. Cada vez tenía los pies más fríos, cada vez la nieve me cubría más y más, y de repente dejé de ver a mi madre. La nevada la había tapado entera. Traté de salirme de mi camino e ir hacia la izquierda, incluso tendí la mano para alcanzarla, pero estaba demasiado lejos. No podía salvarla. Cuando giré la cabeza hacia el otro lado y probé a llamar a padre, tal vez tocarlo, tampoco pude. Tati se estaba alejando y la nieve cubría la marca que sus botas dejaban en el suelo. En ese momento volví a sentirme solo, tanto o más que cuando me metí en la cama. Solo e impotente. Tenía ganas de gritar, gritar y gritar hasta que la nieve se terminase, hasta que el frío desapareciese, hasta que pudiera volver a abrazar con una mano a tati y con la otra a mami. Tan solo quería gritar, pero no podía y mi padre había desaparecido en el horizonte y el destino avecinaba que la nieve haría conmigo lo mismo que con mi madre. Antes de respirar por última vez, me sentí pequeño e indefenso ante tanto poder y mi último hálito lo destiné a aceptar la situación y a abrazar la muerte.

Y entonces desperté.

11

Un sol primaveral entró por la ventana y, como no teníamos persianas, solo unas cortinas finas, alumbró todo el cuarto. Esa noche dormí en la habitación de mis padres porque su cama, si bien tenía las medidas normales de una matrimonial, a mí me parecía enorme. Lo primero en lo que pensé fue en la pesadilla que había tenido. No la entendía, pero recordaba perfectamente esa sensación de ahogo. Cuando miré el reloj, vi que había dormido más de lo normal. La casa estaba en silencio y mi cuerpo parecía pesar cuatro veces más. Estaba agotado. Pensé en mi madre, en cómo se había ido y en que cabía la posibilidad de que estuviese muerta. Eso me sobresaltó y me sentí culpable por creer algo así. Luego pensé en papá. Tenía que pensar en cómo decírselo, pero su trabajo estaba muy lejos y no tenía forma de llegar. Me empezaron a sonar las tripas y el hambre me transportó casi a otra dimensión. Cuando me puse en pie sentí un pequeño mareo, pero no le di mucha importancia. Salí por la puerta y me dirigí a la cocina. Mi perra me miró sin hacer ningún gesto. Nos había sobrado pan del día anterior y, si bien me estaba prohibido usar los cuchillos, corté cuatro rebanadas. Nuestra despensa era un armario que mi padre no pudo repintar en verano porque no teníamos suficiente dinero para ello. Lo abrí y saqué un tarro de mermelada de manzana y mantequilla Delma. Me encantaba cuando llegaba el otoño y mi madre cocía la fruta y la convertía en confitura para luego meterla en unos botes que abríamos durante el invierno. Lo unté todo y me las zampé en unos pocos mordiscos. Recogí las migas de pan y me las eché también a la boca. Luego salí y me lavé la cara. El agua no estaba tan fría como otras veces, aunque odiaba que se me empapasen el flequillo y las cejas. Me limpié con la manga del pijama. Entonces escuché la voz de Eduard. Estaba en su cocina, hablando con su madre, pero no entendía muy bien qué decían.

Mi mamá debía de estar bien. No podía dejarme solo. Se me ocurrió llamarla y comprobarlo, aunque no tenía ni la más mínima idea de qué número marcar y, de todos modos, debía llamar desde casa de doña Carmen. Salté la valla y me dirigí hacia ellos. Llamé a la puerta y, sin esperar respuesta, pasé. Eduard estaba sentado en un taburete alto, sin reposabrazos, jugando con un bote de nata mientras su madre preparaba una tarta. Ambos se sorprendieron al verme y doña Carmen, entonces, le explicó a su hijo que mi madre se había puesto mala y que habían tenido que llevársela al médico para curarla. No dijo hospital, sino médico. Entonces yo le pregunté por su marido y, en un tono muy diferente al que se dirigía a mi amigo, me recriminó que debía haber esperado a que me diesen permiso para entrar en su casa. Cabizbajo, le pedí perdón mientras insistí en mi pregunta y me dijo, desganada, que no tenía noticia de él, pero probablemente se habría ido a abrir la tienda. Pregunté entonces si podía llamarlo por teléfono y me contestó que no porque temía interrumpirlo en tareas importantes. Como su hermana Camelia era enfermera, me recordó que era bien sabido que, si pasaba algo, ellos nos avisarían. Entonces entendí que le importaba muy poco el estado de salud de mi madre y mucho menos le importaba yo. Eduard no dijo nada. Tan solo se limitó a hundir el dedo en la harina que había en la mesa y dibujar un círculo para borrarlo y volver a dibujar otro.

No quería estar solo, así que le pregunté si podía quedarme con ellos. Ella miró a su hijo, que parecía no estar enterándose de nada, y me contestó con un tono de voz preocupado y un tanto exagerado que eso era imposible porque distraería a Eduard de sus deberes. Salí por la puerta y vi a mi amigo asomarse a la ventana. Se despidió de mí agitando la mano. Tenía una mejilla manchada de harina, pero no lo sabía. Le sonreí e hice lo mismo porque él no tenía ninguna culpa.

Doña Carmen consideraba que yo no era buena influencia para Eduard porque los pobres nunca deben mezclarse con los ricos. Se sabía en el pueblo que su padre había comprado muchas tierras cuando fue alcalde y luego las había vendido a las cooperativas por una buena cantidad. Era una mujer robusta, con la cara redonda y siempre rojiza. Tenía una voz imponente y unas manos gruesas. Además, era muy creyente y cada domingo llevaba a su hijo a misa. Nosotros, en la familia, no practicábamos, pero sí creíamos. Y supongo que ese era otro de los motivos por los que algunos vecinos no nos veían con buenos ojos, entre ellos doña Carmen.

Eduard se tomaba muy en serio la tarea de rezar al borde de la cama antes de dormir, santiguarse en cada comida o confesarse cada dos semanas. Solía hacer *post** cada vez que el calendario ortodoxo lo indicaba, y además, siempre que iba a misa, se ponía en la primera fila, en el rincón de los hombres, arrodillado, escuchando atentamente los sermones del pope. Cada vez que este pasaba a su lado porque el ritual de la misa lo exigía, Eduard le besaba el manto dorado que portaba y se santiguaba diez veces. Su madre siempre llevaba pañuelos de colores oscuros, faldas hasta los tobillos y además, preparaba *coliva*** o pastas rellenas de mermelada o pan de jengibre para que el pope las bendijese y luego donarlas como caridad entre todos los asistentes a la misa. Como tenían la tasca, también llevaba vinos y refrescos para las comuniones, *tuica* para los hombres y botellas de Pepsi-Cola o Mirinda para mujeres y niños.

Doña Carmen no tenía amigas, sino que estaba acostumbrada a que todas las mujeres le bailasen el agua. Las miraba por encima del hombro y siempre presumía de que su hijo fuese tan creyente. Además reprochaba a las otras

---

* Ayuno.
** Trigo cocido que se emplea en las liturgias ortodoxas.

madres el hecho de que no hubieran sabido educarnos en la religión e inculcarnos los valores de la ortodoxia. Las viejas del pueblo se reían diciendo que ni aunque donase todo su dinero al pope limpiaría sus pecados. La criticaban porque dentro de la iglesia era una santa, pero cuando salía por la puerta se convertía en todo lo contrario. A diferencia de su marido, nunca fiaba a nadie en su tienda y se la había visto en más de una ocasión hablando con el pope a solas para que fuese a su casa a dar misas privadas. Cada domingo, desde el altar, se nombraba en alto a doña Carmen, al señor Virgil y a Eduard, para que la gente rezase por ellos. Su marido también bailaba a su merced. Era igual de débil que una oblea y ella lo sabía. Él era un hombre bueno que, no sabía muy bien por qué, pero había ayudado a mami la noche anterior. Y yo estaba casi seguro de que eso le supondría problemas.

Seguía sin tener noticias de mis padres y sabía que no podía hacer nada más que quedarme en casa, tranquilo. Decidí ponerme a repasar toda la tarea que nos habían mandado para las vacaciones. Mis padres también me tenían prohibido tener la televisión encendida cuando estudiaba, pero ese día no se iban a enterar, así que la encendí y la dejé sonando de fondo. Estuve repasando hasta que me entró hambre. El atardecer me encontró en la cocina, llenando un cuenco de barro con leche fresca y rompiendo los últimos trozos de pan en pequeños pedazos para echarlos dentro. Me encantaba revolverlo y comérmelo. Volví a mi cuarto y agarré un libro de Mihai Eminescu y me puse a leer los poemas que mamá me había marcado hacía ya un tiempo. Sin darme cuenta, todo era ella, aunque no estuviese presente.

Como tati no llegaba a casa, deduje que estaba en el hospital. De repente, alguien llamó a la puerta y me sobresalté. No contesté nada, pero volvieron a golpear el cristal de la ventana con insistencia. Era el señor Virgil. Me dijo que fuese con él a su casa urgentemente. Entonces miré la cama desordenada con el cuenco de leche en medio y me agobié porque mis padres me echarían la bronca si la encontraban así. Pero volvió a golpear el cristal instándome a salir, así que agarré el abrigo, me calcé las botas y abrí. Cuando lo vi pensé que llevaba la misma ropa que la noche anterior. Me miró y, sin decirme nada más, me agarró la mano y nos dirigimos a su casa. Sentí los pelos de sus dedos y tenía la palma muy fría, pero no dije nada. Cuando entré por la puerta vi el receptor del teléfono apoyado sobre la mesilla. Me lo señaló con el dedo para que lo cogiera y me lo puse en la oreja.

Era mi madre.

12

Miraba el crucifijo que había en la pared de la entrada de la casa de Eduard. Nunca había reparado en él tan atentamente. Estaba hecho de madera y brillaba como si le hubiesen echado una gran cantidad de mirra. Casi podía sentir el olor invadiéndome la nariz hasta posarse en mi cerebro. Al otro lado del auricular mi madre me preguntaba, con voz débil, qué tal estaba. Me sorprendía, una vez más, esa capacidad suya de no darle importancia a ciertas cosas. Tal vez lo hacía para protegerme y hacerme entender que aquello no era para tanto. Le respondí que estaba bien y, con el mismo estilo directo que usaba ella, le pregunté cuándo iba a volver. Hubo un silencio. Mi madre evadió la respuesta y me comentó que papá iría a casa en unas horas, que lo esperase tranquilo. Luego empezó a toser, aunque no tan fuerte como la noche anterior. Prosiguió diciéndome que ella tardaría un poco más. Luego escuché cómo se tapaba la boca con algo para no hacer tanto ruido al toser nuevamente. Le dije que allí la esperaba, aunque me arrepentí al instante por no añadir nada más. Antes de colgar, ella me insistió en que papá volvería a casa en un rato, siempre tenía la manía de repetirme las cosas muchas veces. «Vale», contesté de nuevo. Entonces entendí que la conversación no iba a durar más. Seguramente llamaba desde el teléfono de alguien. «Te quiero mucho», me dijo antes de colgar. Y entonces un pitido se quedó sonando en el auricular. No sé por qué no le dije: «Yo también te quiero mucho». Tenía miedo a decir «te quiero», me parecía incómodo e invasivo, tal vez algo comprometedor, pero era mi madre a quien se lo decía. En todo caso, traté de escudarme detrás de un «y yo también» mientras colgaba el auricular.

El señor Virgil me miró y puso su mano en mi hombro. Me dijo que no me preocupase, que él sabía que mamá se iba a poner bien, pero que aún tardaría un poco más. Añadió que no podía ir a visitarla porque los hospitales no eran lugares para los niños. Eduard estaba en el salón en compañía de doña Carmen, viendo la televisión. La puerta estaba abierta y pude verlos sentados. Él tenía apoyada la cabeza en su hombro y jugaba con el mando sobre la almohada. Tuve la impresión de que su pantalla se veía mejor que la nuestra. Sobre ella tenían un tapete blanco que sostenía la figura de un pez hecho de muchos cristales de colores. Asomé la cabeza y los saludé. Eduard giró la cabeza y me sonrió tímidamente. No quería interrumpirlos así que, tras un pequeño silencio incómodo, me despedí. Él agitó la mano sin hablar.

Cuando iba a salir de la casa, el señor Virgil estaba sentado en las escaleras, fumándose un pitillo. Daba la imagen de un hombre cansado. Le quería dar las gracias por haber hecho posible la llamada pero, justo cuando abrí la boca, me preguntó si tenía hambre. No le respondí, aunque de mi silencio él dedujo que sí. Me invitó a la cocina y me preguntó qué prefería comer, pero me daba mucha vergüenza y tampoco contesté. Insistió y no hizo falta mucho más para que le dijese que me valía con cualquier cosa. Abrió la nevera y probablemente era la primera vez en mi vida que veía una tan llena. Sentí envidia. Sacó un poco de salami y unos triángulos de queso fundido, me hizo sentarme a la mesa y me preparó un sándwich. También le añadió una rodaja de tomate, un poco de sal y varias hojas de lechuga. Me lo calentó en el microondas durante unos segundos y volvió a encenderse otro pitillo. No podía dejar de pensar en que no se había lavado las manos y en que el pan sabría a cigarros, pero cuando me lo puso delante, me lo llevé a la boca y lo devoré sin sentir ningún sabor a tabaco. No hablamos en todo el rato. Cuando terminé le di las gracias y él retiró el plato, dejándolo en el fregadero. En su cocina no hacía frío y los asientos estaban forrados en piel y acolchados para que no fuesen tan duros. Entonces me preguntó si me quería ir a casa y le contesté que no me importaba quedarme hasta que papá volviese, así que lo acompañé a su taller.

Sabía que a veces se dedicaba a hacer figuras de madera porque nos había regalado alguna que mami tenía puesta sobre los muebles para decorar. Prendió una luz amarillenta y vi el suelo lleno de serrín y varias tablas de pino y abedul apoyadas en una pared. Había sierras con los dientes afilados, un tornillo azul fijado en lo que supuse que era la mesa de trabajo, una sierra circular eléctrica que daba un poco de miedo, martillos y todo tipo de cuchillos y de hachas listos para llevar a cabo su cometido. Agarró un cubo de madera y me dijo que me iba a modelar una figura. Me preguntó si quería algo en especial y lo primero que se me vino a la cabeza fue un libro. Sonrió tímidamente, como si ya hubiese intuido cuál sería mi respuesta.

Mientras el señor Virgil esculpía el librito de madera, yo me senté en un banco a observarlo. Era un hombre callado y perfeccionista. Apenas intercambiamos palabras, pero no importaba porque me fascinaba verlo trabajar en silencio. Se puso sus guantes y sus gafas y cuando enchufó la sierra me asusté un poco. Hizo todo tipo de mediciones, cortes y más cortes. Lijaba y soplaba los restos, luego volvía a marcar la figura con un lápiz que llevaba detrás de la oreja y así repitió el proceso hasta que todo encajó a la perfección. Empecé a mover las piernas porque me estaba entrando un poco de frío. Ya era de noche y pensé que debía volver a casa cuanto antes. Empezó a silbar una canción tradicional rumana y yo pensé en todas las veces que mami me dijo que silbar en casa podría traer mala suerte. Tanto que se me puso la piel de gallina. Le tenía cierta envidia a mi amigo porque él podía observarlo todos los días y yo no. Antes de terminar, me preguntó si había visto el Cristo que tenían en la entrada y, algo presuntuoso, me dijo que era su último trabajo. Le di la enhorabuena porque mami me había enseñado que era importante reconocer el esfuerzo de los demás. Cuando sopló el serrín que quedaba sobre la figura, después del último retoque, me sonrió y me dijo que ya casi estaba. Puso la figurita sobre la mesa y abrió un armario. Sacó un bote que contenía una especie de aceite y un cepillo con un mango rojo. Casi con el arte de un pintor, finalizó el trabajo con varios brochazos. La dejó de nuevo sobre la mesa y entonces vi cómo brillaba. Ahora sabía, a ciencia cierta, que lo que había usado no era mirra. Me gustaba el olor de ese aceite y cuando me la tendió, después de recoger todos los instrumentos, me dijo que no me preocupase, que no me iba a manchar. Era un libro muy pequeño. Si cerraba la mano, lo podría cubrir casi entero. Me lo guardé en el bolsillo de la chaqueta y le di las gracias. También le agradecí la llamada y cuando le quise estrechar la mano, se quedó un poco sorprendido porque no era muy común que los niños les estrechasen las manos a los adultos. Pero me la tendió y los dos sonreímos con cierta incomodidad.

Antes de saltar la valla para volver a mi parcela lo vi parado en la puerta de su taller, con la luz aún encendida, proyectando su sombra en el suelo, mirándome. Me volví a despedir agitando el brazo. También había personas buenas entre tanta miseria.

13

Tati no llegó a casa hasta pasadas las diez de la noche. Lo primero que me dijo fue que mamá estaba bien, que no me preocupase. Me alegré de que ya no estuviesen peleados. Me dijo que pronto volvería a casa. Me agobié un poco porque me la imaginé respirando con la ayuda de una mascarilla, conectada a cientos de cables, aunque papá me tranquilizó diciéndome que se pondría bien. Le conté que había estado con el señor Virgil en su taller y que me había regalado una de sus figuras y él sonrió. Esa noche pude dormir bien, aunque mamá no estuviese en casa.

Cuando abrí los ojos, tati estaba metido en ciertas tareas del hogar que ajetreaban toda la casa y me despertaron. Salí de mi cuarto, aún lleno de legañas, y me dijo que ese día no iría a trabajar, cosa que me sorprendió porque él nunca faltaba. Luego me preguntó si me apetecía salir a tirarnos en trineo por la montaña. Me puse contento porque hacía tiempo que mi padre y yo no hacíamos un plan de esos, y no dudé en decirle que sí. Desayuné algo rápidamente, me calcé mis calcetines de lana y mis botas, me puse los guantes, el gorro y vestí por encima del chándal el abrigo que me llegaba hasta las rodillas. Antes de irnos nos llevamos varios petardos de tres ráfagas por si teníamos que ahuyentar algún animal. Los osos no eran un peligro, pero los lobos solían acercarse al pueblo con bastante frecuencia en busca de alguna oveja perdida. Mi padre siempre me contaba cómo mi abuelo se encontró con una manada de lobos, una noche, cuando volvía de su trabajo y, en lugar de salir corriendo, les lanzó su bicicleta y se pasó varias horas subido a un árbol, congelándose y bebiendo de una botella de *tuica* que llevaba en su chupa hasta que los perros despertaron a unos vecinos que acabaron ahuyentando a los lobos y auxiliándolo.

Antes de marcharnos, papá me pidió ayuda para tirar el árbol de Navidad. Me puse triste porque tenía la sensación de que aquel año lo quitábamos antes que de costumbre. Lo cargamos hasta el río y lo abandonamos sobre un montículo de nieve, a sus orillas. Luego volvimos a por los trineos y me di cuenta de que el suyo era considerablemente más grande que el mío. Cuando me lo puse al hombro sentí que los hierros me hacían un poco de daño en la clavícula y en las caderas. Andábamos sobre la nieve y papá daba los pasos más pequeños para que pudiese pisar sobre ellos y que caminar no fuese tan complicado. Se dirigía hacia el valle más concurrido del pueblo. No solían dejarme ir solo hasta allí, así que me hizo mucha ilusión sentirme algo mayor. Cuando llegamos, divisamos a varios vecinos a los que saludamos de pasada y nos dirigimos, por el borde de la cuesta, hasta el punto más alto. Papá parecía estar disfrutándolo también porque cuando un chico del pueblo se tiró y pasó velozmente a nuestro lado, él levantó la mano y gritó de júbilo con una sonrisa en la cara. Ya en la cima, montamos en los trineos y nos tiramos por una cuesta a una velocidad que yo podía manejar bien. La nieve me salpicaba la cara y, cuando estaba a punto de adelantar a mi padre, me gritó que no fuese tan rápido. Entonces hundí la puntera de las botas en la nieve y esperé a ponerme a su lado para tratar de empujarlo y tirarlo, pero era imposible, el trineo de papá era muy pesado y él tenía mucha fuerza.

Siempre que tenía la ocasión de competir contra mi padre lo hacía. Quería demostrarle que, a pesar de la fragilidad y de mi edad, podía estar a su altura en muchas cosas y lo cierto es que muchas veces él cedía y me dejaba disfrutar de esa victoria y ese momento de falsa felicidad. Cuando llegamos abajo papá me dijo que iríamos a otro valle al que iba con sus amigos cuando era adolescente. Nunca me había llevado, aunque sí me contó algunas de las fechorías que hacían ahí. En más de una ocasión se habían estrellado contra los árboles y alguno había salido bastante maltrecho. El señor Virgil, sin ir más lejos, era de los mejores amigos de mi padre en la infancia y perdió varios dientes en una de esas.

Papá era uno de los líderes de su pandilla. Casi siempre era el primero en todo y la sensación de recordarlo le gustaba porque llenaba huecos vacíos de su vida. Creo que quería que yo fuese igual que él y me preparaba, de alguna manera, para que los que estaban ahí fuera no me pisasen. Siempre me contaba que se metía en peleas con otros chicos y le gustaba que le tuviesen cierto miedo. En el pueblo se decía que ninguno podía con él, que nunca perdió una pelea. Y puede que fuera cierto.

Nos metimos entre los matorrales, esquivamos muchos arbustos y varios árboles bastante altos llenos de nieve y cuando llegamos al pico de una colina, me impresionó estar tan arriba. Le dije a tati que nunca me había tirado por un sitio así y él me aconsejó, de nuevo, que tuviese cuidado con la velocidad y que manejase con los pies y las manos, pero sobre todo con la cabeza, si no quería estrellarme. «Cuando lleguemos a la parte final, te dejas caer porque ya no habrá nada contra lo que golpearse», añadió. Miré la cuesta y me senté sobre el tablón de madera. Agarré las cuerdas y levanté las piernas del suelo, para controlar mejor el trineo. Él salió primero y noté en su comportamiento cierta actitud infantil que me dio un poco de vergüenza y al mismo tiempo me sorprendió porque nunca había visto a papá con esa actitud. No quise ir detrás de él porque quería demostrarle que me podría abrir camino yo solo. Al rato lo perdí de vista, aunque podía ver las marcas que dejaba. Cuando cogí un poco de velocidad, hundí el pie derecho en la nieve, entonces el trineo giró un poco y lo enderecé tirando la cuerda hacia la izquierda. Esquivé los primeros árboles a lo que yo consideraba que era una buena velocidad. Las piernas me temblaban cada vez que me acercaba a la maleza o veía esos troncos gruesos delante. Creía que le estaba pillando el truco y me relajé un poco, pero de pronto sentí que el raíl derecho impactaba con algo, una piedra, tal vez, y no pude enderezarlo. Solamente me dio tiempo a agachar la cabeza y cerrar los ojos. No fue un impacto violento, pero sentí las ramas en los brazos, en la espalda y sobre todo en las piernas. Me quedé un rato paralizado y traté de comprobar que no me había roto nada. Definitivamente, estaba bien, aunque sentía las magulladuras y me dolían un poco los raspones. Me puse en pie y limpié mi gorro y mi pantalón de las pequeñas flores blancas que se le habían quedado pegadas. El arbusto estaba peor que yo.

Pensé que no se lo podía contar a papá porque me vacilaría o bromearía con que era una niña. Bajé la colina como si nada, tratando de disimular el susto para no despertar ninguna sospecha al aparecer. Sin embargo, cuando llegué a la parte final de la cuesta, que me permitía ir más rápido porque no había árboles, sentí como una lágrima se deslizaba por mi mejilla y en ese momento hundí mis talones en el suelo y frené mientras me daba cuenta de que yo nunca sería como papá.

14

Cogimos el Montana que nos llevaba hasta la ciudad. Tardaríamos media hora. Al fondo tati divisó dos plazas libres. El asiento que había a nuestro lado estaba vacío, tenía una mancha con muy mala pinta y los bordes desgastados. Se notaba el rebote de cada bache de la carretera. Si no te sujetabas bien, podías golpearte contra el cristal o el techo. Olía mucho a gasoil en todo el autobús y temí mancharme al acercarme demasiado a la ventana, así que permanecí rígido. Mi padre me había puesto la ropa de los domingos y él también se había arreglado con una camisa de cuadros y el pantalón gris de campana que mi madre le regaló por su cumpleaños. Habían pasado cinco días desde que estaba ingresada en el hospital y nos dirigíamos a recogerla. Estaba nervioso porque la intuía algo débil y además me daban miedo los médicos. En la televisión siempre había noticias de muertes inesperadas o de enfermedades contagiosas. Muy pocas veces se decía si salvaban a alguien.

Cuando llegamos delante del hospital, nos apeamos aprisa porque el conductor solía hacer paradas muy rápidas. La ciudad estaba muy gris. En todas partes había edificios sucios y gente desconocida. El ajetreo de las calles estrechas me daba cierto vértigo y agradecí no tener que vivir en ningún apartamento de los bloques que veía. El tráfico parecía carecer de ningún sentido y los gritos de los conductores me producían ganas de vomitar. Estaba algo asustado porque odiaba sentirme tan pequeño. Justo al lado de aquella entrada al recinto hospitalario, había un semáforo cuyas luces estaban apagadas. Una pareja de ancianos intentaba cruzar al otro lado de la calle, aunque parecían llevar mucho tiempo esperando. Llevaban una bolsa blanca e intuí el relieve de algunas legumbres o frutas. Ojalá los hubiésemos ayudado.

Agarrado a la mano de mi padre, entramos por aquellas puertas de madera que parecían desintegrarse un poco más cada vez que alguien las abría. Mamá estaba en la planta tercera y subimos por las escaleras. Cada una de ellas tenía un olor particularmente malo. No me hubiese quedado allí por nada del mundo. Los enfermos salían de sus habitaciones y se sentaban en sillas de madera que había en aquellos pasillos. Otros fumaban en las ventanas o se asomaban a esos pequeños balcones grises. Me imaginé a mi madre así y me mareé un poco. Todos estaban en pijama y probablemente ella también estuviera así. Los sentía más muertos que vivos. Llevábamos una bolsa de plástico con la ropa que debía ponerse. Probablemente mi padre había metido lo que mamá le indicara. Cruzamos otra puerta y tuve la sensación de que el pasillo donde se encontraba la habitación 302, que era la de mami, no olía tanto ni estaba tan sucio. Unas enfermeras salían del cuarto de enfrente y parecían bastante despreocupadas. Hablaban sobre el programa de Teo Trandafir. Mami también lo veía por las mañanas. Mi padre fue el primero en entrar a la habitación y yo fui detrás. La vi tumbada en una cama, en un cuarto donde había tres mujeres más. Dos de ellas estaban dormidas y la otra se encontraba junto a la ventana chupando un cigarrillo tan delgado como un palo. Solamente había tres camas. Mamá llevaba un pijama blanco con flores rosas. Cuando me vio giró la cabeza y sonrió débilmente. Estaba despeinada y pálida. Como si no hubiese dormido mucho. Me acerqué y me tendió su mano. La agarré y sentí su dedo pulgar acariciándome. Mamá me preguntó qué tal me encontraba y le respondí que bien. Quería decirle más cosas, pero no podía. Mi padre le dio un beso y me dijo que yo también se lo diese. La otra mujer seguía fumando como si nada mientras tati sacaba la ropa de la bolsa y la dejaba en la sábana amarillenta de la cama. En la mesa de metal que había al lado, mi madre tenía una cáscara de naranja. Se incorporó lentamente y me dijo que estaba muy contenta de que hubiese ido. Entonces me dio un abrazo escueto, como si no quisiera tocarme con aquella ropa. Yo era incapaz de articular palabra alguna y quería salir de allí cuanto antes. Las paredes tenían moho y en algunas zonas la pintura se estaba desprendiendo debido a la humedad. La otra mujer cerró la ventana y lo agradecimos porque hacía frío; después se sentó en la cama de mi madre, dándonos la espalda. Entonces entendí que las dos compartían cama. Mi madre no se quitó el pijama, sino que se puso el vaquero y una chaqueta por encima, como si no le importase mucho su aspecto. Papá había acertado porque no le reprochó nada. La otra mujer se tumbó, agazapándose como si le doliese la tripa. Tal vez le dolía, pero no me importaba. Mi madre seguía mirándome a mí mientras se vestía, lentamente. Papá le preguntó si se encontraba mejor y ella afirmó. Luego tati me dijo, casi susurrando, que recogiese los tenedores y los platos que mamá tenía en el armario que había delante de la cama y temí, por un momento, coger los de sus compañeras, pero al abrir me di cuenta de que cada una tenía su propio estante. Papá salió de la habitación y mi madre se incorporó, ayudándome a cargar con la bolsa, aunque no pesaba. Luego se paró delante del espejo y se lavó la cara. Cogió un cepillo y se lo pasó varias veces por su pelo castaño. Estaba enredado y pensé que probablemente le dolería un poco. Las compañeras que dormían se movieron en la cama y a una de ellas se le podía ver parte del muslo por debajo del camisón. Me dio un poco de vergüenza y esperé que mamá no se hubiese dado cuenta. «Vamos, hijo», me dijo poniéndome la mano en el hombro.

Salimos por la puerta sin despedirnos y vimos a mi padre al final del pasillo, hablando con un señor mayor que llevaba una bata blanca muy larga. Cuando nos acercamos, miró a mi madre y le dijo que no se olvidase de comprar las pastillas. No reparó en mí ni un instante. Papá le tendió un fajo de billetes que él se guardó en el bolsillo sin dudarlo ni un segundo. No sabría decir cuánto le dio, pero era una cantidad que a mí me parecía infinita. Yo lo miré de arriba abajo y pensé que moriría antes que mi madre y que mi padre. Tenía unas gafas cuadradas, marrones, que le ocupaban toda la cara y seguía hablando, muy despacio, sobre los cuidados a los que mami debía acostumbrarse. Yo miré mis zapatos y pensé que él jamás miraría mis zapatos. Cuando terminó, mi padre le estrechó la mano y tuve la sensación de que se lo habría querido agradecer mucho más. Mis padres me agarraron cada uno de una mano y, a paso lento, dejamos atrás la planta de neonatos.

15

Gran parte de los días los empleaba en mi madre. El tiempo que estaba en cama, habitualmente por las mañanas, hacía todas las tareas que ella me pedía: llevarle agua, cambiarle los paños llenos de rodajas de patatas que se ponía en la frente para bajar la fiebre, ayudarla a incorporarse cuando necesitaba ir al baño o acercarle tal o cual cosa. A medida que las horas del día iban avanzando, mamá se encontraba mejor y podía encargarse de todo sin mi ayuda, aunque yo seguía pendiente de ella hasta un punto un tanto enfermizo. Estaba empeñado en que cuando mi padre volviese de trabajar no se notase que mami seguía enferma todavía. Esos días él tuvo que emplearse más horas, para recuperar el tiempo que pasó con mamá en el hospital. Cuando escuchaba el ruido estridente que hacían los frenos de su bicicleta, salía disparado a la puerta y lo recibía. A menudo llegaba agotado y sin ganas de aguantar la energía que, habitualmente, yo solía tener. Parecía que, en cierta manera, la hospitalización de mi madre nos había unido un poco más.

Una noche, cenando, nos contó que su compañero, *nea* Dogaru, se quejaba constantemente del sueldo y estaba algo obsesionado con que su jefe quería echarlo. Mi padre lo tenía que tranquilizar casi a diario. También nos dijo que *nea* Marian, otro de sus compañeros, le había preguntado por mí. Me conocía porque una vez acompañé a papá a comprar carne y debí de causarle buena impresión porque sabía diferenciar la de cerdo de la de ternero, de la de oveja o de la de cabra solamente por su olor.

Otro de los días, tati vino a casa con un saco de rafia y con cierta cantidad de dinero. Nos contó que *domn-director* había logrado firmar varios contratos importantes con las personas que estuvieron en su fiesta de Navidad y en recompensa habían repartido regalos entre los empleados y se ofició una misa con varios curas. Me puse muy contento y cuando lo abrí vi que dentro había de todo: plátanos, chocolate, chicles Hubba-Bubba, varios yogures Danone, sobres para hacer zumos, varias barras de pan, bollos, salami, fiambre de pollo, aceitunas negras, queso fundido Hochland, varias cajitas con huevas de pescado y una botella de *tuica* para mi padre. Esa noche cenamos un aperitivo que mamá se encargó de preparar mientras yo repasaba mi nuevo horario y todo lo que tenía que llevar al colegio al día siguiente. Al verla en la cocina tuve la impresión de que ya estaba recuperada.

Eduard y yo teníamos una especie de ritual: cada mañana me llamaba silbando. Tenía una melodía muy particular y era algo que habíamos inventado solo para nosotros dos. Luego nos tocaba andar un kilómetro hiciese frío, lluvia, nieve o sol. Daba igual. Salíamos de casa y charlábamos hasta la puerta del colegio. Él estaba en 4.º A y yo en 4.º B. A su clase iban los chicos de las familias ricas, a la mía íbamos todos los demás: algunos niños gitanos, un chico con una discapacidad mental y los niños de las familias más humildes; es decir, hijos de pobres. Nuestro nivel era mucho más bajo y solo teníamos clase de Matemáticas, Lengua y Literatura, Historia y Geografía, Religión y Francés. No teníamos Música, Inglés, Arte ni Educación Física. Además, todas las asignaturas las impartía el mismo profesor, el señor Gheorghe Petrescu. Era un hombre muy particular. Sobre su vejez flotaban los últimos resquicios del comunismo, a menudo olía a alcohol y cuando había festividades no quería que le llevásemos nada que no fuese *tuica*. Siempre se ponía una boina negra con una chaqueta de traje marrón y muy ancha. Todos los días aparecía en clase con pequeños papelitos pegados en la cara porque se había cortado al afeitarse. Cuando lo veíamos entrar por la puerta nos poníamos en pie y, solo si él nos daba los buenos días, debíamos responder. En algunas asignaturas que se consideraban secundarias, solía ponerse la boina sobre los ojos y dormir a ratos. Habitualmente, en estas horas muertas, mis compañeros tampoco hacían nada, pero yo me ponía a leer libros que encontraba en la pequeña y desordenada biblioteca. El polvo que guardaban me hacía estornudar varias veces cuando los abría. Ahí devoré *Las aventuras de Tom*

Sawyer, Moby-Dick, o *Colmillo blanco,* entre otros tantos. No se nos permitía llevárnoslos a casa porque a veces los chicos no los devolvían.

En el colegio no se nos enseñaba la importancia de la cultura, solo se nos educaba en la disciplina y el rigor. No se nos estaba permitido reír, movernos de nuestros asientos sin permiso del maestro, elevar la voz ni mucho menos hablar con los compañeros. Cuando nos dirigíamos al señor Petrescu debíamos ponernos en pie, adoptar una postura muy erguida, casi militar, y hablarle con muchísimo respeto. Si incumplíamos las normas básicas se nos castigaba arrodillándonos en el pasillo sobre el cemento, con los brazos extendidos, sujetando algunos libros pesados. No podíamos mostrar el mínimo atisbo de debilidad. Aunque este no era el peor castigo, cuando nos golpeaban con la regla de madera en las yemas de los dedos era aún más doloroso. Se nos hinchaban y a veces perdíamos alguna uña. Otro castigo habitual era agarrarnos de la oreja cuando salíamos a la pizarra y nos equivocábamos. Nuestros padres conocían estas prácticas porque ellos también las habían sufrido y muchos estaban de acuerdo en darles mano larga a los educadores. Los míos no, gracias a Dios, aunque eso no impedía que no me castigasen. Nunca decía nada en casa por miedo a las represalias.

Los primeros días de colegio no pude asistir porque debía estar en casa con mamá, pero me incorporé en cuanto me fue posible, sabiendo que no me había perdido mucho, El primer día fue tranquilo. En el aula hacía frío, como de costumbre, y tuvimos que dar las lecciones con los abrigos puestos. Nos solíamos sentar de dos en dos, en unas mesas compartidas que formaban un único cuerpo con sus asientos. Estaban tan viejas que en algunas podían leerse inscripciones de fechas pasadas que otros alumnos habían tallado. Mi compañero se llamaba Liroi, un chico cuya familia era muy pobre y al que a menudo lo veías comiéndose los mocos. A principios de enero el sol ya calentaba algo, pero el calor era tan pasajero como la caricia de un copo. Al fondo de la clase, en una esquina, teníamos una estufa que apenas era capaz de calentar el aula, por lo que cuando helaba lo pasábamos muy mal. Teníamos un horario de siete a doce de la mañana y el recreo era de nueve a nueve y media. Normalmente solíamos salir al patio y jugar en la pista o nos quedábamos en los bancos de la pequeña campiña que había delante del edificio viendo pasar a la gente y los coches. Muchas veces pasaba algún padre y eso provocaba un murmullo colectivo porque todos teníamos curiosidad por saber cómo eran los progenitores de nuestros compañeros.

Yo compartía el recreo con Eduard y sus otros amigos del A: Vlad, Bianca, Bogdan y Oana. Todos venían de otros pueblos excepto mi amigo. Éramos una pandilla que nunca se metía en problemas, bastante tranquilos, con sus cosas de críos, pero nada más. Habíamos desarrollado cierto instinto de protección hacia los demás, pero en absoluto teníamos un líder, aunque Bogdan, a veces, trataba de actuar como tal.

Esa primera mañana, antes de sentarnos en aquellos bancos verdes y casi destrozados por el tiempo, me preguntaron por mi madre y yo les dije que ya estaba bien. Parecieron alegrarse, porque enseguida empezamos a hablar sobre los regalos y las vacaciones. Obviamente yo volví a mentir. Me gustaba escucharlos porque podía percibir la ilusión que ellos mismos sintieron. Vlad y Bianca se habían ido a los pueblos de sus abuelos donde comieron *cozonac** y bebieron mosto. Oana había estado esquiando en Brasov y nos contó cómo se caía constantemente hasta que un monitor alto y guapo les enseñó a ella y a su madre cómo montar bien. Pero Bogdan había sido el que mejor lo había pasado. Sus padres lo habían llevado a visitar Budapest. No paraba de contarnos, muy entusiasmado, lo llenas que estaban las calles de luces. En cada plaza se montaba un árbol grande y Papá Noel iba regalando juguetes a los niños que se acercaban. Se organizaban conciertos públicos para la gente y todos se sentaban en las terrazas a comer sopas con paprika y a beber vino caliente y cervezas en jarras de un litro como hacían en Alemania. Bogdan era el más intenso y exagerado de nosotros y me gustaba escucharlo, porque gesticulaba y gesticulaba y nunca paraba de hablar. También solía mentir a menudo para llamar la atención. Ese día nos contó que el Papá Noel húngaro medía como mínimo dos metros y que en sus rodillas podían sentarse tres e incluso cuatro niños al mismo tiempo.

Cuando sonó el timbre, tuve la sensación de que la media hora de recreo se me había hecho tremendamente corta y quería saber más sobre aquella ciudad tan lejana, sobre aquellas personas que hablaban otro idioma y su gigantesco Papá Noel particular. Me fascinó todo lo que Bogdan nos

---

* Bizcocho con pasas, cacao y nueces.

había contado. De camino a mi aula, cuando me separé de ellos, deseé con todas mis fuerzas poder visitar ciudades o países cuyos nombres escuchaba en la televisión: Costa Rica, Casablanca, Palestina, Nueva York... Qué bien sonaban esos nombres. Me maravillaba la idea. Al llegar a clase mis compañeros ya estaban sentados, cada uno a lo suyo. Esa imagen, la de todos ellos vestidos con sus abrigos, sus bufandas, sus guantes y sus gorros me hizo volver a realidad y ser consciente de que probablemente jamás en mi vida descubriría esos lugares sobre los que no sabía nada, porque era pobre y mis sueños debían ser otros.

16

Era un día de principios de febrero. Como de costumbre, salí al patio. Llevaba conmigo mi mochila porque teníamos prohibido dejarlas en clase. Traté de buscar a mis amigos con la mirada, pero no los encontré. Supuse que no tardarían en aparecer. Tal vez estuvieran castigados. Decidí que lo mejor sería esperarlos en el banco de la campiña donde nos encontrábamos siempre. Ese semestre, a algunos alumnos nos habían empezado a repartir una pequeña barra de pan del tamaño de un bollo y un cartón de leche de un cuarto de litro para tomárnoslos en los recreos. Hasta entonces yo siempre me había llevado un pequeño sándwich de mantequilla con sal envuelto en un pañuelo de tela. Los alimentos venían en unas cajas azules con el emblema del Gobierno rumano. El señor Petrescu nos los solía repartir antes del recreo, de uno en uno, como si nos estuviera haciendo un favor. Había compañeros que se ocultaban para comérselo por vergüenza y otros que se lo guardaban en las mochilas porque, probablemente, esa fuera su única comida segura en todo el día. Yo también me sentía un poco humillado cuando veía que otros compañeros traían su bolsita de comida de casa y yo debía comer aquello, pero aprendí a no darle demasiada importancia.

Hacía un día soleado y la nieve se derretía convirtiendo el pueblo en un barrizal. Temí mancharme las zapatillas, así que pisé con cuidado. Dejé la mochila en el banco porque pesaba mucho y cerré los ojos por unos instantes. Apreté la comida contra mi pecho, todo estaba en calma y me gustaba, pero no duró mucho... Lo primero que sentí fue un empujón. Me asusté porque no sabía qué estaba ocurriendo. Abrí los ojos y me giré con la esperanza de ver una cara conocida. No fue así. Entonces un puño golpeó mi mejilla y me hizo caer del banco aún apretando mi comida contra el pecho. Eran tres chicos, todos más mayores que yo y todos hijos de familias ricas. Me estrellé contra el suelo, de espaldas, y el que me había golpeado se acercó a mí y me tiró del cuello de la blusa desgarrándola un poco. Luego se arrodilló en el suelo, posando su culo sobre mi abdomen. Yo seguía apretando con fuerza la comida contra el pecho. De un zarpazo, me arrancó la leche de la mano y, con una violencia descarada, la tiró contra el asfalto, reventándola. Me intenté zafar, pero era imposible. Entonces uno de sus compinches saltó con las dos piernas sobre el cartón y varias gotas me salpicaron la cara. Se rieron. El tercero me quitó el panecito que había rodado hasta mi cuello, le arrancó el plástico que lo envolvía, lo partió en dos y dejó caer varias migas sobre mi cara. En ese momento comprendí que lo mejor sería quedarme quieto porque ya no tenía nada más que perder. Tan solo deseaba con todas mis fuerzas que aquello acabase. Me volví a clavar las uñas en las palmas de las manos. Muy fuerte. Sentía cómo cada dedo me hacía daño y la sangre estaba a punto de estallar. Me dijeron que era un pobre de mierda y que ese día no iba a comer. Eso dijeron. Y yo no entendía por qué a mí, pero en el fondo sí. Casi podía sentir cómo se reían a carcajadas mientras aplastaban, definitivamente, mi pan contra el suelo. Volví a clavarme las uñas y no hice ningún ruido. Mi cara seguía impasible, aunque mi corazón latía con ímpetu. El que estaba sentado se incorporó y me dio una patada en un brazo. El que había aplastado mi leche agarró mi mochila y, en tono de burla, me preguntó qué tenía ahí. No le contesté y empezaron a reírse. De nuevo, la risa. De un tirón, la abrieron y vi cómo la cremallera se estrellaba contra el suelo. Sacaron mis libros y mis cuadernos y les arrancaron varias hojas. Luego lo tiraron todo en el banco. Yo solo quería que parasen y volví a cerrar los ojos hasta que los escuché decir que ya no merecía la pena. Cuando volví a la realidad, los vi alejándose hacia la pista de fútbol como si nada hubiese pasado.

No lloré, a pesar de estar lleno de lágrimas. No me podía permitir ese lujo. Al menos no delante de alguien. Bastante tenía con ser pobre. Traté de limpiar mi ropa antes de volver a sentarme en el banco. Volví a meter mis cuadernos y mis libros en la mochila. También las hojas del suelo. Me metí la cremallera en el bolsillo del pantalón con la esperanza de poder arreglarla. Estaba empapado y sucio. Sentía cómo las gotas de barro se deslizaban por mi cara y me limpiaba con la manga de la blusa mientras pensaba en una explicación para mi madre sobre el desgarro del cuello y la mochila rota. A mis amigos les diría que me había resbalado. A mi madre le contaría que me habían dado un balonazo tan fuerte en la cara que me caí contra un montón de nieve y pasó lo que tuvo que pasar. A mi profesor no le diría nada porque probablemente no me preguntaría.

Al fin, mis amigos se acercaron, riendo y compartiendo sus cosas, y cuando me vieron se sobresaltaron. Les conté la mentira. Otra mentira. Ellos me explicaron que habían ido a comprar bollos y que se habían demorado en pagar porque había mucha cola. Me contaron que había venido un señor con un Dacia Papuc y los vendía en la entrada. Al ver que se me había caído todo al suelo, me ofrecieron un *corn** y una galleta salada grande y caliente. Les dije que no, naturalmente, porque no tenía tanta hambre. Mentí. Proseguí jurándoles que estaba bien y que no se preocupasen. Otra mentira. Y seguimos como si nada hubiese pasado, como si todo fuese normal, hablando sobre cosas de críos, como si aquella mañana no me hubiese sentido el niño más indefenso y miserable del mundo.

---

* Bollo relleno de chocolate.

17

No sé si mami me creyó. Me conocía demasiado y lo cierto es que no era la mentira perfecta, pero no me echó mucha bronca, aunque se lamentó por el jersey y la mochila. Mi ropa escaseaba y la que me compraban al principio del curso me debía durar todo el año. Una vez a la semana en el pueblo se organizaba un mercadillo de segunda mano, con ropa traída de Alemania. Probablemente procedía de contenedores de basura porque a veces olía fatal. Pero, salvo alguna bufanda o los chalecos que mi madre tejía, era con lo que nos vestíamos habitualmente mi familia y yo. Pensaba a menudo que tal vez algún pantalón o mi única camisa habían pertenecido a algún chico rico alemán. Tal vez a un hijo de abogados o periodistas. O tal vez su padre fuera jugador de fútbol o su madre doctora. Me gustaba pensar en eso. Quién sabe cuántas veces lo habría llevado.

La mochila la habíamos comprado en un bazar turco de la ciudad. Era negra y aparecían varios jugadores de fútbol impresos en la tela. Cuando me la ponía a la espalda, era tan grande que me llegaba a cubrir parte del culo. Papá decía que parecía un buzo y se reía. Mamá era buena costurera, pero no pudo arreglar su desgarro, aunque al jersey sí le hizo un buen apaño. Todo lo que quedó de curso la llevé con unos imperdibles para que no se me perdiesen los libros.

Esa noche, al entrar en la cama, cuando cerré los ojos, volví a recordar el episodio. No entendía por qué me había pasado a mí, pero en el fondo sí. Aunque probablemente esos chicos no me volvieran a hacer nada, pensé que sentiría miedo cada vez que me los cruzase por el colegio. Cuando me giré sobre la almohada fría y dura, la cara empezó a dolerme. Sentía cómo el corazón me palpitaba en la mejilla y un escalofrío me subió por las piernas hasta el pecho. Mis manos también dolían y tenían la forma de las uñas en la palma. Me hubiese venido bien echarme algo de *tuica,* pero no quedaba. Me levanté y, descalzo, salí y caminé al lado de la casa. Me la saqué y me puse a mear sobre mi mano. Papá siempre me decía que el pis curaba las heridas. Estaba tan caliente que el vapor subía hasta meterse por mi nariz. Solté un pequeño gemido y me entraron ganas de vomitar, pero no lo hice. Me quedé unos minutos fuera y, antes de entrar en casa, me lavé la mano con nieve, aunque aquel olor me persiguió hasta mi cama. Me metí debajo de la colcha y en ese instante me sentí muy pequeño.

Entonces empecé a llorar todas las lágrimas del mundo. Las bebí como si tuviese sed. Y fue entre sollozos como me dormí y soñé que tenía un caballo muy negro y muy grande al que montaba por la montaña y que era tan enorme que podía galopar en la nieve y tirar todos los árboles que saliesen al paso.

Me desperté a la mañana siguiente, me lavé la cara con agua fría y me puse un viejo chándal que estaba lleno de parches. Me enganchaba con alambres de púas cuando trataba de saltar alguna valla para a saber qué cosas de críos. Escuché el silbido de Eduard. Anduvimos hasta el colegio, no hacía demasiado frío. Eduard dijo que pronto saldrían los *ghiocei**. Yo no le contesté porque no tenía ganas. Tampoco hablamos sobre el día anterior y todo parecía normal.

Esa mañana el señor Petrescu llevaba su cara de siempre y su olor a taberna. Cuando entró en clase vimos que tenía bajo el brazo el enorme catálogo donde ponía todas nuestras notas. Se sentó y pareció abrirlo por una página al azar. Dijo mi apellido en alto y me puse en pie. Me ordenó que le contase la lección de Historia del día anterior y lo hice. No recordaba con exactitud todas las fechas, pero sí las más importantes. Cuando terminé el monólogo, me dijo que cogiese mi cuaderno y me acercase. Me entró un escalofrío. Abrió las páginas y vio que había algunas hojas arrancadas. Se puso en pie y me miró. No me preguntó nada, tan solo cerró su cuaderno y me golpeó la cabeza con él varias veces mientras me decía que era un inútil y que no valía para nada. No me dolió ni me interesaba nada de lo que ese señor

---

* Campanillas de invierno.

tuviese que decir. Solo sentía rabia porque no era culpa mía. Apuntó junto a mi nombre, en grande, un cuatro. Mis compañeros se rieron de mí, aunque cuando el profesor levantó la cabeza se callaron. Me castigó obligándome a copiar diez veces cada página arrancada durante todos los recreos que fuesen necesarios y también prometió que hablaría con mis padres. Agradecí en el fondo no tener que salir al patio. Luego pensé que esa mañana y los siguientes dos días mi madre iría a trabajar a casa de la señora Criana. Tendría que preparar varias ollas de *sarmale* y media docena de *cozonac* para ella porque se cumplía un año desde la muerte de su marido y quería repartirlo en la iglesia y entre los vecinos. Así que supe que la amenaza de contárselo a mis padres no se podría cumplir.

A finales de semana el señor Petrescu nos dijo que ese semestre se organizaría el primer concurso literario del colegio, para las clases 1 a 5, en el que esperaba que participásemos todos. No me entusiasmó demasiado la idea, aunque me lo apunté en el cuaderno de Lengua para contárselo a mi madre. El premio iba a ser un lote de cinco libros de Otilia Cazimir y Nichita Stanescu, dos de los poetas favoritos de mamá. El ganador se anunciaría en junio, justo antes de las vacaciones. Lo que no sabía en ese instante, era que, para entonces, mi vida habría cambiado por completo.

18

La nieve no había desaparecido todavía y seguía posada en los picos de la montaña. El invierno se advertía más largo que en años anteriores. En casa lo sabíamos e intentamos tomar toda precaución posible para pasarlo dignamente. Tratábamos de ahorrar en cualquier cosa. La leña seguía suponiendo un problema, aunque habíamos aprendido a convivir con él. Me acostumbré a tener las manos y los pies helados. Me ponía dos o tres pares de calcetines y casi siempre iba con unos guantes de lana que mi madre me había tejido el invierno anterior, aunque me estaban algo pequeños.

Aquel domingo de febrero era uno de esos días en los que no pasa nada y, al mismo tiempo, podrían pasar todas las cosas del mundo. Papá llegó un poco más tarde de la hora habitual. En cuanto entró por la puerta sentí un fuerte olor a aguardiente y supe que se había pasado por la taberna del pueblo. Beber era otra de las maneras que tenían los hombres del pueblo para combatir el frío. Lo vi andar, tambaleándose, y supe que estaba borracho. Dejó su chaqueta, se descalzó sus botas y nos besó a mi madre y a mí. Me recordó por un instante al señor Petrescu. Mamá no le pidió ninguna explicación y él tampoco tenía interés en darlas. El estómago me empezó a rugir y tenía antojo de *zacusca**, así que se lo hice saber a mi madre. Dejó de tejer y se fue a la cocina.

Mamá tenía un pequeño radiocasete y solía poner cintas con viejas baladas rumanas que dejaba sonando de fondo una y otra vez. Siempre eran de desamor y tenía la impresión de que las voces de aquellas intérpretes transmitían un dolor puro y casi masticable. A veces mamá las acompañaba cantando, casi susurrando, y yo la escuchaba en silencio. En aquellos instantes parecía que fuera la mujer más libre de la tierra. En verano me gustaba ver cómo preparaba los tarros de compota y musaca o cómo metía las legumbres en vinagre para que duraran hasta los meses de frío. Cuando me preparaba champiñones en salsa o *chiftele***, me hacía ir y probarlo para comprobar la sal. Olía tan bien que el aroma lograba traspasar las paredes de la cocina y meterse dentro de la casa. Yo la admiraba, la consideraba una especie de maga capaz de sacar fuego de la nada.

Ese día también la seguí a la cocina y me senté en una silla, cerca de la ventana, balanceando las piernas mientras la mi-

---

* Pisto rumano.
** Albóndigas.

raba moverse entre los fogones y las sartenes y todos aquellos sobres con ingredientes que guardaba en un tarro de metal muy grande y azul. Sus movimientos eran un baile constante.

Mami se acercó al armario y abrió la puerta de madera. Sacó un bote casi vacío y untó tres pedazos de pan que habían sobrado. El tintineo del cuchillo arrebañando parecía alarmar de algo. Abría y cerraba una y otra vez los armarios de madera y se quedaba mirando dentro largo rato, pero nunca sacaba nada. La amarillenta luz de la cocina entristecía su rostro. Mami no bailaba ese día. Estaba sumergida en otro mundo del que nadie más que ella era parte. Al poco rato volvimos con dos platos y los dejamos en la mesa del salón, sobre el mantel de plástico que seguía clavado con chinchetas a la mesa de madera desde la pasada Navidad. Colocamos uno en el lugar en el que solía comer papá. Yo me sentaba a su izquierda y ella a su derecha. Comíamos allí porque así no teníamos que encender el fuego de la cocina. Luego mamá volvió a salir y me dijo que me fuese preparando para cenar. Cuando volvió, yo estaba sentado, con los brazos cruzados sobre la mesa, mirando sin pensar en nada. Dejó un tenedor al lado de cada plato y en el medio de la mesa soltó los tres pedazos de pan partidos con sus propias manos. Por las migas intuí que era de días antes. Ella siempre me echaba la bronca cuando no cortaba la barra con el cuchillo, pero no le dije nada. Salió de nuevo y regresó con otro plato un poco más grande. Sirvió los dos huevos fritos. Uno para cada uno. También había traído un poco de *zacusca* untada que me colocó en el plato. Papá estaba tumbado en la cama y en la televisión echaban *Chestiunea Zilei,* el programa de Florin Calinescu. Se acercó a la mesa perezosamente. Se sentó mientras seguía distraído con el tema que trataban aquel día. Apenas nos miró. Antes de comer me santigüé. Mi madre apoyó los brazos sobre la mesa, juntando las palmas y, mientras papá y yo rompíamos el huevo con el tenedor, sentí que estaba a punto de decir algo realmente importante.

19

Esa mañana de lunes Eduard no fue al colegio porque estaba enfermo. Agarré mi mochila y me fui. Hacía mucho que no veía un día tan helado. El termómetro de la entrada señalaba casi veinte grados bajo cero. La ventisca me azotaba la cara cada vez que levantaba la vista del suelo. El frío se posó en mis pestañas y el vaho de mi boca no bastaba para calentarme los dedos. Llevaba guantes, pero era como si mis manos estuviesen desnudas. Mis pies se mojaron en cuanto caminé unos metros, pues había nevado y llovido tanto que la calle principal del pueblo parecía un río. Reparé en que mis botas se estaban agrietando. El sudor empezó a correr por mi espalda porque mi madre me había dado toda la ropa de abrigo que tenía. Solamente andaba y andaba. No pensaba en nada más. Parecía que mi vida estuviera hecha para andar. No crucé ni una mirada con nadie. Escuchaba a los vecinos darse los buenos días y sentía cómo otros compañeros pasaban a mi lado, también en silencio. Unos chicos de mi clase me saludaron, pero no pude contestarles más que inclinando la cabeza. Iban sentados en los tablones de un carro tirado por dos caballos. Cargaba mi mochila a la espalda y, en lugar de nueve años, ese día tenía treinta. O veintinueve. La edad de mi padre y de mi madre. El gorro se me caía sobre los ojos y no me molestaba en apartarlo porque aun así veía mis pies. Se hundían en la nieve, despacio, con suavidad, a razón del peso de un niño de nueve años. Metí una mano en el bolsillo y palpé el billete de mil leis. Pensé en mi madre y empecé a moverlo entre los dedos. Llegué a la puerta del colegio y me dirigí a mi aula. Sentía los calcetines encharcados. Me senté en la banca, como siempre, y, aunque me dejé el abrigo puesto, me quité el gorro porque no podíamos tener la cabeza cubierta. Volví a meter la mano en el bolsillo, aunque esta vez sin guantes, y volví a sentir el billete arrugado y algo gastado por los bordes. Lo saqué y lo miré, pero el señor Petrescu entró por la puerta y tuvimos que dar las clases como todos los días, por lo que me olvidé, a ratos, de lo que iba a hacer.

En el recreo me quedé en clase cumpliendo los últimos días de castigo. A las doce escuché la campana de metal sonando en el pasillo y después, fuera, el ruido de las voces de unos compañeros que salían de la sala de deporte, contentos porque habíamos terminado otra jornada. El billete seguía a salvo en mi bolsillo y mis calcetines se habían secado dentro de las botas. Ya no hacía tanto frío como por la mañana, aunque yo sentía una leve sensación de entumecimiento. Salí al patio, anduve hasta la puerta del colegio, donde me encontré a mis amigos y entonces lo saqué del bolsillo. Todos lo miraron sorprendidos. Bianca lo cogió para comprobar que no era falso y cuando me lo devolvió me rozó levemente la mano. Entonces les dije que me acompañaran a la tienda de *nea* Ion, que estaba frente al colegio. Me iba a comprar las pelotas saltarinas de goma. Cogí cinco. Una de cada color. Tenía el mismo número de pelotas que Bogdan. Al tenderle el billete al viejo me invadió un escalofrío. Lo agarró para meterlo en el cajón de madera que tenía al lado. Me sonrió y vi su dentadura desgastada. Salimos a la calle y estaba excitado. Buscamos una pared, cogí la pelota roja y la lancé contra ella. Botaba mucho y entonces sentí miedo de perderla. Bogdan quitó la nieve del suelo con la bota para lanzar la suya. A él le daba igual perderla así que la lanzó muy fuerte. Pasó cerca de su cara y ascendió, perdiéndose en el viento. Como las mías eran nuevas llegaban mucho más alto, así que Bogdan me pidió una prestada y la lanzó varias veces. Caía en la nieve y se hundía formando diminutos agujeros, como pisadas de perro. Las chicas y Vlad nos miraban mientras debatían sobre los metros que alcanzaba con cada bote. Bianca fue la única que dijo que mi lanzamiento había sido el que más arriba había llegado. Y me sentí muy bien porque me había prestado atención a mí. Al rato, las manos se nos quedaron tan heladas que tuvimos que marcharnos a casa. Nos despedimos y Bianca me sonrió con cierta complicidad. Mi corazón latió como una locomotora y caminé cargando mi mochila, con las manos en los bolsillos. Sentía mis guantes rozando aquellas pelotas de colores mientras pensaba, a cada paso que daba, que con el dinero que me había gastado en ellas mi madre habría podido cenar algo la noche anterior.

20

De un día para otro mis padres empezaron a ir a misa, aunque la devoción se reflejaba mucho más en mi madre. Por las noches me obligaba a rezar un padrenuestro. Por las mañanas, antes de irme al colegio, posaba su mano sobre mi cabeza y me recitaba el *crezul** para bendecirme. Mi padre no mostraba mucho interés, pero, por contentarla, la acompañaba cada vez que podía. Por eso mami empezó a juntarse mucho más con algunas vecinas del pueblo y casi todos los días la veía hablando con doña Carmen sobre cotilleos a los que siempre había permanecido ajena.

Desde que íbamos a la iglesia en casa había más comida y, algunas veces, mi madre me hacía estrenar cierta ropa que hasta entonces nunca había visto en mis cajones y que pare-

---

* El credo.

cía nueva. Yo también debía ir a misa. Había ido muy pocas veces y me sentía muy perdido en todos los rituales que había que hacer, así que actuaba de la misma forma que lo hacía Eduard. Me santiguaba, hacía mis postraciones, besaba la mano del pope, incluso mamá me daba alguna moneda para la donación. Eduard era monaguillo, cosa que a mí me parecía muy seria. La intención de mi madre era que yo empezara a frecuentar el altar, aunque no entendía muy bien por qué. Yo los observaba y trataba de aprender porque tenía mucho miedo a equivocarme en algo y que mi madre —o Dios— me castigase. Por ejemplo, teníamos prohibido pasar por delante del altar o cruzar la iglesia corriendo. Una vez Eduard tocó uno de los libros sagrados del pope y se sintió tan culpable que se echó a llorar antes de que alguien le regañase por ello.

Cuando empecé a ser monaguillo teníamos que estar de pie junto a los dos cantores y ayudarlos pasándoles las páginas de los libros o abriéndoles otros. Debíamos seguir todos los rezos y recitarlos en nuestra cabeza porque no podíamos despistarnos. También solíamos ayudar a recoger y, junto al pope, éramos de los últimos en abandonar la iglesia. Como recompensa, nos solía dar alguna oblea y un poco de *coliva* en un vaso de plástico. Yo siempre trataba de que el cura me hiciese un poco de caso, sobre todo cuando mi madre estaba cerca, pero siempre se dirigía a Eduard cuando quería decirnos algo a los dos.

Uno de esos domingos volviendo a casa con mi madre, la mamá de Eduard apareció de repente y se agarró a su brazo. Empezaron a charlar sobre la misa y criticaron a algunas mujeres por no llevar pañuelo sobre la cabeza y por teñirse el pelo o llevar falda hasta la rodilla delante del cura. A mí no me interesaba nada de eso porque estaba sumergido en todo lo relativo al concurso de literatura del colegio. Pasamos por delante de la casa del señor Mazilu y me desvié un poco para ver cómo se encontraba su perro, Lucas, porque unos días antes lo había atropellado un coche. Tal vez estaría bien escribir sobre ello, pensé. No le pedí permiso a mamá, pero ella tampoco me dijo nada. Parecía estar muy interesada en la conversación. Cuando llegué a la valla de la casa lo vi, tenía una pata vendada y estaba tumbado junto a su cuenco de agua. En su caseta había dos trozos grandes de pan. Metí la mano entre las rejas para acariciarlo un poco y, como me conocía, no ladró ni se movió. Tan solo giraba sus ojos y parpadeaba. Olía bastante mal y sabía que en cuanto llegara a casa me tendría que lavar las manos para que no me echasen la bronca. Mamá se iba alejando cada vez más y entonces, despidiéndome del perro con unas caricias en el hocico, salí corriendo para poder pillarla. Cuando ya estaba cerca, la escuché pronunciar una palabra: «Spania». Lo primero que me vino a la mente fue el Real Madrid y el Barcelona. Luego pronuncié en mi cabeza, con el acento mexicano de las telenovelas: «buenos días». Me pareció estúpido interrumpir la conversación para añadir eso, así que me callé. Entonces sentí la mirada de doña Carmen y cuando se la devolví vi en sus ojos una incertidumbre que me descolocó.

Esa misma tarde volví a escuchar a mis padres hablando sobre los problemas de llegar a fin de mes y la posibilidad de que papá trabajase en otro lado. Me preocupé un poco y me sentí un estorbo para mi familia. Luego pensé que papá no tendría problemas en encontrar algo pues él siempre se las había apañado. Además se decía que los italianos iban a invertir en la fábrica de plásticos, y el alcalde había asegurado que daría trabajo a cuatrocientas personas. En el pueblo se hablaba de eso todos los días. Eso sí, me fui a la cama pensando muy seriamente que tal vez papá tenía pensado buscar trabajo en el Real Madrid o en el Barcelona.

21

La última semana de febrero el tiempo nos dio una tregua. En el colegio se avecinaba época de exámenes y pruebas, pero no me importaba demasiado porque mi cabeza solo pensaba en Bianca. Quizá me enamorara de ella porque era la única chica que me hacía caso y todas las veces estaba pendiente de mí. Nadie lo sabía porque me daba mucha vergüenza contarlo, pero cuando jugábamos, siempre procuraba formar parte de su equipo y me encantaba que me guardara un sitio a su lado en el banco de la campiña en el que nos sentábamos en los recreos. Una de esas mañanas, antes de irme de casa le quité un peine a mi madre y salí a la bomba de agua para arreglarme. Tenía el pelo muy corto, así que no pude hacer mucho más que peinármelo de lado y aplastarlo como si me hubiese lamido una vaca. Luego robé un poco del desodorante que mi padre se echaba cuando iban a misa y me perfumé el cuello. Eduard me vio raro y me sonrojé porque yo también me sentía así. Me arrepentí un poco y temí estar haciendo el ridículo. Solo quería que Bianca me dijese algo bueno sobre mi aspecto y entonces habría merecido la pena. A mí me gustaban muchas cosas de ella, aunque su pelo era lo más especial. Tenía el peinado de una guerrera vikinga, dos trenzas rubias que parecían látigos. Me gustaba cuando se giraba y sus coletas se movían al mismo tiempo. Cuando la miraba tenía la sensación de que era una chica diferente a todas las demás. Incluso sus grandes ojos marrones, que nunca me habían parecido bonitos, me parecían entonces perfectos. Su madre la dejaba pintarse las uñas y era de las pocas niñas del colegio que usaba pintalabios, aunque su maestra le llamó la atención más de una vez. Bianca tenía una forma de hablar pausada, cansada y un poco hipnotizante, y yo escuchaba embobado cada palabra que decía. Pero ese día no me dijo nada sobre mi olor ni sobre mi pelo, nos contó otra cosa que me gustó mucho más. Su cumpleaños era el 1 de marzo y quería celebrarlo en su casa, con todos nosotros. Y cuando dijo todos nosotros, me miró a mí. Entonces me di cuenta de que nunca había estado en otro cumpleaños que no fuese el de Eduard. Y que yo nunca había celebrado el mío con mis amigos.

Lo tenía todo planeado: el día 1 de marzo me presentaría en el colegio con un *martisor**. Había estado preparándolo du-

---

* Cordón con dos extensiones de hilo —habitualmente rojo y blanco—, que representan la llegada de la primavera y el paso del invierno.

rante el fin de semana y, si bien las manualidades no eran mi fuerte, no me había quedado del todo mal. Mamá me había preguntado si era para una chica y yo me había escandalizado negando rápidamente con la cabeza. Ella sonrió y me dejó en paz. Tampoco le dije nada a Eduard. Pretendía entregárselo cuando nadie se diese cuenta porque no quería que alguien supiese que Bianca me gustaba.

Mi madre me había dejado preparada mi ropa del domingo y me recordó la obligación de llevarle un regalo. Yo no le dije nada sobre que el *martisor* era para ella, así que mamá concluyó que llevarle un libro estaría bien. Como no podíamos comprar uno nuevo, me dio a elegir entre varios que tenía en la estantería. Me dijo que pensase bien lo que más me gustaba de mi amiga y entonces sabría cuál de todos debía escoger. Así que elegí *Sandokan* porque ella era la más guerrera de todos.

Por la mañana, después de peinarme y de volver a robarle un poco de desodorante a papá, me guardé el *martisor* en uno de los bolsillos de la mochila. Ese día estrenaba unas zapatillas que mamá compró en el rastro y que se encargó de limpiar hasta dejarlas blanquísimas. Al ponérmelas, desee que Bianca se fijase en ellas. Cuando escuché la campana del recreo me puse tan nervioso que creí haber perdido el *martisor*. Lo encontré, me lo metí rápidamente en un guante y salí al patio. Mis amigos ya estaban ahí y entonces me acerqué a Bianca y la felicité. Llevaba conmigo el panecillo y el cartón de leche, pero me dijo que lo dejase en mi mochila porque había traído bombones y dulces para todos. Sacó una caja roja de su mochila y una bolsita de bollos rellenos de mermelada y nos sirvió a todos. Añadió que los había preparado su cocinera y yo pensé en mi madre. Bianca estaba muy guapa, ese día también se había puesto un poco de pintalabios y me pareció mágico ver que cuando hablaba le relucían los labios.

Conversábamos y nos reíamos cuando, de repente, dos chicos se pusieron a pelear en el patio, y Eduard, Vlad y Bogdan se fueron corriendo a ver qué ocurría. Bianca y yo nos quedamos solos con Oana, pero era imposible deshacerse de ella porque ambas iban juntas a todas partes. Después de pensarlo, me envalentoné y le dije a Bianca que le había llevado un regalo. Se puso muy roja y yo sentí que también me ardía la cara. Le tendí el guante sin darme cuenta de lo que estaba haciendo y Bianca lo miró, algo desconcertada, porque era solamente un guante. Entonces, nervioso, me di cuenta de mi ridículo y saqué el *martisor*. Se lo ofrecí y sentí cómo mi mano entraba en contacto, involuntariamente, con la suya. Me miró y sus brazos rodearon mi cuello para darme un abrazo corto pero fuerte. No lo vi porque cerré los ojos, pero seguro que había levantado una pierna como hicieron en aquella pegatina que mamá tenía pegada en un armario de la cocina, un soldado y su prometida. Ella se agarró a mi cuello como si fuese un columpio. Se lo guardó en el bolsillo y miré a Oana, que no dijo nada, pero parecía devolverle una mirada cómplice. Nos quedamos en silencio, un poco incómodos, hasta que los chicos volvieron eufóricos, contando los detalles de la pelea y que uno de los involucrados tenía las gafas rotas y la cara como un tomate. Antes de meternos a las clases, Bianca me dijo que mis nuevas zapatillas le gustaban mucho.

Cuando salimos del colegio, el padre de Bianca nos esperaba para llevarnos en coche hasta su fiesta. Ella se sentó delante y los demás nos apretujamos en los asientos traseros. Nos daba tanta vergüenza que no dijimos nada durante todo el viaje. La casa de Bianca era más grande que la de Eduard. Aparcamos en un garaje interior, como en las películas, con una puerta que se abría y cerraba con un mando pequeño. Entramos a un salón lleno de globos y de regalos y nos sentamos todos en una mesa grande donde había una tarta en la que estaba escrito con caramelo el número diez porque Bianca cumplía esa edad. Poco a poco fue saliendo gente de la cocina. Bianca nos presentó a su madre y a sus abuelas. Tuve la impresión de que, por su forma de hablar, su madre era una mujer algo inquieta y muy lista. Era como una de esas presentadoras de televisión.

Al rato, aparecieron varios tíos suyos con sus hijos y yo, por un momento, me sentí fuera de lugar. Bianca iba y venía, era normal que se centrase mucho más en estar con su familia. Yo buscaba la mirada de alguno de mis amigos, pero cada uno parecía estar pendiente de alguna cosa y no me devolvían la atención. Tal vez estaban igual de incómodos que yo. Su madre nos trajo muchísimos platos de comida rumana y me puso la mano en el hombro, mientras nos decía que no nos quedásemos con hambre. Volví a pensar en mamá. Además, bebimos todo el zumo que quisimos, porque fue eso lo que nos dijeron, y me parecía que era el único de todos mis amigos a quien le sorprendía tanta libertad, pero es que en mi casa no se podía beber tanto zumo como quisieras. El padre de Bianca puso algunas canciones populares rumanas y la familia bailó una pequeña *hora** a la que nos acabamos uniendo todos, hasta que Bianca le pidió a su padre escuchar Animal X y N&D. Esa era música de jóvenes según sus familiares, así que casi todo el mundo se sentó y nosotros nos pusimos a bailar. Nuevamente me sentía ridículo, porque siempre he sido bastante arrítmico y mis movimientos eran más bien graciosos. Eduard se fijó en mí y me dijo que lo estaba haciendo muy bien, aunque yo supe que era mentira. Me estaba ahogando un poco y agradecí cuando el resto dejó la pista de baile y nos sentamos todos en un sillón enorme. La madre de Bianca se acercó y nos dijo, en un tono animado, que aún quedaba lo mejor. Entre su padre y su tío encendieron diez velas y las clavaron en la tarta. Acto seguido le cantamos *Cumpleaños feliz*. Una de sus dos abuelas le ponía tanto corazón que parecía una soprano. Me hacía gracia, aunque no dije nada y seguí aplaudiendo tratando de aparentar normalidad. Su madre nos cortó un pedazo de pastel a cada uno y el mío tenía un poco de cera de la vela, pero no me importó. Cuando todo parecía estar terminando, apareció una mujer que no había salido de la cocina hasta ese momento y nos sirvió una bandeja repleta de dulces. Entonces volví a pensar en mi madre.

Todos mis amigos llevaban unas bolsas muy abultadas con sus regalos, así que miré mi mochila. En el espacio que dejaban abierto dos imperdibles, divisé el libro que mamá había envuelto en un papel azul metalizado y al que había puesto

---

* Baile tradicional rumano.

un lazo gris que estaba un poco aplastado. No quedaba del todo mal, aunque me sentí menos que el resto.

Nos colocamos de pie, alrededor de nuestra compañera, que, entusiasmada, empezó a abrirlos todos. El suelo se llenó de muñecas y de todo tipo de ropas. Los sacaba, los miraba y los soltaba como si no le importasen mucho. Eduard le regaló una colección entera de rotuladores, estuches y otras cosas para el colegio que seguro que más tarde Bianca dejaría en una esquina de su cuarto sin prestarles mucha más atención. Pero el regalo que más expectación creó fue el de su padre. Entró al cuarto con una bici y todos nos quedamos boquiabiertos porque queríamos tener una igual. Bianca se montó en el sillín y, mientras sonreía, su tío le sacó una foto con una cámara Panasonic cuyo *flash*, comprobaríamos más tarde, hacía un montón de daño en los ojos. Cuando se bajó de ella, alguien preguntó si faltaba algún regalo por abrir, entonces yo le tendí el mío y todos lo miraron como si supiesen lo que era, porque en realidad lo sabían. Bianca lo abrió, muy apresuradamente, y cuando tuvo el libro delante, pasó una mano por la portada, como si lo acariciase y, sonriendo, volvió a rodear mi cuello con sus brazos. Su pelo me dio en la cara y cerré los ojos, como seguramente los cerró ese soldado en aquella pegatina con su prometida, que mi madre tenía pegada en un armario de la cocina, y no pudo ver su pierna elevada como si estuviera en un columpio.

22

El grito de la primavera entraba por los valles desde las primeras horas de la mañana. Los vecinos sacaban las vacas al prado y las escuchábamos mugir mientras íbamos camino del colegio. Más de una vez teníamos que evitar pisar sus plastas, aún calientes, en la acera. El sol de marzo empezó a acompañarnos también en las tardes. Ya no salía solamente con Eduard, nos juntábamos también con otros niños del pueblo, incluso más mayores que nosotros. Solía ocurrir así todos los años, cuando acababa el invierno empezábamos a quedar en los bancos que algunos tenían junto a las verjas de hierro de sus parcelas y pasábamos las horas hablando y haciendo tonterías. Cuando nos cansábamos íbamos a las fuentes apostadas en algunas encrucijadas de caminos. Aunque también me acordaba de Bianca, me tenía que conformar con poder compartir con ella los recreos y algunos ratos a la salida del colegio.

Aquel semestre, Eduard obtuvo buenas notas y le pidió a sus padres una bicicleta, pero no como la que le regalaron a Bianca; quería una con dos suspensiones, frenos de disco y diez marchas. Ni doña Carmen ni su padre sabían decirle que no, así que un día al volver a casa un gran paquete le esperaba en su veranda. Su madre estaba tomándose una taza de café. Al principio creímos que estaba sola, pero luego vimos asomar también a mami. Eduard supo enseguida qué había dentro del envoltorio, así que se puso a arrancar, entusiasmado, trozos de cartón hasta que pudo ver aparecer su Mountain Bike roja. Era de un rojo muy chillón. Tenía arcos de suspensión traseros y delanteros. Eduard, nada más verla, la llamó *Sageata**. Pero no era porque fuese veloz, sino porque todo el mundo se la quedaría mirando. Desde aquel momento, su bici comenzó a ser un tema de conversación diario. Era más importante que los dulces o las chicas, y aunque a mi amigo no le interesaban de manera especial las segundas por ese entonces, todas se fijaban en él. Cuando llovía Eduard no la sacaba porque temía mancharla. Cuando hacía sol siempre iba por la sombra porque decía que se le iba a ir el color. Nunca la metía por los charcos y cuando pisaba una plasta de vaca o una cagarruta de cabra, aunque estuviesen secas, se cabreaba mucho. Al montarse por primera vez, mami lo miraba casi con admiración y le decía que tuviese cuidado con no caerse y hacerse daño. Se la veía mucho más preocupada de lo que estaba doña Carmen, que seguía impasible, bebiendo su instantáneo en una taza que le cubría toda la cara.

---

* Rayo.

Los días eran una feliz rutina que comenzaba con las clases de la mañana, la vuelta a casa, el rato que dedicábamos a hacer los deberes y los juegos de después. La infancia debe de ser vivir en la inocencia de la risa, y nosotros nos reíamos mucho, aunque desde que Eduard tenía su bicicleta, cada vez lo hacíamos menos porque dejó de pasar tiempo conmigo y empezó a juntarse más con los chicos de la pandilla que también tenían bici. Yo ni siquiera la pedí en casa porque sabía cuál era la respuesta.

Los chicos solían salir a montar por el pueblo. Hablaban de formar un club de *bikers* y, al menos una vez a la semana, se vestían de negro y cabalgaban las calles como si de una panda de motoristas se tratara. Algunos incluso llevaban unos guantes que habían cortado a la altura de los dedos para parecer más profesionales. Más de un vecino les regañaba porque asustaban a los animales, y les advertían de que no debían saltar los bordillos porque doblarían las llantas. Pero ellos se burlaban y seguían. A la cabeza siempre iban los más experimentados, y detrás, empujando entre jadeos, estaba Eduard. Habitualmente, cuando ellos se cansaban de jugar y se iban a dar una vuelta, los que no teníamos bici nos quedábamos jugando con la pelota en alguna callejuela. Pero un día, al salir vi que todos mis amigos estaban apoyados en sus bicicletas. Yo era el único que iba a pie. Entonces uno de ellos propuso ir hasta el río y cruzarlo porque el cauce estaba muy bajo. Me dijeron que no podían llevarme porque querían ir lo más rápido posible para impresionar a las chicas y yo los ralentizaría. Así que hicieron una fila india y salieron en tromba, uno tras otro.

Yo salí corriendo detrás de ellos, podía correr mucho si me lo proponía, y empecé a tragarme el polvo que dejaban sus ruedas sobre el suelo y a ir pisando las marcas que hacían en la tierra. Pisaba las de Pegasus, Ukraina, Mountain Bike...; todas las pisaba. También pisé un charco que se había formado porque el señor Dumitru estaba lavando con una manguera su gran alfombra y sentí que se colaba la humedad por el agujero de mis zapatillas, pero no me importó. De vez en cuando Eduard echaba la vista atrás y me sonreía y me gritaba que corriese más rápido. Su bici se estaba ensuciando y esa vez parecía no importarle. Entramos por varias callejuelas más, recorrimos la zona de fábricas y pasamos por la serrería de *nea* Vadim y los obreros nos gritaron cosas que no entendí. Temí que los perros saliesen detrás de nosotros, pero ese día estaban perezosos porque debieron de darles poco de comer. Finalmente, entendí que el pelotón había decidido no pararse en el río porque volvía hacia el punto de partida, que estaba cerca de mi casa. Aunque no entendía por qué, seguí corriendo tras ellos. Decidí tomar un atajo saltándome una valla en la que me rajé un poco el pantalón, pero eso tampoco me importó demasiado porque quería llegar antes que ellos, y no era por impresionar a las chicas porque a mí me gustaba Bianca, sino porque tenía la sensación de que me estaban retando a una carrera. Cuando estábamos cerca del final, casi de la nada apareció papá. Estaba muy cerca de ganarles, pero cuando lo vi, impulsivamente, me paré como si hubiese hecho algo malo y él me hubiera cazado. Él se asustó al principio, pero su sorpresa fue mayor cuando me vio fatigado y creyó, en primera ins-

tancia, que estaba huyendo de algo. Miró alrededor preocupado, pero no tardó en darse cuenta de lo que estaba ocurriendo al escuchar las voces de mis amigos celebrando su
victoria. Me volvió a mirar, pero no me dijo nada y se retiró, cabizbajo y cansado, hacia la puerta de la parcela.

Yo seguí corriendo. Naturalmente.

23

No fue una rendición, pero sí una caída. Un día llegó a casa y lo vi tan débil que parecía no tener fuerzas para seguir. Se sentó en el borde de la cama y se quedó mirando a la pantalla apagada del televisor. No hizo ningún ademán de encenderlo ni de quitarse la ropa del trabajo. Tampoco le importó pisar la moqueta con las botas sucias. Yo lo miraba y no sabía cómo ayudarlo, así que salí a la cocina, que entonces llamábamos *cocina de verano* y le conté a mi madre que papá había llegado, pero que tenía pinta de estar enfermo o muy cansado. Me la encontré hirviendo patatas y pelando varias cebollas rojas que iba sacando de una bolsa. Tenía la impresión de que no me escuchaba porque no dijo nada, dejó el cuchillo y agarró un trapo que empezó a pasar, con fuerza, por la pequeña encimera de madera desgastada, como si eso pudiese volverla reluciente. Entonces pensé que podría estar molestándola y salí de la cocina tan rápido como había entrado. Salté por encima de Cassandra, que se había tumbado sobre nuestras chanclas, esperando algo de comida, como siempre. Vi a doña Carmen tendiendo la ropa y, antes de darle las buenas tardes, me pidió que llamase a mi madre. Obedecí asomando, de nuevo, la cabeza por la puerta de la cocina. Me pareció que mamá estaba esperándola, porque en cuanto se lo dije dejó el trapo, apartó a la perra con el pie, se calzó sus pantuflas de goma y se acercó a zancadas al murito que separaba nuestras parcelas. Yo me quedé parado mirándola, esperando que doña Carmen le diera algo de comida, como hacía desde que empezamos a ir a la iglesia, y que mamá me mandara llevarlo a la cocina mientras ella se lo agradecía. Pero doña Carmen me dirigió una mirada acusadora y mamá me dijo, de mala gana, que me metiese dentro de casa y que no pusiese la oreja en las conversaciones de los mayores.

Mi padre seguía donde lo había dejado, aunque ahora sostenía su cabeza entre las manos como si le doliera mucho. Me senté en el otro extremo de la cama y él no dijo nada. Yo tampoco. Por la ventana vi a Cassandra dirigiéndose a la calle. La seguí con la vista hasta que saltó la valla de madera. Movía su cuerpo rojizo como si fuese una bailarina y, en ocasiones, era tan silenciosa que parecía no querer molestar. Agarré el montoncito de plastilina con el que me había estado entreteniendo unos momentos antes de que llegase papá y empecé a moldearlo entre mis dedos como si quisiera hacer una figura, aunque el resultado final era algo indefinido. Escuché cómo mamá se descalzaba antes de abrir la puerta y asomarse al cuarto. Miró a mi padre y, sin importarle que yo estuviese delante, le preguntó por el dinero. Él, mirando al suelo, le contestó que aún no había cobrado y que no cobraría hasta pasada otra semana. Mamá se enfureció y empezó a acercársele mientras gesticulaba con las manos. Entonces se agachó y olisqueó a mi padre. «Has bebido». Papá le contestó que no y yo creí a papá porque sabía muy bien cuándo bebía y cuándo no. Pero él lo dijo de forma que parecía culpable sin serlo.

Yo seguía jugando con la plastilina, y empecé a retorcerla casi con rabia hasta sentir cómo se me iba metiendo entre las uñas. Mamá le reprochó diciendo que estábamos así por su culpa y papá no dijo nada. Luego le preguntó qué íbamos a comer dándole varios toques en el hombro. «Un hombre que no puede mantener a su familia no es un hombre». Quería provocar a papá, pero él seguía en silencio. En ese momento miraba hacia la televisión de nuevo, impertérrito. Elevando el tono de voz, lo acusó de ser un borracho, y le preguntó cuántas veces había gastado el dinero de la comida en la taberna. Me entró un poco de vergüenza cuando le insinuó que tenía una amante. Esa vez se levantó y mi madre se echó un paso para atrás para hacerle espacio. O tal vez porque se dio cuenta de que se había pasado. Cabizbajo, se dirigió hacia la puerta para perderse detrás de la valla de madera que separaba nuestra parcela de la calle principal. Mi madre le gritaba desde la veranda que volviese inmediatamente porque no había acabado. Lo trataba como si fuese un niño. Yo seguía sentado en la cama, con la plastilina entre los dedos, escuchando cómo mamá blasfemaba en soledad mientras se dirigía a la casa de doña Carmen. Miré por la ventana y vi a mi perra, Cassandra, saltando la valla, andando entre los hierbajos de la parcela, moviendo su cuerpo como si fuera una bailarina. Y entonces se hizo el silencio.

24

Esa misma noche, en aquel ambiente de desconcierto, me puse a redactar el relato que presentaría al concurso del colegio. Mi padre no apareció por casa y mamá estuvo varias horas donde doña Carmen. Cuando volvió no me dijo nada y yo tampoco le hablé porque parecía seguir muy enfadada. Me quedé sentado en el escritorio, pensando en escribir sobre una leona que se convirtió en la heroína de su manada cuando la salvó de los cazadores. No sabía muy bien cómo empezar porque nunca me había enfrentado a crear una historia sobre un papel en blanco, así que hice lo que suponía que hacían los escritores que tenían musas y pensé en Bianca. Con ella en la mente, empecé a redactar. Después de las primeras líneas, comencé a sentir una libertad que no pensé que podría existir. Por un momento me creí capaz de escribir sobre cualquier cosa del mundo.

Corregí mi texto varias veces y, para no gastar mucha tinta ni mucho papel, decidí que era mejor escribirlo a lápiz. A medida que iba avanzando, podía sentir en mis dedos las ganas de ver el resultado final. Quería que mi madre fuese la primera lectora, pero en esas circunstancias era complicado. Mi relato había adquirido un tono heroico que me gustaba. La leona se llamaba Cassandra, y era capaz de romper un árbol de un zarpazo. Cuando lo terminé, guardé las hojas en el cajón del escritorio, apagué la lámpara y me fui a mi habitación. Eran cerca de las ocho de la tarde y vi a mi madre en la cocina. Intuí que estaba trabajando, porque se acercaba Pascua y todo el mundo necesitaba sus comidas. Me preguntaba por qué se había hecho tan amiga de doña Carmen. No le dije nada sobre lo mal que me trataba siempre, porque sabía que no me creería o le quitaría importancia porque al fin y al cabo era solamente un niño y ella toda una mujer incapaz de esas cosas. Me metí en la cama pensando en que papá no volvería a casa esa noche.

El pijama me seguía estando pequeño, pero ahora no me molestaba tanto porque no hacía tanto frío, aunque el aire a menudo me entraba por los tobillos y sentía un leve escalofrío. Un poco más tarde, mamá entró a la casa y se asomó a mi cuarto, aunque me hice el dormido y ninguno de los dos dijimos nada. Escuché cómo encendía la tele y se ponía a ver *Din Dragoste*, el programa de Mircea Radu. Me dormí con una extraña sensación de pena y deseé, por un momento, ser otra persona, tal vez uno de esos chicos alemanes cuya ropa llevaba.

Cuando me desperté al día siguiente, probablemente, mamá llevara varias horas en la cocina. Podía sentir el olor de la comida y el estómago me empezó a rugir. Le di los buenos días y, sin apenas hablar, me dio un bollo para que me lo fuera comiendo de camino a clase. Iba pensando en mi relato y en las mejorías que podía hacer, aunque Eduard me cortaba continuamente hablándome sobre lo nervioso que estaba por las festividades de la semana de Pascua. Entonces volví a desear ser otra persona diferente. Pensé que en el mundo había niños que iban a colegios bonitos y que los llevaban en coche y que vestían uniforme y los envidié. Odiaba cuando mis padres se peleaban. Me sentía en medio de una guerra muy dañina y no tenía ni idea de qué hacer para pararla. Así que ese día me porté muy bien en el colegio y cumplí con todas mis tareas porque no quería darles más problemas. Eduard siguió hablándome en el camino de vuelta a casa y me pareció que la mochila se me estaba deshaciendo a cada paso que daba.

No tenía muchas ganas de llegar a casa, aunque el estómago me rugía tanto que creí que me iba a desmayar. Cuando entré me encontré a mamá en el mismo sitio donde la había dejado, aunque esta vez manchada de harina, y con el delantal embadurnado de masa con la forma de sus dedos. Me dijo que en unas horas tendría que llevarle unas bolsas a doña Lili, «la de la cuesta», y asentí con la cabeza, sin añadir nada más. Papá no parecía haber vuelto y pensé que quizá estuviera en el trabajo. Hice mis deberes y me comí dos tostadas de pan con mantequilla y sal, esperando a que mami me llamara. Cuando lo hizo volví a entrar a la cocina y olía a *sarmale*. Me dio dos bolsas y me dijo que se las llevase a *tanti* Lili, «la de la cuesta» sin demora.

Tuve que subir una pendiente empedrada y, a cada paso que daba, los adoquines se me clavaban en la suela. La casa de doña Lili estaba pintada de naranja y me parecía un color feo. Era una mujer muy habladora y excesivamente cariñosa, así que cuando llegué a su parcela y grité su nombre, asomó en bata por una de las puertas traseras y me avisó con la mano para que me acercara. Me invitó a pasar dentro y no pude decirle que no porque los niños siempre debíamos obedecer a los adultos. Me llevó a la cocina y vi a su marido en la silla de ruedas. Estaba mirando fijamente un partido de fútbol y no le interesaba mi presencia. El hijo de *tanti* Lili estaba en Estados Unidos y supuse que toda la comida que le había traído sería para mandársela en un paquete. Se decía en el pueblo que pagó muchos doctores para que su padre pudiese volver a andar, pero no lo consiguió. Luego tuvo que comprarle una silla de ruedas y desde entonces no había vuelto a casa. La mujer parecía agradecer mucho mi visita y me sirvió un vaso de Pepsi. Luego sacó un platito con bizcochos de soletilla. Me comí dos, pero estaban demasiado dulces, aunque le dije que sabían muy bien. Me preguntó por el colegio y se lamentó cuando le dije que estaba en la clase del señor Petrescu. Me agarró las mejillas varias veces mientras me hablaba y me dolieron porque lo hacía con fuerza. Reparé en que sus dedos eran más gordos que los de mamá y pensé que esa era la razón por la que no cocinaba igual de bien que ella. Su marido seguía sin dirigirme la palabra y me estaba resultando tan incómodo que me bebí el vaso de un trago para irme, aunque ella lo interpretó como una señal de sed y se ofreció a echarme otro. No pude decirle que no, así que me lo bebí también.

Ella no paraba de intentar retenerme en la casa, pero le dije que mamá me requería para hacer más recados. Cuando bajé las escaleras, sentí que me estaba empezando a mear. Pero antes de irme, me dio cien mil leis que me guardé bien en el bolsillo, y una galleta que me metí en la boca en cuanto me la tendió. La mujer me alborotó el pelo y volvió a agarrarme otra vez de la mejilla mientras aguantaba el dolor y le daba las gracias, despidiéndome con la mano. Luego salí corriendo en busca del primer árbol para poder mear donde nadie me viese. Salté la valla de la parcela del señor Davidoiu y oriné debajo de un nogal. Me salpiqué un poco las zapatillas, pero no le di importancia, la hierba me secaría. Volví a correr y salté la valla muy rápido, aunque ya no tenía ninguna prisa. Miré el cielo y estaba tan despejado que parecía un océano. Entonces pensé en que hay gente que se va a Costinesti en Pascua y los envidié un poco porque yo nunca había visto el Mar Negro más que en las noticias de PRO TV. Agarré un palo que me encontré en el suelo y lo fui arrastrando, dejando una línea que el viento hacía desaparecer casi en el acto. Cuando me cansé lo tiré y me puse a patear las piedras. Probablemente, si me hubiera visto mi madre me hubiera echado la bronca porque eso no les hacía ningún bien a mis zapatillas.

Antes de llegar a casa, me remangué la chaqueta del chándal porque estaba empezando a tener calor, crucé la calle corriendo y continué esprintando hasta la puerta de la cocina. Mamá seguía preparando comidas y, como me vio algo sofocado, me preguntó si me pasaba algo. Negué con la cabeza mientras echaba mano al bolsillo para darle los cien mil leis, pero no estaban.

25

La primavera había invadido definitivamente los manzanos, los cerezos, los perales y el gran nogal que teníamos en nuestra parcela. De las ramas muertas en invierno, empezaron a nacer las flores que poco a poco se irían convirtiendo en sabrosas frutas.

Yo era un experto trepador de árboles desde bien pequeño. Lo hacía instintivamente, era casi una cosa irracional. Trepaba como un pequeño caracol por sus troncos, asiéndome y aprovechando cada grieta. La primera vez que subí a uno fue después de una regañina de mamá por descuidar las gallinas y no echarles de comer. Salí corriendo y me encaramé al primer manzano que se me puso delante. Sin saber muy bien cómo, me encontré en lo más alto. En aquel momento, no conocía el vértigo, porque nadie me había dicho hasta entonces que era peligroso. Nunca. Y por eso me subí hasta arriba del todo sin pensarlo. Mi madre salió detrás de mí y cuando me vio se echó las manos a la cabeza. Se quedó parada debajo del árbol, gritándome que bajase. Entonces fue cuando me di cuenta de lo que había hecho y me entró una pequeña sensación de mareo. Desde esa altura, me parecía que mamá había encogido y el mundo, en general, se había hecho pequeño. Ella seguía repitiéndome que bajase, sin darse cuenta de que estaba sumergido en una especie de parálisis temporal. No pude moverme hasta que vi que trataba de subir para ayudarme. Entonces, poco a poco, fui descendiendo por las ramas. Estaba asustado y tenía la certeza de que en cualquier momento me caería. Obviamente mamá seguía nerviosa, cosa que tampoco ayudaba en nada. Cuando estaba cerca del suelo, mis chanclas se resbalaron sobre una de las ramas y me vine abajo. Caí a sus pies y sentí que me había golpeado el tobillo contra una piedra. No tenía sangre, pero me dolía mucho, tanto que me puse a llorar. Me agarró de la oreja y me llevó hasta la puerta de mi casa. Iba cojeando. En un tono muy paternal, me dijo que estaba castigado hasta nuevo aviso y me obligó a ponerme a estudiar.

A pesar del castigo y las advertencias de mi madre, pronto olvidé ese miedo a caer, y a partir de ese día empecé a subir al manzano cuando tenía ganas de llorar, estaba triste o quería huir de algo. Tal vez buscaba tranquilidad. Tal vez subía porque no me gustaba que me viesen llorar. Tati me había dicho desde muy pequeño que los hombres no lloran, y como no podía contener las lágrimas y temía decepcionarlo, lloraba a escondidas. Nunca sollozaba, sino que mi llorera era ahogada. Si pasabas al lado del manzano y no mirabas hacia arriba, ni siquiera te dabas cuenta de que estaba ahí. Me gustaba esa sensación de invisibilidad. Me acomodaba entre las ramas y buscaba entre todas ellas la postura más cómoda. Muchas veces, antes de dormir, repasaba mentalmente la forma de sus ramas, hasta tal punto que llegué a sabérmelo de memoria. *Pierna derecha y mano izquierda para auparse, pierna izquierda y mano izquierda para girar sobre la rama primera, parado sobre la rama pintada de blanco, agacharse sobre ella y agarrar la rama tercera, que estaba justo delante...* Sus manzanas no eran las mejores del mundo y precisamente por eso me gustaba. Yo tampoco era lo mejor del mundo, pero tenía derecho a tratar de serlo. Mis padres decían que estaban agrias, que para lo único que servían eran para hacer aguardiente y que, si les echabas mucho azúcar, podía salir una buena mermelada. Yo me las comía desde que florecían. Eran como grumos amargos que me tragaba de unos pocos bocados. Y eso que el árbol, como yo, lo intentaba porque, a cada recolecta, me parecía que sus manzanas sabían un poco más dulces. Si comía en exceso solían sentarme tan mal que me tiraba varios días con dolor de tripa, pero no me importaba. Cuando ya estaban más maduras, tenía que competir con los pájaros y los gusanos. A menudo solamente me comía la mitad porque la otra parte podría estar llena de vermes, aunque estoy seguro de que me he tragado alguno sin ser consciente de ello.

Ese día, antes de que mamá empezase a gritarme, volví corriendo por el mismo camino para encontrar los cien mil leis que me había dado *tanti* Lili, pero no había ni rastro. Probablemente el viento los habría arrastrado a algún agujero o alguien los había encontrado y se los había llevado.

Temía volver a casa porque sabía lo que pasaría. Mi madre me empezó a chillar y, entre reproches y acusaciones rabiosas, me abofeteó la cara antes de mandarme a mi cuarto. Me dijo que la había decepcionado. Después de ese episodio, no salí de casa en varios días, excepto para ir al colegio. Y fue ahí donde volví a ver a mi padre. Un martes de la semana anterior a las vacaciones, me esperaba a la salida, y cuando nos encontramos me alegré mucho de la sorpresa que me llevé al verlo porque llevaba bastantes días sin él. Olía un poco mal y se le veía triste; sin embargo, al encontrarnos sonrió. Me preguntó qué tal estaba y después de decirle que bien, le conté el episodio del dinero. Él, sin entrar demasiado en el tema, me dijo que debería haber tenido más cuidado y que tratara de hacerle caso a mi madre en todo. Me sorprendió que no me echara la bronca. Cuando le pregunté si volvía a casa conmigo, pareció entristecerse un poco más y añadió que no iba a regresar porque tenía mucho trabajo, pero que me dejaba encargado. Nunca había visto a mi padre tan inseguro como aquella vez. Tuve la impresión de que llevaba varios días sin afeitarse y que su pelo estaba demasiado sucio. También me preguntó por mis estudios y me advirtió de que no los descuidase. Me tendió la bolsa blanca que llevaba en el sillín de su bicicleta. Me comentó que pesaba mientras me la abría para que mirase dentro. Estaba llena de patatas, tomates, varios pepinos y tres Chipicaos, cosa que me puso muy contento y de la que él se dio cuenta inmediatamente. Se despidió diciendo que lo llevara a casa y que no me comiese todos los bollos de tirón porque me dolería la tripa. Asentí con la cabeza y me quedé parado, en la puerta del colegio, mientras lo miraba marcharse en su bicicleta calle abajo.

Cuando le di la bolsa a mamá y le dije que papá había venido a la escuela, se puso furiosa y la lanzó sobre la mesa, derramando las patatas y los tomates. Elevando la voz dijo que si eso era todo lo que mi padre podía ofrecerme debería darle vergüenza y que ella no pensaba probar bocado. Yo agaché la cabeza y me entristecí mucho cuando lo escuché. Me sentía culpable por haberme comido un Chipicao.

Cuando salía de la cocina para hacer mis deberes, mamá me dijo que ya no estaba castigado, pero que no se me ocurriese cruzar el límite de la parcela. Nada de jugar por el pueblo. En cuanto terminé la tarea, esprinté hasta el tronco y me subí a mi manzano. Tenía la intención de quedarme ahí hasta que se me durmiesen las piernas o se hiciese de noche. Estaba triste porque no sabía cuándo volvería a casa mi padre, así que me puse a mirar a los vecinos pasar por la calle y sentí cierto poder porque ellos no sabían que los observaba. Trataba de adivinar a dónde se dirigían. Vi al señor Vali con su boina y su chaleco de lana llevando una botellita debajo del brazo y supe que se dirigía a la taberna. Justo detrás pasó *nea* Victor, llevando a sus dos vacas hacia el corralito de su parcela. Más tarde pude ver cómo todos los gitanos que venían con sus carretas o montados en sus caballos también se dirigían a la taberna. Algunos montaban cierto jolgorio cuando volvían borrachos. Los escuchaba a menudo desde mi ventana. También vi a la señora Aura llevando un velo negro y una pequeña cesta. Intuí que probablemente iría a la iglesia a arreglar la tumba de su marido. La imaginaba arrodillándose delante de ella para quitar los hierbajos y las ortigas, poner alguna flor y encender una vela. En casa, a veces comíamos sopa de ortiga con vinagre. Me entró un poco de hambre y pensé en lo mucho que me gustaría comerme a bocados uno de los pepinos que papá me había dado esa tarde. Escuché a Cassandra correr y vi cómo saltaba la valla, tratando de alcanzar un gato que era mucho más rápido que ella. Entonces sonó la puerta de la cocina y mamá asomó, pero no sabría decir si estaba seria o triste. Pasó a mi lado sin saber que yo estaba ahí y no le dije nada. Se dirigió a la veranda de doña Carmen, probablemente a tomar café. Un gitano pasó de pie en su carreta, golpeando con un látigo al caballo y gritando: *haide, haide**. Escuché a mi madre decir que sin azúcar y entonces pensé en que el gitano, verdaderamente, podría caerse y hacerse daño. La señora Carmen le dijo que no se preocupara, que estaría mejor así porque era como una piedra capaz de arrastrarnos a todos hasta el fondo del lago. A lo lejos, casi podía escuchar el impacto del látigo contra el lomo del caballo mientras el gitano escupía en la acera. Entonces doña Carmen le dijo que había escuchado que no le quedaba mucho porque se decía que hacía ciertos trapicheos y que estaban pensando en echarlo. Mamá no dijo nada. El gitano estaba tan borracho que no pisó el freno y el caballo lo arrastró hasta la primera zanja para evitar chocarse con un coche. Entonces doña Carmen también dijo que menos mal que el otro hijo estaba con Dios, porque nadie se merecía un padre así. Al día siguiente, todo el pueblo hablaba sobre el gitano y el accidente.

---

* Vamos, vamos.

26

Era muy difícil ascender de escalón social. La vida, tal como yo la conocía, era una lucha constante y siempre reinaba una cierta intranquilidad en la que sabías que lo mejor que te podía pasar era que no te pasase nada. Desde que mamá había estado ingresada en el hospital, empezamos a arrastrar algunas deudas y cada vez que teníamos un gasto mínimo era como ahogarnos en un vaso de agua, como si de un océano se tratase.

Me daba vergüenza decir en casa que necesitaba botes de tinta para cargar mi estilográfica o gomas o rotuladores cuando se me gastaban. Tampoco pedí dinero para la excursión que se organizaba a Brasov a finales de ese abril. Ya estaba acostumbrado a ver viajar a mis compañeros sin mí. La vez anterior habían ido a Sinaia. Vi cómo los autocares se marchaban y me dieron mucha envidia, aunque ese día el patio y las aulas silenciosas tenían cierta magia solitaria.

A pesar de todo lo que estaba pasando con mi familia, mis exámenes fueron bien y saqué buenas notas. Todo *FB* y *B**. El último día, antes de las vacaciones, también presenté mi relato al señor Petrescu. Me pareció que al recogerlo hizo una mueca como si le hubiera hecho una faena.

Mamá preparaba día y noche comidas para Pascua y parecía que cada vez eran más las vecinas que le daban trabajo. A ratos se iba a sus casas para ayudarlas a limpiar, pues, después de todo, esas fechas también eran de visitas familiares y reencuentros con viejos amigos. Además, el cura solía pasarse para bendecir algunos hogares y debías dar tan buena impresión como propina. Poco a poco, fue volviendo a ser ella misma, a serenarse. Incluso me di cuenta de que a veces probablemente echara de menos a mi padre.

Antes del Jueves Santo, la encontré pintando de rojo una gran cantidad de huevos de gallina. Llenó cestas enteras y toda la cocina apestaba a pintura. Cada año nos contaban en clase de religión que se elegía ese color porque era el de la sangre y decía la Biblia que los huevos se tiñeron de rojo cuando la Virgen María se postró ante la cruz de Jesús. Cada vez que lo contaban, sentíamos cierta fascinación por la heroicidad de Cristo. Yo lo veía como algo parecido a Supermán o Tarzán, aunque nunca se lo decía a nadie porque me hubieran

---

* *Foarte Bine* (Muy Bien), *Bine* (Bien) eran algunas de las calificaciones del sistema educativo rumano porque no ponían notas numéricas.

respondido que eso era pecado. Cuando terminó de pintarlos, mamá dejó que se aireara la cocina y se puso a preparar *cozonac*. Amasó decenas de ellos para las vecinas. Yo adoraba el olor que desprendían. Esa misma tarde de jueves, me llevó hasta el horno de *tanti* Petrina y nos quedamos allí varias horas hasta que se cocieron. Luego los sacó y los envolvió con paños, pero antes partió uno y me dio un pedazo para que me lo comiera caliente. Me quemaba los dedos y lo iba pasando de mano en mano, como si fuese un dado, hasta que se enfrió un poco. Era esponjoso por dentro y por fuera tenía la masa un poco quemada y crujiente.

Cuando volvimos a casa, llegó la señora Valentina y al rato lo hizo *tanti* Iulia, y ambas venían con el mismo propósito. Buscaban a mi padre para que fuese al día siguiente o esa misma tarde a sacrificarles el cordero de Pascua. Como en las Navidades, tati era uno de los hombres a los que se acudía para ello. También se encargaba él de despellejarlo y de cortarles la carne en grandes pedazos para que las mujeres la prepararan como quisiesen. La mayoría hacían *drob** y usaban algunos trozos restantes para cocinar sopas. Pero esa tarde mamá les dijo que no estaba en casa y no les dio más explicación. Probablemente las vecinas empezarían a sospechar algo y pronto se pondrían a hablar.

Al rato mamá me llamó a la cocina para que la ayudara en la preparación de los *covrigi*** de huevo. Hacíamos la masa, la cortábamos en pedazos de casi veinte centímetros y luego

---

* Pastel de carne de cordero con huevo cocido.
** Bretzels.

juntábamos los bordes en un círculo. Me encantaba comerme uno crudo, aunque mi madre solía desaprobarlo porque me sentaba mal. Luego los hervía y les echaba un sirope especial y decía que era lo que les daba más color y mejor sabor. Cuando caía la noche, volvimos al horno de *tanti* Petrina y no regresamos a casa hasta que todos estuvieron listos. A partir de cierta hora el frío se empezó a notar y yo agradecí poder acercarme y sentir aquel calor que casi me abrasaba las cejas.

Al día siguiente, viernes, ayudé a mamá a repartirlo todo entre las vecinas y procuré, esa vez sí, no perder ni un lei. No había comido nada en todo el día porque no nos estaba permitido por el ayuno, y me sentía algo más débil que de costumbre. Después de hacer mi último recado volví rápidamente, para lavarme e irme a la iglesia para la ceremonia de *sub masa**. Mamá parecía estar agotada y yo no quería molestarla mucho. Me dejó la ropa buena sobre la cama, así que me lavé los sobacos y el cuello y cuando me quise vestir, vi que ella ya estaba preparada. Llevaba un vaquero azul algo desgastado, aunque le quedaba bien porque la hacía más joven. También se puso un jersey sobre una camisa blanca. Se cubrió la cabeza con un pañuelo. Yo me enredé con la camiseta interior y me la puse del revés varias veces. Llevaba mis pantalones rayados, marrón claro, y una camiseta de manga larga que no llegaba a ser jersey porque no abrigaba tanto. Por encima me puse mi abrigo de los do-

---

* Ceremonia ortodoxa del viernes santo.

mingos y sentí la etiqueta raspándome el cuello. Salimos por la puerta y, aunque era más bien de noche, todo el mundo bajaba hacia la iglesia. Caminamos en silencio por la calle, aunque mamá saludaba de vez en cuando a algún vecino. Cuando llegamos, un montón de personas salía por la puerta y entonces pensé que no llegaríamos a entrar, pero vi a doña Carmen que nos estaba esperando. Se besó con mamá como si fuesen las mejores amigas y a mí me miró, sonriéndome forzosamente. La gente se apartaba para dejarnos pasar y logramos entrar, sin mucha dificultad, hasta la parte delantera. Ella se sentó en una butaca que tenía alquilada y que debía ir pagando mensualmente. Llevaba pulseras, pendientes y anillos de oro. Además, portaba su abrigo de cuello de zorro y unos zapatos muy relucientes que mamá siempre miraba con cierta envidia. También tenía la cabeza cubierta por un pañuelo, aunque este no llegaba a taparle el flequillo. Nosotros permanecimos de pie, delante de toda la gente. Mi madre debió de sentirse el punto de mira de algunas vecinas envidiosas. La misa aún no había empezado y pude fijarme las caras cándidas y en posición de plegaria de todos los que estábamos ahí congregados. Me quedé en el lado de las mujeres, que era el izquierdo. En la parte derecha estaban todos los hombres: podía ver desde mi lugar al marido de doña Carmen, o al señor Petrescu, que no me saludó. Un momento después, el cura apareció con sus mejores galas y entonces se hizo el silencio. Lucía un traje azul y dorado que le cubría el cuerpo entero y me parecía incluso elegante. El eco de su voz bañaba cada rincón y cada icono de aquellas paredes de piedra. Vi a mi amigo Eduard en el altar. Yo no estaba arriba porque en días como ese solo podían subir ciertos niños. Justo delante de nosotros había una mesa grande que tenía flores a los lados. De pronto sacaron el manto del Santo Epitafio y el silencio se hizo más palpable entre nosotros. Como si le tuviésemos miedo, agachamos la cabeza mientras el pope y varios ayudantes lo colocaban sobre la mesa, tirando al suelo alguna flor. «Hoy me entierro a tu lado, Cristo», dijo el pope en voz alta. Entonces se retiró al altar y nosotros debíamos arrodillarnos y pasar por debajo de la mesa varias veces, tantas como pecados tuviésemos. Eso me había dicho mi madre. Pasé tres veces y la última lo hice junto a una señora a la que nunca había visto en el pueblo. Estaba sollozando y había adaptado una actitud tan sumisa que me dio un poco de pena. Pensé por un momento en mi abuela y empecé a echarla de menos. Cuando me levanté, me golpeé la espalda, levemente contra el borde de la mesa y alguien me dijo que tuviese cuidado. Volví al lado de doña Carmen y vi cómo mi madre hacía el recorrido cinco veces. Cuando terminó, una sonrisa benevolente apareció en sus labios. Como si estuviera satisfecha y limpia. Se acercó a nosotros y se estuvo susurrando cosas con doña Carmen hasta que el pope volvió a iniciar la misa. Entonces dejaron de hablarse al oído, como dos colegialas, y prestaron atención a las oraciones de la misa del *Prohod*.

A la mitad de la ceremonia, el párroco rogó que le abriesen un pasillo para que pudiera salir. En la mano portaba una vela encendida. Muchos creyentes se santiguaban cuando pasaba, otros le besaban la mano y el manto y algunos le hacían reverencias. Todos debíamos seguirlo fuera porque la tradición religiosa obligaba a dar tres vueltas a la iglesia. Debíamos llevar las velas encendidas. Varios hombres, entre ellos el marido de doña Carmen, agarraron el Santo Epitafio y se colocaron detrás del cura. Todos los que lo portaban eran gentes respetables del pueblo. Nosotros salimos caminando detrás de ellos y yo estaba al lado de mamá. Cuando ya llevábamos dos vueltas, vi a mi padre aparecer, casi de la nada y me agarró la muñeca de la mano en la que portaba la vela. La suya estaba apagada. Mamá lo miró y no dijo nada. Yo seguía andando, al mismo ritmo lento que hasta entonces. La gente iba rezando y parecía que todos estaban sumergidos en lo más profundo de sus almas. Entonces mamá acercó su vela a la de papá y se la encendió, porque era pecado andar sin el fuego sagrado. Seguían sin decirse nada. La mano de mi padre estaba más fría que la de mamá, por lo que imaginé que acababa de llegar. Cuando se terminaron las tres vueltas, el cura se metió dentro de la iglesia para seguir la misa del *Prohod*. Nosotros nunca nos quedábamos porque duraba hasta la madrugada. Doña Carmen apareció y se sorprendió al ver a mi padre. Le dijo a mamá que podíamos pasar, pero sin él, y entonces ella lo miró. Estaba cabizbajo, arrepentido, sujetando la vela con las dos manos, delante de la misma iglesia en la que se habían casado. Vi en mamá un momento de duda y pensé que volvería a separarnos de papá, pero ella lo volvió a mirar y, dirigiéndose a doña Carmen, le dijo que debía ir a casa, con su marido y su hijo. Ella hizo una mueca de desaprobación y entró sin despedirse.

Los tres caminamos en silencio, tratando por todos los medios de que las velas permaneciesen encendidas hasta que se agotasen. El pueblo estaba oscuro y me tropecé varias veces, pero no pasó a mayores. Mi padre seguía agarrándome la mano. Nos cruzamos con varios vecinos a los que dimos las buenas noches, aunque ellos apenas nos contestaron.

Llegamos a la parcela y la bicicleta de papá estaba en el lugar de siempre. Entendí que había estado en casa mientras nosotros estábamos en la iglesia. Cuando abrí la puerta para entrar al salón vi una gran bolsa de rafia. La abrí y me emocioné cuando noté que estaba llena de comida. Ni siquiera me lavé las manos o la cara antes de sentarme a la mesa para la cena. Mientras yo me quitaba la ropa buena que también usaría para la misa del sábado, mamá ordenaba los platos y cortaba un poco de todo para dejarlo en una gran bandeja en el centro de la mesa. Papá sonreía, plácidamente, mientras me miraba tratando de guardar mi pantalón y mi jersey. Lo primero que hice cuando nos sentamos fue untar mantequilla en una rodaja de pan y metérmela en la boca. Tenía tanta hambre que no sabía qué agarrar primero. Mamá me echó la bronca porque no habíamos rezado, y entonces, con la boca llena, cerré los ojos y repasé el padrenuestro. Cenamos en silencio y yo pensé que mis padres estaban tan famélicos como yo, pero más tarde entendería que no era eso.

Al meterme en la cama, recordé que, en la iglesia, el cura nos decía por activa y por pasiva que debíamos perdonar los pecados a los que nos ofendieran. No paraba de darle vueltas al significado. Cuando mamá vino a darme las buenas noches, como hacía siempre, me incorporé y, mirándola fijamente, le pregunté: «Mamá, ¿cómo hacemos nosotros para perdonar a Dios?».

No hubo respuesta.

Las velas de la cocina ardieron hasta que mi madre se despertó y lo primero que hizo fue apagarlas y tirar los restos de cera a la basura.

27

El dolor del estómago me despertó en mitad de una noche de abril. Tenía la sensación de que me estaban clavando, lentamente, decenas de agujas, una a una, en la barriga. Me hice un ovillo en la cama. Acerqué tanto las rodillas a mi pecho, que sentía el aire caliente de mi nariz recorriéndome los huesos. Empecé a balancearme, poco a poco, de lado a lado, tratando de calmarme. Gemía en silencio, como si estuviesen torturándome. No sabía qué hora era, pero por la ventana no se veía nada más que la luz de la luna reflectada en los árboles. Apenas se escuchaba ruido en la casa, más que los suaves ronquidos de mi padre. Fuera los perros ladraban a saber a qué. El eco retumbaba en el valle. No tenía miedo. Traté de volver a dormirme, pero el dolor no cedía, más bien al contrario. Dejé de moverme y traté de incorporarme para salir al jardín. Tenía ganas de vomitar. Me entraron varias arcadas en cuanto me puse de pie. Llevé una mano a la boca para no manchar la alfombra y, a paso rápido, me encaminé hacia la puerta, aunque no podía correr erguido. El dolor era demasiado intenso.

Fue el ruido de mis vómitos lo que despertó a mi madre. Ella siempre estaba atenta a lo que pasaba por la noche. Tenía un sueño muy complicado. Asustada, debió de abrocharse el camisón y comprobar si aquel grito ahogado era mío. Asomó su cabeza por la puerta y me vio arrodillado en el césped de la parcela. Tenía las manos manchadas de comida digerida y algún hilo muy fino de sangre. Mami vino corriendo y se agachó a mi lado. Apoyó su mano sobre mi espalda y me preguntó qué me pasaba. No podía hablar, pues tenía la boca llena de mocos y de lágrimas. Me señalé la tripa, acariciándomela con la palma. Ella me agarró por las axilas y me ayudó a incorporarme. A pasos pequeños, me dirigió hasta la fuente de agua que teníamos fuera de la casa. Encendió el grifo, se mojó la mano y me lavó la cara. Estaba helada, aunque me vino bien, pues yo estaba ardiendo. Repitió el movimiento varias veces hasta que dejé de oler el vómito. Llenó un vaso de plástico y me dio de beber, pero me dijo que no la tragase. Hice gárgaras como pude y la escupí al suelo. Me salpicó los pies descalzos. A los pocos minutos el frío ya se había apoderado de todo mi cuerpo y empecé a tiritar. Mi madre nos encaminó hasta la casa, me tumbó en la cama y me dijo que esperase allí. El dolor seguía sin cesar y, aunque ya no tenía ganas de vomitar, sentía cómo algo se removía en mi tripa. Mami apareció con varios ajos y un puñado de semillas de calabaza. Entró por la puerta machacándolo en un cuenco de madera. Me dijo que me incorporase sobre la cama porque me iba a dar algo que me aliviaría. Me tuve que tragar aquella mezcla extraña. Sabía asquerosa y sentí cómo aparecían de nuevo las ganas de devolver. Ella se dio cuenta y, después de varias cucharadas, me dijo que me tumbase sobre la cama. La boca me sabía a ajo. Me envolvió con una manta y al poco dejé de tiritar y empecé a tener mucho calor. También trajo agua en un barreño y un paño que me iba colocando sobre la frente para bajarme la fiebre. Me pidió que cerrase los ojos y tratase de dormir. Ya no gemía. Volví a moverme sobre la almohada y sentí la mano de mi madre hundirse en mi pelo. Estaba mojado por el sudor. Pero no le importó. Me acariciaba la cabeza como solo una madre sabe hacerlo. Sus uñas arañaban, suavemente, desde mi frente hasta mi nuca. Luego pasaba sus dedos por los huesos que hay detrás de mi oreja y apretaba un poco, bajando así hasta mi cuello. Consiguió calmarme y el dolor de tripa ya no me importaba, aunque una parte de mí sabía que seguía ahí. Me abracé el estómago y empecé a controlar mi respiración. Los días anteriores había comido realmente poco y bastante mal, y todas las noches solía acostarme con hambre. El sueño volvía a posarse sobre mis párpados. Esa noche soñé que las manos de mi madre eran tan mágicas que podrían curar cualquier enfermedad.

28

A la mañana siguiente no fui al colegio, llevaba algunos días sin ver a Bianca y me dio pena. Quería volver a agarrarle la mano por debajo del banco de la campiña, sin que nuestros amigos se enterasen, pero me desperté entre más vómitos y una diarrea incesante que me hizo estar largo rato en el retrete de madera que teníamos fuera de la casa. Papá ya se había marchado a trabajar porque le tocaba hacer doble turno. Mi madre estaba casi segura de que tenía lombrices intestinales pues las había visto moverse entre mis heces. Era bastante desagradable. No teníamos dinero para medicinas, pero los remedios caseros que ella me daba siempre habían funcionado. Esa mañana volví a comerme algunos ajos y varias semillas de calabaza. Como no tenía apetito, me preparó una infusión de tomillo que me bebí a pequeños sorbos y pasé el día entero tumbado en la cama, mirando por la ventana. Mamá se ocupó con las tareas del hogar, aunque siempre estaba pendiente de mi cuidado. Cada rato venía a verme y comprobaba si estaba bien. A media mañana, algo aburrido y casi sin fuerzas para moverme hasta la televisión, encendí la radio, donde estaban dando las noticias de las 12:00. La locutora tenía una voz dulce, aunque hablaba demasiado rápido. Cuando pasó al capítulo de sucesos internacionales, reparé en una noticia especialmente:

Esta mañana, un autobús de la compañía Atlassib se ha visto envuelto en un accidente de tráfico al chocar de frente contra un camión. A bordo iban cuarenta y dos pasajeros. Cinco de ellos han muerto, tres están en grave estado y hay quince heridos leves. Todos los viajeros eran trabajadores que se dirigían a Málaga, España. Además...

Un escalofrío me invadió el cuerpo cuando pensé en los tripulantes de ese autocar. Me daba mucha pena escuchar que alguien había muerto y me parecía aún más terrorífica la idea de hacerlo en un autobús.

En días anteriores, en el patio del colegio, había oído cómo un grupo de niños contaban que sus padres se habían ido a trabajar fuera del país y ellos se habían tenido que quedar a vivir con sus abuelos o incluso sus vecinos. Entonces me pregunté dónde quedaba España. La simple idea de marcharme de mi pueblo a cualquier otro lado me parecía aberrante e impensable. Probablemente era lo que menos quería en el mundo. Nunca me había alejado más de cien kilómetros de mi casa. Nunca había estado en Bucarest ni había ido a Baile Herculane o Sighisoara. Lo más lejos que había llegado había sido hasta Pitesti porque mis padres me habían llevado a la boda de un primo lejano de papá. Recordé que lo pasé fatal ese día y volví a ponerme malo y a sentir la bilis del vómito en mi boca. Me levanté de la cama y devolví en un cuenco que mami había dejado a los pies de mi camastro. Me limpié los restos con el dorso de la mano y me soné los mocos. Jamás me iría del pueblo. Entonces pensé en mi madre y creí que ella tampoco querría abandonarlo nunca.

Se volvió a abrir la puerta y mamá se acercó para tocarme la frente con el dorso de su mano. Vio el vómito en el cuenco y me recriminó no haberla avisado. Dijo que la fiebre estaba empezando a subirme otra vez y que tendría que volver a ponerme unas rodajas de patata en la frente, para calmarla. No dije nada sobre mi preocupación, pero cuando volví a quedarme solo apagué la radio. Poco a poco, sentí de nuevo cómo el sueño me invadía. No quería dormirme porque temía tener pesadillas, pero fue inevitable. Me desperté al anochecer y vi las rodajas de patata esparcidas por la cama. Mi frente y mi almohada estaban llenas de sudor. Y yo ardía. En la casa no había nada de ruido, así que supuse que mamá estaría en la cocina, preparando la cena. No había probado bocado en todo el día, pero no tenía hambre. Me quité la blusa del pijama y saqué una pierna de debajo de la manta que me cubría el cuerpo. En aquel instante decidí que debía hacer todo lo posible por quedarme en el pueblo.

29

Me tumbé boca arriba sobre la hierba, algo cansado. El cielo me parecía inmenso e inalcanzable. Las únicas manchas que había en el techo del mundo las habían dejado los aviones. En la boca tenía un palo de madera porque había visto que en las películas americanas quedaba bien. Eduard y mis otros amigos estaban jugando al fútbol. Entonces empecé a tararear en bajito: «*Avion, cu motor, ia-ma si pe mine-n zbor**...». Una gota de sudor cayó por mi rostro y cuando me limpié vi que tenía las uñas muy sucias. Me las empecé a morder y sentí la arena entre mis dientes, pero no tenía ningún interés en parar hasta que todas quedasen afiladas. Entonces giré la cabeza y miré a los chicos. Sus bicicletas estaban amontonadas junto a una de las porterías. Va-

---

* Avión con motor, llévame en tu vuelo...

rias botellas de cerveza Ursus y Ciucas hacían de postes. Cada vez que las golpeaban, salían volando y tenían que volver a colocarlas. Me hacía gracia escucharlos discutir sobre si había sido gol o no.

Volví a mirar al cielo y cerré los ojos. Tenía que pensar en la mejor forma de hacer que no tuviéramos que abandonar el pueblo y se me ocurrió que sería tratando de ganar algo de dinero. Pronto cumpliría diez años. ¿A qué podría dedicarse un niño de diez años? Lo normal habría sido trabajar en lo mismo que mi padre, como hacía mi amigo Ion. Lo ayudaba con los caballos y el arado en verano y trabajaba tanto que sus manos parecían las de un viejo. Pero descarté rápidamente esa opción. Luego pensé que podría tratar de hablar con los padres de Eduard para ver si necesitaban una mano en la tienda. Pero tampoco me convencía, porque no quería que nadie se enterase. No me quiero ni imaginar qué dirían las vecinas o la gente en la misa sobre mi familia. Además, ¿cómo iba a justificarle a mi madre el tiempo que pasara fuera de casa? Sé que ella no lo permitiría, porque siempre me decía que mi única obligación era estudiar. Tenía que encontrar algo discreto, que me permitiese pasar inadvertido. Entonces una mosca se posó sobre mi brazo y la atrapé. Cerré el puño y sentí el pequeño cosquilleo de sus alas, tratando de escaparse. Levanté el brazo y la solté y al hacerlo una idea aterrizó en mi mente. Ya lo tenía. En el colegio nos mandaban muchísimos deberes, páginas y páginas, porque la forma que tenían de educarnos seguía la premisa de que cuanto más, mejor. Les propondría a mis amigos hacer sus tareas. A ellos y a otros compañeros que estuviesen en cuarto o en los cursos inferiores. Era imposible que mi madre se diese cuenta, más bien al contrario, estaría contenta de verme estudiar más que nunca. Además, el buen tiempo hacía que todos quisieran salir a cazar caracoles o mariposas, o a jugar con pilas y quemar botellas o hacer explotar los tubos de espray que íbamos recogiendo de la basura. Era un plan perfecto. Cobraría mil leis por cada tarea hecha. Me levanté del suelo y cuando quise unirme al partido Eduard dijo que ya tenía que marcharse a casa; y yo, naturalmente, lo acompañé.

Al día siguiente, cuando estábamos en el recreo, les comenté mi idea a los chicos de mi grupo. Si bien algunos de ellos se rieron, otros se quedaron pensando si les estaba tomando el pelo. Vlad fue el primero que accedió. Me encargó componer una redacción para la siguiente clase de Lengua. Tenía que estar basada en un personaje real y otro ficticio. Eduard y los demás también debían hacerla y se quejaron porque no les parecía justo. En su clase había mucha competencia por quién era el mejor. Bianca no dijo nada, aunque me hubiese encantado recibir su aprobación. Al día siguiente, a primera hora, me encontré con Vlad en la puerta y le entregué un papel con la redacción. Él solo tenía que transcribirla con su letra, y así pasó. No recuerdo la nota que le pusieron, pero debió de ser bastante alta porque esa misma mañana me encargó otra tarea de Historia.

Poco a poco fue sumándose más gente. Alex, de mi clase; Georgiana, de 3.º A; Flavius, de 3.º B... A los pocos días ya tenía tantos deberes que apenas podía salir de casa. Me vi desbordado. Todos mis compañeros cumplían y pagaban, pero el dinero era poco comparado con las horas que le dedicaba. Así que subí el precio a dos mil leis. Era un aumento pequeño, pero sabía que algunos se molestarían. También acoté las asignaturas a las que mejor se me daban: Lengua y Matemáticas. Por supuesto se quejaron, pero no me importó mucho, pues la gran mayoría, después de la mueca, me volvieron a encargar tareas. Estaban dispuestos a cumplir mis condiciones, aunque algunos me dijeron que me lo tendrían que pagar en dos tandas. Me pareció lógico y así fue como empecé a llevar la contabilidad en un pequeño cuaderno envuelto en piel que metía en el fondo de mi mochila para que nadie lo viese. Me guardaba los billetes en un bolsillo que tenía escondido en la cubierta. Al cabo de dos semanas, había ganado cerca de veinte mil leis. Seguía sin ser una cifra exagerada, pero todo sumaba. No quería entregárselo a mamá porque me preguntaría de dónde lo había sacado, así que los dejé antes de irme a clase debajo de la manta que había encima del armario, donde siempre guardaban el dinero. Mis padres llevaban la economía familiar de una forma muy estricta, pero confiaba en que pensaran que el exceso sería un ligero error de cálculo que habían cometido inconscientemente.

Siempre seguía el mismo patrón en mi negocio: por las mañanas, antes de las clases, les entregaba un papel con la tarea y ellos tenían que pasarla a mano antes de entrar a clase. Ponía todo mi empeño en hacerlas bien, pero se me pasó por alto el revuelo que se podría causar. Fue tal que, sin saber cómo, los profesores se enteraron de lo que ocurría.

Varios días después, una mañana, justo antes de repartir las hojas, el director del colegio, el señor Turcescu, me interceptó por el pasillo y me dijo, con su voz ronca y aguda, que fuese a su despacho inmediatamente. Era un hombre alto, corpulento, que nunca sonreía y se decía sobre él que había sido *securist**. Me entró miedo. Caminaba detrás de él a paso rápido mientras los demás compañeros se iban apartando y pegando a la pared. Era tal el respeto que le teníamos, que no nos atrevíamos a mirarlo a la cara. Dentro, también estaba el señor Petrescu. El director abrió la puerta y, apoyándose en su pupitre, me señaló la silla para sentarme. Había varias estanterías llenas de carpetas y archivos, incluso había un sillón y el olor a café recién hecho me hizo reparar en la mesa de roble sobre la que descansaba una enorme taza junto a la pila de cuadernos de los alumnos de octavo curso. El ventilador estaba encendido y no hacía tanto calor como en las otras aulas, cosa que no impedía que la barbilla y los sobacos del señor Turcescu estuviesen empapados. En el bolsillo de su camisa tenía un paquete de Kent que lanzó sobre la mesa justo antes de empezar a hablar. Me dijo que sabía lo que había pasado y que iba a tomar medidas en consecuencia porque le parecía una falta de respeto a la labor del profesorado. El señor Petrescu afirmó con la cabeza, pero no añadió nada más. Cruzó sus piernas y colocó, complaciente, las manos sobre sus rodillas.

El director me ordenó quitarme la mochila. Le hice caso sin rechistar. Cuando la abrió, sacó todo lo que llevaba den-

---

* Así es como se llamaba a los colaboradores de la policía secreta rumana en la época comunista.

tro: el cuaderno con la contabilidad con algunos billetes, mis propios libros y todas las demás libretas que usaba para las tareas de mis compañeros. Se las entregó a mi tutor, quien, una por una, las examinaba pasando páginas mientras apuntaba cosas con su bolígrafo rojo. Nos quedamos callados un rato y me sentí muy culpable. Empecé a mover los dedos de los pies dentro de mis zapatillas y pensaba que ellos no tendrían ni idea de que los estaba desobedeciendo, de alguna manera. Cuando terminó, un suspiro acabó con el silencio. Cerró el cuaderno y me golpeó con él en la cabeza varias veces. No me hizo daño, pero me sentí ridículo. El director no añadió nada. Me preguntó los nombres de todos los compañeros a los que había ayudado y se los di. El señor Turcescu los iba apuntando en un papel amarillo con estilográfica dorada. Cuando terminé, apoyó sus dos manos sobre la mesa y me dijo que lo mirase. Entonces temí que me diese un guantazo. En un tono de voz normal, me dijo que valorarían considerablemente expulsarme. Me eché a llorar y, entre sollozos, le imploré que no lo hiciese. Juraba y perjuraba que no volvería a pasar y pedía que me perdonase porque me iban a matar en mi casa. Me invitó, casi con amabilidad, a que me comportase como un hombre y que dejase de sollozar. Me limpié las lágrimas con las manos, que seguían sucias, y sentí que la nariz se me había llenado de mocos. Prosiguió diciéndome que, hasta que tomasen la decisión definitiva, me pasaría los recreos castigado en el pasillo, arrodillado delante de mis compañeros. No me devolvió los cuadernos ni tampoco el dinero.

Lo que más miedo me daba era que contactasen con mi madre. Cuando apoyé las manos en el pomo de la puerta para abrirla, vi lo sucias que estaban. Salí al pasillo, sentí un escozor en los ojos. Tenía tanto miedo que casi me puse a temblar. El aulario estaba desierto y desde algunas clases se escuchaban las voces de los profesores. Apareció el señor Petrescu por detrás y, agarrándome de la oreja, me preguntó con violencia: «¿Quién te has creído?». Sentí cómo de su boca emanaba un fuerte olor a *tuica*. Me llevó así hasta la clase. Cuando entré, todos se pusieron en pie. Me paró delante de ellos y dijo que, si querían ser algo en la vida, no debían parecerse jamás a mí. Me dolía tanto la oreja que no podía siquiera moverme porque mis pies no estaban apoyados completamente sobre el suelo. No podía soltar ni una lágrima en aquel momento. Tampoco podía responderle, aunque me habría encantado darle una patada entre las piernas y decirle que simplemente era un niño que trataba de ser adulto porque no le quedaba más remedio.

30

El pequeño jardín que teníamos detrás de la casa se llenó de jacintos y tulipanes. Cuando llegaba la primavera mami cuidaba sus flores con cierta obsesión y yo tenía prohibido andar cerca de ellas con la pelota. Los frutales tenían brochazos de cal en sus cortezas y me imaginaba que eran calcetines.

Deambulábamos por el pueblo, a menudo nos cubríamos del sol debajo de los sauces llorones de los vecinos, pero esa mañana el menor de mis problemas era una posible insolación. Abrí la puerta de la parcela y su chirrido inconfundible debió de advertir de mi llegada. Por el olor a patatas cocidas y huevos fritos, supe dónde estaba. A través del pequeño ventanal la vi caminando sin ganas, como si no quisiera llegar nunca a ningún lado. Parecía que nada había cambiado, pero en realidad nada era igual. De repente, una ardilla subió rápidamente por el tronco del nogal y las ramas se alborotaron como si una racha de viento quisiera arrancarlas. Entré en la cocina y dejé mi mochila en la mesa. Mamá me saludó con un beso en la frente y me preguntó si tenía hambre. Respondí que sí, me sirvió un plato y entonces hubiera deseado que mis piernas pudiesen tocar el suelo para poder moverlas con nerviosismo. Me sirvió un huevo y tres patatas. Echó algo de aceite por encima y me puso dos pedazos de pan en la mesa. Me levanté a por un poco de sal y ella me advirtió de que no le echase mucha. Metí los dos dedos en el cuenco azul y fui esparciéndola, con cierta culpabilidad, sobre el plato. «Mamá, tengo que contarte una cosa», dije. Ella arrastró la mirada hasta mi asiento y, con un gesto de cabeza, me invitó a hablar. Fijé la vista en el plato y, cogiendo unas migas de pan entre los dedos se lo conté todo. Las lágrimas fueron cayendo por mi mejilla desde la primera hasta la última palabra. Me rompí como un trapo, lloré como un trapo y me sentí como un trapo. Me creía tan culpable como si me hubiese cargado mil ventanas con la pelota. Luego le dije a mi madre que al día siguiente debía venir conmigo para hablar con el director. Se quedó en silencio, aunque no logré captar si su pausa era de sorpresa o de cabreo. Se giró y vertió el aceite de la sartén en un vaso para volver al usarlo. Luego se dirigió a la puerta y escuché cómo empezaba a fregar algo en la pila. Supuse que eso era todo lo que tenía que decirme: nada. Abandoné la cocina y entré en mi cuarto y no volví a salir en todo el día. Cuando llegó papá, mi madre debió de contárselo porque ninguno de los dos fue a darme las buenas noches. Me dormí pensando en que ni mucho menos me había librado.

Cuando entramos al colegio, más temprano que de costumbre, mi madre me iba agarrando de la mano, casi arrastrándome. Tocó varias veces en el marco de la puerta del señor Turcescu y este nos invitó a pasar. Lo encontramos sentado en su mesa, detrás de una pila enorme de escritos. Le indicó a mi madre que tomase asiento y, cuando ella empezó a hablar, él levantó el dedo para que guardase silencio durante un momento. Firmó unos papeles y apartó con la mano el humo del cigarrillo que se estaba consumiendo en el cenicero. Cuando terminó levantó la cabeza y clavó su mirada vacía en ella. Mamá le dijo que había ido a verlo por lo sucedido el día anterior y, sin más previa, él empezó a contarle su versión de la historia, añadiendo que se planteaba muy seriamente expulsarme unos días. Tanto mi madre como yo escuchamos cabizbajos. Al finalizar el monólogo ella levantó la cabeza del suelo y, antes de contestarle, me miró y me ordenó que saliese del despacho. No entendía por qué, pero tampoco estaba en posición de rechistar por nada.

En el pasillo me crucé con varios compañeros que cuchicheaban algo que no entendí. El colegio estaba empezando a llenarse y reparé en que algunos alumnos traían paraguas. Nunca había llegado tan temprano. Caminé varios pasos hacia la salida y fue entonces cuando vi a Bianca despedirse con un beso de su padre antes de apearse del coche. Llevaba una blusa roja y un vaquero azul claro. Me pareció que estaba muy guapa. Casi sonrío al pensar en la sorpresa que se llevaría al verme. Subió las escaleras cargando su mochila sobre los dos hombros y reparé en que le quedaba grande porque las asas le bailaban. Cruzó el umbral de la puerta y entonces levanté la mano, saludándola, pero Bianca me apartó la mirada. Pensé que tendría tanto sueño que no se había dado cuenta de que era yo, así que insistí, incluso llamándola, pero no hubo manera de captar su atención. Seguía mirando hacia adelante, como si no hubiese nada a su alrededor y pasó a mi lado como si fuese un fantasma. La seguí con la vista hasta que se perdió entre la multitud de alumnos que cada minuto empezaba a ser más ruidosa. Me quedé quieto, sin saber qué hacer, pero en seguida mi madre salió del despacho del señor Turcescu. Venía guardándose el monedero dentro del bolsillo de la chaqueta. Me llevó a un rincón del pasillo y me advirtió en tono amenazador de que más me valía cumplir con los castigos que me impusiesen. Permanecí quieto, esperando que me dijera algo sobre la expulsión, pero mamá abandonó el aulario sin despedirse y entonces entendí que tenía que marcharme a clase.

Nadie me dirigió la palabra esos días y durante el recreo tuve que permanecer de nuevo arrodillado en el pasillo, a la vista de todos. Solamente intercambiaba algunas palabras vacías con Eduard, que parecía no saber cómo actuar conmigo. De vez en cuando Bianca me miraba desde el fondo del pasillo con cierta pena, pero no se acercaba. Cuando cumplí una semana de castigo, mis rodillas se habían acostumbrado a la postura y las lumbares dejaron de dolerme. Durante las últimas horas de clase, cuando mi profesor no me miraba, me las acariciaba y sentía que la hinchazón se me bajaba un poco.

Fue Eduard quien me lo contó. Probablemente llevaba tiempo guardándoselo dentro y era consciente de que me haría daño, pero de repente lo soltó como una bomba: «Bianca fue la que te delató».

31

No me dijo nada más. Me lo contó mientras agarraba un cuenco con agua y se ponía a fregar, con cierta obsesión, los platos y los cubiertos. Tenía una manga subida hasta el codo y la otra apenas dejaba ver su muñeca. Sus manos se movían rápidamente, haciendo círculos sobre la porcelana, y el agua caía suavemente quitando los restos de espuma que se había formado. Cada poco rato se llevaba la muñeca a la cara y se limpiaba. Estaba llorando. Sollozando en silencio. Al poco rato tati volvió a casa oliendo a aguardiente. Otra vez había estado en la taberna. Entró por la puerta tambaleándose y, aunque no nos dijo nada, estoy seguro de que se dio cuenta de las mejillas encarnadas de mi madre. El mundo parecía estar envuelto en una manta que lo hacía invisible y nosotros éramos unos fantasmas familiares. Fui consciente al verlo de que el rostro de mi padre se había llenado de arrugas y una barba negra y punzante como una aguja se marcaba en su cara cansada. Su pelo estaba lleno de polvo y sus manos más sucias que nunca. Era la viva imagen de una persona que se había rendido y sentí que a partir de ese momento todo lo que nos esperaba era caída y más caída. Papá empezó a despotricar contra todo el mundo. Cuando trataba de hablar rápido balbuceaba y gesticulaba de una forma pausada que me ponía algo nervioso. A pesar de eso lo escuchamos callados y quise entender a qué se refería cuando decía que se la habían jugado, pero no terminé de entender. Al rato, nos quedamos todos callados. Tan solo se escuchaba el viento colándose por alguna rendija y el pequeño silbido que papá hacía al respirar. Eso le pasaba siempre que iba bebido. Mamá tenía la mirada perdida y tuve la sensación de que también ella se había rendido. Cassandra ladró fuera y nadie le hizo caso. Yo me senté en el escritorio y me puse a adelantar unos problemas del libro de Matemáticas esperando en silencio que cayese la noche. Al rato mis padres se tumbaron en la cama, cada uno en su almohada, viendo el programa de Calinescu, sin mucho más que añadir. Probablemente esa noche no cenaríamos, aunque mi tripa sonaba con la fuerza de un tronco de cien años.

Papá se había quedado sin trabajo y en casa se respiraba una extraña sensación de incertidumbre. Parecía que nada estaba claro y que tendríamos que improvisar cada día a partir de entonces. Me levanté de la silla y me tumbé en la cama, entre mis padres, como solía hacer en las noches en las que me daba miedo dormir solo. Sus cuerpos emanaban calor y mi padre aún desprendía un potente olor a *tuica*. Mi postura era rígida. Mis manos se habían abrazado entre mis piernas y mi cabeza no giraba ni a un lado ni al otro. Escuchaba el programa, pero nadie tenía nada importante que decir. Al menos no tan importante como lo que nos pasaba a nosotros. Poco a poco, la noche fue cayendo y los repentinos ronquidos de mi padre y la lenta respiración de mamá me hicieron levantarme de la cama. Había empezado a llover. Cuidadosamente, deslicé mi mano por el pecho de papá para agarrar el mando y apagar la tele. También apagué la luz y, mientras me dirigía a mi cuarto, me invadió el miedo de la duda: *qué haríamos para sobrevivir.*

32

Tal como nos advirtió doña Carmen, a mi padre lo habían despedido porque permitía a algunos trabajadores salir con piezas de coches a cambio de algo de dinero. Entonces pensé en mamá guardándose el monedero al salir del despacho del director Turcescu y me sentí culpable. El 1 de mayo era el Día Internacional del Trabajador, pero para mí fue un día más porque ninguno de mis padres tenía trabajo.

Fuera, sin embargo, los árboles estaban más verdes que nunca. Ya no llovía y el frío solamente aparecía por las noches. Era como si la vida hubiese vuelto a nuestro pueblo. Daba la sensación de que todo había estado dormitando y acababa de despertar. De la leña que guardamos para el invierno solo quedaban algunos troncos podridos, apoyados sobre la pared de nuestra casa. Pronto empezaría la temporada de las setas, aunque las cerezas ya estaban cogiendo color y yo cada vez tenía más ganas de subirme y mancharme hasta los codos con el zumo que soltaban cuando las mordía. Como si de un sueño se tratase, aquella primavera parecía un instante que invitaba a no despertarse nunca.

Habitualmente, en los días de fiesta, mi padre me llevaba a pescar a la presa de Rausor, que estaba a final del pueblo. Solíamos subir por el río, a contracorriente, y por el camino nos hacíamos con algunas truchas si había suerte. Yo cazaba ranas, aunque las acababa soltando porque me daba asco sostenerlas demasiado tiempo en la mano. Permanecíamos varias horas escondidos entre los arbustos y siempre picaba algún pescado grande que luego nos llevábamos a casa para que mami preparase. Cassandra solía acompañarnos y se quedaba dormida junto a las piedras que el sol había calentado durante toda la mañana.

Pero aquel 1 de mayo no fuimos a pescar. Estaba muy enfadado con mi padre porque a mí me habían enseñado desde que nací que el deber de un cabeza de familia era cuidar de ella. No entendía por qué había corrido el riesgo, por qué se había expuesto de esa manera. Estaba tan furioso que en mi interior le eché la culpa de nuestra desgracia y de nuestra hambre. Pensé que tal vez doña Carmen tenía razón cuando le dijo a mamá que acabaría con todos nosotros. Aquel día renegué de mi padre como nunca lo había hecho.

Cuando desperté vi que la casa estaba vacía. Había tenido una pesadilla. Me desperecé, fui a la cocina y agarré media barra de pan. Por la ventana, miré los árboles y pensé en que estaría bien regarlos. La hierba que rodeaba la parcela estaba muy baja y me gustaba andar descalzo, aunque en más de una ocasión pisaba alguna mierda de Cassandra. Cogí un cubo de metal que, aunque estaba algo desgastado y tenía algunos golpes que lo habían deformado, me serviría. Hice varios viajes, porque si lo llenaba entero corría el riesgo de derramarme el agua por los pantalones. La primera vez que pasé cerca de la verja que separaba mi casa de la de Eduard, escuché que había gente, aunque no me interesó demasiado. Al rato, volví a escuchar voces y me pareció que una era la de mi madre. No me quise asomar a la veranda, pero estaba casi seguro de que probablemente andaría tomando *nes** con doña Carmen. El manzano estaba casi en flor, así que le eché más agua que a los otros árboles. Pensé que pronto empezarían a aparecer los pájaros y las larvas. Regresé para rellenar el cubo y la hierba me hizo cosquillas en los talones desnudos, así que me paré, pegado al muro que me separaba de aquellas voces y me rasqué el pie con fuerza. Reparé en que me habían nacido algunos pelos rubios y me impresionó tanto que casi grito. Mientras disfrutaba de mi sorpresa, la voz de doña Carmen le decía a mi madre que en occidente estaba el pecado, que ya se lo había dicho el cura, que ahí solo encontraría depravación. En tono exagerado, le dijo que los hombres se casaban con otros hombres y que las mujeres iban con faldas tan cortas que se les podían ver los bajos. Seguí mi camino sin entender nada. Le tocaba al cerezo y al nogal. Me dejaría los ciruelos para el final. Varias abejas zumbaron al-

* Café instantáneo.

rededor de mi cabeza, aunque no les hice mucho caso y se acabaron marchando. Era una bonita mañana y pensé que por la tarde iría a buscar a algún grupo de chavales para jugar. Cuando volví a por más agua, miré dentro del pequeño cuarto donde mi padre guardaba las herramientas y vi una sierra pequeña. Pensé que sería ideal para modelar algún pedazo de madera y hacer un arma. También necesitaría varios clavos y un martillo. Volví a pasar junto a la verja y escuché de nuevo a doña Carmen diciéndole a mi madre: «¿Qué vas a encontrar entre extranjeros?».

Entonces, el miedo a dejar mi pueblo me hizo volver a estremecerme.

33

Cuando me senté a la mesa, los rayos de sol me dieron de lleno en la cara cegándome por un momento. Intuía la silueta de mi padre apoyada cerca de la ventana y a mami delante de mí, sentada en una silla. No se justificaron. No tenían por qué. Tan solo me dijeron que en poco tiempo emprenderíamos un largo viaje. «España», esa fue la palabra. Nos iríamos a España. Un viaje que tenía una fecha de ida, pero no una de vuelta. Supe que no la tenía cuando pregunté si iba a poder volver para el verano y no me contestaron. Después de un silencio dijeron de nuevo que nos marcharíamos pronto y que no hiciese más preguntas porque mi deber como hijo era obedecer.

Agaché la cabeza y dejé de escuchar, fijando la atención en mis manos. Me las acariciaba, suave y lentamente y, mientras lo hacía, me preguntaba si los niños en España tendrían las manos igual de gruesas y duras que las mías. Me pasaba el dedo índice por los callos y apretaba hasta sentir un poco de dolor, luego seguía paseándolo por cada uno de ellos, una y otra vez en un recorrido sin fin. Así sería mi futuro. Me miré las uñas y seguían sucias. *¿Allí los niños tendrán las uñas sucias?*, me pregunté. Giré la palma hacia el techo y vi el corte que me había hecho años atrás. No me cosieron y cicatrizó solo. *¿Los niños de España se harán cortes en las manos?* Luego pensé, por un momento, en las de mi padre. Las había visto tantas veces que me las sabía de memoria. Eran grandes, ásperas y duras. Unas manos de hombre. Unas manos trabajadas. *¿Alguien en España tendría las mismas manos que mi padre?* Luego pensé en las de mamá. Las manos de mi madre estaban manchadas de harina por el pan y los bizcochos, y cuando hacía la masa del *cozonac* se le notaban las venas de tanto apretarla y machacarla. *¿Harían eso en España?*

A los pocos días mi padre me dijo que nos iríamos a mitad de mes. Entonces me di cuenta de que me quedaba una semana para hacer todo lo que no había hecho hasta aquel momento. Repitió un par de veces que el viaje sería largo y quise gritarle que ya lo había escuchado, pero no lo hice. Repasaba en mi mente las mil cosas que tendría que hacer mientras él me consolaba con la promesa de nuevos amigos, una nueva escuela y, en fin, otra vida. Me dijo que tendría una vida. Y después de eso, de nuevo, dejé de escuchar. En mi cabeza se repetía la palabra despedida y no sabía que una despedida pudiese durar tanto, porque no sabía aún lo que era despedirse.

Nos íbamos. No había vuelta atrás por más que protestase, pero ¿cómo se despide uno cuando no quiere despedirse? ¿Cómo se lleva uno con él tantas cosas cuando tiene que viajar sin nada? Porque nosotros viajaríamos sin nada. Ni siquiera teníamos maletas. Llenaríamos algunas bolsas de plástico con lo poco que podíamos cargar. Me eché a llorar, aunque no hubo lágrimas suficientes para toda la pena que tenía dentro. Me hubiera querido llevar mi casa entera. Hasta el invierno lo quería conmigo. Pensé en Bianca, en Eduard y en el polvo que dejaba el galope de los caballos por la calle, las carrozas de los gitanos que pasaban en verano, los avellanos que florecían a finales de agosto, el olor al heno que quedaba tras la temporada de trilla, las plastas de vaca que pisábamos y las veces que meamos en el río mientras nos reíamos a carcajadas de que Eduard la tuviera pequeña. Pero no podía llevar conmigo nada de eso.

¿Cómo sería mi nuevo hogar, si es que teníamos uno? No quería, por nada del mundo, vivir en una ciudad llena de apartamentos y coches. No quería. Empecé a negar con la cabeza, en silencio, y a limpiarme los mocos con la manga. Tenía lágrimas en la boca y en la barbilla y en el cuello. Entonces volví a preocuparme por el sitio en el que viviríamos y, con la voz entrecortada, pregunté a mis padres: «¿Es verdad que en España tendremos un baño y agua caliente?».

34

En mi último día de colegio, a última hora, el señor Petrescu me dejó tocar la campana por los pasillos. Habitualmente era una tarea de los delegados de las clases, pero ese día me eligieron a mí. Si bien era algo de lo que sentirse orgulloso, yo recorrí aquellos pasillos con un sabor agridulce, agitando mi mano con rabia para que sonase muy fuerte. De repente, las puertas se abrieron casi a la par y todo el mundo empezó a correr. Muchos compañeros me decían adiós, mientras sus mochilas iban golpeándoles la espalda, otros me abrazaban y, algunos que nunca me habían hablado, ese día me dieron la mano fugazmente y me desearon mucha suerte. Cuando volví a mi clase, mis compañeros estaban en la puerta esperándome. Uno por uno fueron despidiéndose de mí, aunque tenía la sensación de que ninguno de nosotros sabía muy bien qué implicaba aquel adiós. El señor Petrescu fue el último en hacerlo y percibí una cierta envidia y sorna cuando me dijo que esperaba que tuviésemos suerte y no tuviéramos que volver como tantos otros.

En la puerta del colegio me esperaba mi cuadrilla de amigos. También estaba Bianca. Cuando aparecí, empezaron a aplaudir como si hubiesen visto a un famoso. Eran aplausos torpes y ruidosos, pero muy efervescentes. Bianca era la única que lo hacía con timidez. Me fueron abrazando uno por uno. Eduard estaba muy emocionado y sentí cómo su corazón latía con fuerza. Cuando me acerqué a Bianca, me tendió un sobre y me dijo que esperaba que me llevase conmigo lo que había dentro. Aún estaba dolido con ella y dudaba si decirle algo más que un simple y tímido gracias cuando su padre apareció en su coche inconfundible y me salvó de alargar más el momento. Ella me puso la mano en el hombro, me dijo que me cuidase y que cuando volviera le llevase algo. Le dije que sí con la cabeza, y antes de montarse se giró para decirme alguna cosa que nunca me dijo. Cuando cerró la puerta de su coche, todos nos quedamos observándola, sentada en el asiento trasero, mirando al frente, sin expresión alguna. Su padre arrancó y en ese momento sentí el impulso de ir hacia su ventanilla y despedirme de otra forma. Quería ver su cara y escuchar su risa y sentir sus trenzas de guerrera vikinga pasando cerca de mi mejilla como cuando jugábamos. Pero no lo hice. El coche se perdió en el horizonte de un pueblo que iba a quedarse tan atrás como una gota de agua en el fondo de un océano.

Antes de subirse al bus, mis amigos volvieron a abrazarme fugazmente y Bogdan me regaló una de sus pelotas saltarinas. Me dijo que me acordase de él cuando la botase en Madrid. La guardé junto al sobre que Bianca me había dado y que aún no había abierto. Eduard me rodeó el cuello con su brazo izquierdo y así, colgando de mí, enfilamos nuestros pasos hacia casa por última vez. No se separó ni un instante. Hablamos sobre cosas banales como las mazorcas de maíz o las chanclas hawaianas que todo el mundo parecía comprarse para llevar con calcetines. Y cuando quisimos darnos cuenta de las cosas que nos quedaban por decirnos, el tejado rojizo de su casa asomó por la esquina. Eduard me condujo hasta mi parcela y me dio un abrazo más largo que los anteriores. Yo permanecí quieto, con los brazos extendidos a lo largo de mi cuerpo, sin saber muy bien cómo reaccionar. Me dijo que no me olvidase del pueblo y que, al igual que a Bianca, le llevase algo de España cuando volviera. Naturalmente, dije que no había problema. Luego entró en su parcela y sentí cómo los dos caminábamos a la par, yo sobre la hierba y él sobre la acera, hacia nuestras casas. No nos miramos ni dijimos nada más.

Cuando entré por la puerta, a punto de llorar, todo estaba patas arriba y mi madre habitaba en medio de aquel jaleo de ropas y desorden. En una esquina de mi cuarto, vi que ya me había preparado la bolsa que llevaría. Era de plástico, blanca, con una pequeña arruga en una de sus asas. Había metido toda mi ropa buena y me dejó sobre la cama una camiseta de un color azul muy claro, un pantalón corto gris, algo desgastado, con unos bolsillos caídos sobre la parte externa y unas sandalias nuevas que tenían más agujeros de lo normal. Dejé la mochila junto a la camiseta y mamá me llamó a su cuarto. Cuando entré, vi las puertas de los armarios abiertas y un montón de chaquetas de invierno tiradas por el suelo. Antes de lo previsto, me dijo que me pusiese la ropa que descansaba sobre mi cama porque papá había ido a llamar al cura para que nos bendijese.

Al poco rato aparecieron los dos. Mamá y yo los esperamos de pie, en la entrada. Ella también vestía ropa nueva. Cuando entraron, casi se abalanzó sobre el pope para besarle la mano y yo tuve que hacer lo mismo. Volví a quedarme de pie, con los brazos cruzados por delante de mi cuerpo, mirando al suelo y esperando que empezase la pequeña misa. Echaba mirra con su candelabro y rezaba oraciones que no entendía, pero le daban una cierta solemnidad que me intimidó un poco. Cuando terminó se me acercó y me hizo una pequeña cruz con el dedo en la frente; pude sentir el olor dulzón de sus ropajes. Hizo lo mismo con mi madre y con mi padre. Como si llevara prisa, se despidió de nosotros y volvimos a besarle la mano. Nos paramos en el marco de la puerta hasta que se montó en un coche que pasaba por la calle y pude ver cómo papá le daba algunos billetes que se guardaba en el bolsillo de su pantalón. Me volví a quitar la ropa buena y la doblé del mismo modo que la había encontrado.

Mamá nos dijo que nos cortaría el pelo. Colocó un plástico en el medio del salón y me sentó en la silla de madera que trajo de la cocina. Sus dedos se hundían en mis mechones y las tijeras hacían su trabajo. Siempre llevaba el mismo corte, mi cabeza parecía un cuenco. Después me dijo que debía bañarme. Cuando ya estaba desnudo, tati apareció con la artesa de plástico y un cubo de agua caliente. Me subí y, con un pequeño recipiente, dejé que el agua que papá me echaba fuese cayendo por mi cuerpo mientras agotaba un sobre de jabón. Frotaba mis axilas y me daba cierta vergüenza hacer lo mismo con mis partes bajas, pues mi padre parecía sonreírse con cierto orgullo masculino. El vapor me entraba en los ojos y sentía que el olor a menta me abría las fosas nasales y que podía respirar todo el aire del mundo. Cuando terminé, mis padres me prohibieron salir a la calle para no ensuciarme. Entonces me di cuenta de que no me había despedido de todos los vecinos ni de los amigos del pueblo y volví a entristecerme.

Durante la cena, mis padres me recordaron que saldríamos antes del alba y que llegaríamos a España pasadas tres noches y dos días. No me pareció tanto tiempo. Me contaron que viajaríamos en autocar y eso me hizo mucha ilusión, porque un autocar es más que un autobús o un microbús y yo nunca había montado en uno. Me lo imaginaba con los cristales tintados, los asientos muy grandes y cómodos, y con aire acondicionado de los que soplaban con fuerza. De ningún modo sería como esos buses parecidos a los acordeones.

Mami preparó unos huevos cocidos y unas salchichas, también cocidas, y me dio una bolsita donde había algunos dulces variados que nos llevaríamos para el trayecto. Antes de mandarme a mi cuarto, mis padres quisieron que rezásemos juntos un padrenuestro. Me dijeron que lo pronunciara yo. Casi se me entrecortaba la voz al pensar que sería el último que rezásemos en el pueblo. Nos santiguamos y entonces mamá me agarró la mano para llevarme a mi habitación. Me solté y fui a darle un beso a mi padre. Nunca le daba besos, pero fue instintivo. Volví a agarrar la mano de mi madre, que me estaba sonriendo.

Ya en mi cuarto, recordé el sobre que Bianca me había dado y lo saqué deprisa de mi mochila. Cuando lo abrí vi la foto que su tío nos había hecho el día de su cumpleaños. Bianca estaba muy sonriente y yo tenía los ojos medio cerrados. Me dio mucha rabia no salir igual de bien que ella. Por detrás, había escrito una frase, y al leerla sentí cómo mi corazón se aceleraba. Mamá me preguntó si estaba bien y le contesté que sí mientras volvía a introducir la fotografía en el sobre blanco. Me tumbé en la cama mientras ella me arropaba con una manta y se tumbaba en el borde, a mi lado, acariciándome la cabeza con su mano derecha. Estaba tan pegada que casi podía sentir su respiración. Cerré los ojos porque me intimidaba mirar su cara, aunque era consciente de que me estudiaba atentamente, con una pequeña sonrisa y su rostro cansado.

Me gustaba contar ovejas antes de dormirme, porque me las imaginaba por los prados del pueblo, saltando vallas, de una en una, esperando a que el pastor les diese de comer y que la noche fuese asentándose, poco a poco, sobre el rebaño. Volví a pensar en Bianca y en mis amigos y los empecé a echar de menos. Ojalá me los pudiera llevar conmigo. Cuando mamá sintió que me estaba quedando dormido, pude escuchar cómo me susurraba en voz baja: «Cuando seas mayor, entenderás por qué nos fuimos».

Me besó la frente y el sonido tenue de la puerta de mi cuarto cerrándose tras ella fue lo último que escuché aquella noche.

35

Llevaba en la mano el librito de madera que me había regalado el padre de Eduard. Una pequeña astilla se me clavó en el dedo, pero me la saqué sin parpadear. Ya estábamos entrando en Bucarest. Me hubiese gustado poder ver el amanecer en mi pueblo, pero estaba demasiado dormido. Ni siquiera recordaba el momento en que papá me había montado en el bus. Mamá estaba a mi lado, mirando al frente. También era la primera vez que ella pisaba la capital. Ojalá hubiera podido despedirme de las casas y del río. Ni siquiera le había dicho adiós a mi cama o a la habitación de mis padres o a nuestra cocina. Me entraron ganas de haber besado cada objeto de mi cuarto, pero se habían quedado ahí, durmiendo plácidamente sobre capas de polvo venideras y una soledad articulada en un hasta pronto.

Desde Bucarest emprenderíamos el camino hasta Madrid. Veía por la ranura que separaba los asientos cómo papá, que estaba delante de nosotros, iba dando cabezadas. La voz del conductor nos anunció que estábamos a punto de entrar en la estación de Militari y eso provocó cierto revuelo. Me acordé de aquella noticia que escuché en la radio, sobre el accidente, y me entró un poco de miedo. Por la ventana veía que la ciudad estaba nublada. Nos cruzábamos con algunos coches antiguos, la mayoría Dacia, y me sorprendió ver tan pocos coches alemanes. Junto a una puerta de hierro, en la acera, divisé decenas de taxis tan amarillos como en las películas. Los edificios se elevaban como montañas y había grandes carteles de Dr. Oetker en todos lados. La parada en la que nos bajamos estaba sumergida en el mismo ambiente ruidoso y sucio que el resto de la ciudad. Nunca había visto tanto ajetreo de pasajeros y autobuses. Vi paneles que anunciaban muchísimos destinos, desde Italia o Francia a Vaslui o Chisinau. Por un momento quise ser conductor de autobús, porque pensé que era una manera sencilla de viajar por el mundo.

Cuando bajamos los escalones, mami me agarró la mano con fuerza y me advirtió de que no me separara de ella en ningún momento. Di un pequeño saltito cuando llegué al último y la miré como si no tuviese nada de qué preocuparse. Tati cargaba las bolsas, y nos fuimos moviendo hasta una esquina de la estación que parecía menos concurrida. Papá dejó las cosas en el suelo y nos dijo que lo esperásemos ahí sin movernos. Él ya había estado en Bucarest cuando hizo la mili y me daba mucha seguridad pensar que nada podía pasarnos mientras estuviese cerca. De un momento a otro se escabulló entre la multitud. Llegaron varios autobuses de golpe y sentí un poco de pánico cuando vi que los pasajeros se iban apeando, entre chillidos y empujones. Se chocaban con nosotros y parecía que no les importaba. Nadie pedía perdón porque todos iban con demasiadas prisas. No veía ninguna cara conocida. Levanté la cabeza y miré a mi madre. Estaba igual de perdida y descolocada que yo. Me pegué más a su brazo. Junté mi cara a su cuerpo y ella me pasó la mano por encima del hombro. Permanecimos varios minutos en esa postura, aunque me pareció una eternidad. Le dije a mamá que tenía sed, pero me dijo que no podíamos movernos a ningún lado pues temía que luego no pudiésemos encontrarnos con papá. Me dolían los pies, así que doblé las rodillas como si me fuese a sentar. Quería probar si mi madre me lo prohibía y, efectivamente, no me dejó. Un señor con un sombrero negro y una maleta antigua color marrón pasó rápidamente por delante y nos tiró al suelo una de las bolsas. Varias de las manzanas que llevábamos dentro se desparramaron y empezaron a rodar. Mamá no le reprochó nada, aunque lo miró con mucha rabia, se limitó a agacharse y a volver a colocarlas dentro con mucho cuidado sin soltarme la mano. Yo pensé que pronto las comeríamos.

Mi padre no volvía. Miré a mami y la preocupación se le notaba en la cara. Estaba inquieta. Se peinaba con fuerza el mechón de pelo que le caía en la cara. Repitió la acción varias veces y me puso nervioso verla así.

Los autobuses de Austria e Italia salieron los primeros. Empezaron a pitar y los conductores, la mayoría con un cigarro en la boca, se esforzaban en hacer maniobras imposibles con esos volantes enormes para no atropellar a nadie. Metí la mano en el bolsillo y volví a tocar el librito. *Ojalá no nos hubiésemos ido del pueblo*, pensé. *Ojalá*. Uno de los autobuses pitó a pocos metros de nosotros y me hizo algo de daño en los oídos porque nunca había escuchado un estruendo tan molesto. Alguien gritó «cuidado» y un insulto quedó sin respuesta, en el aire. Entonces dejé de querer ser conductor de autobuses.

Tati seguía sin aparecer. Mamá cada vez estaba más impaciente, me miró y trató de decirme algo, pero se arrepintió a última hora. Tal vez quisiera haberme pedido que esperase junto al equipaje mientras iba a buscarlo. O tal vez no. Cada vez me pegaba más a ella porque su calor me tranquilizaba. Algunas pelusillas de su blusa verde de lana se me metieron en la boca, pero no me importó. Llevaba los mismos vaqueros anchos de siempre y sobre una de las bolsas había dejado una chaqueta blanca que, según mi criterio, le quedaba pequeña. Cerré los ojos y por un momento pensé que aquello era una pesadilla. Ya no tenía sueño, pero la extraña sensación de incertidumbre no me dejaba disfrutar del recuerdo que mi mente quería recrear: el pueblo, la cocina, mami cocinando sopa de pollo. Nada. No lo podía recordar y quería sentirlo. Pensé, tontamente, que tal vez papá no había ido a por el billete, sino que se había arrepentido y había vuelto al pueblo. Pensé después que tal vez no había dinero para los tres y había decidido irse solo. No, claro que no. Él nunca haría eso. Mamá empezó a toser y una mujer joven y muy delgada tiró una colilla de cigarro al lado de mi pie. Un Carpati apurado hasta el fondo. Mamá volvió a toser. A nadie le importábamos.

Entre insultos y cláxones, los autobuses de Alemania y Chisinau también salieron de la estación. No ubicaba cuál era el nuestro exactamente, aunque al fondo estaban los más grandes. El reloj marcó las nueve de la mañana. Sonó una campana en la estación que nos hizo girar la cabeza a todos. Por un segundo el caos se detuvo, aunque rápidamente todo volvió a la vida. Acto seguido escuché la voz de una mujer preguntándonos a dónde íbamos. Cuando la miré, vi que era una mendiga. Olía a podrido y toda su ropa estaba rasgada. Llevaba unas mallas rosas y unas sandalias rotas cuyas hebillas arrastraban por el suelo. Mamá le respondió que estábamos esperando, como si eso fuese a ahuyentarla. Ella insistió, añadiendo que el autobús más bonito era el de España porque ahí había naranjas y trabajo. Mamá giró la cabeza para otro lado, ignorándola. Nos dijo que ella ya había estado en España y que nos iba a acompañar. Mamá me miró y me sonrió, algo incómoda. La mujer se sonó la nariz y estampó los mocos contra el suelo. Me entraron ganas de vomitar. En ese momento apareció un hombre de seguridad alto y gordo con un bastón y le dijo que se fuese. Llevaba la gorra ladeada, de la misma forma que mi padre. La mujer insistió, riéndose, en que nos acompañaría a España y entonces el hombre le tocó el pecho con la punta del palo de madera, para que nos dejase en paz. La fue empujando, poco a poco, hasta que la alejó.

Por fin apareció papá, agarró la mano de mi madre y tiró de ella hacia los autobuses que ya estaban arrancando.

Rápidamente recogimos las tres bolsas y empezamos a correr detrás de él y nos convertimos en lo que eran todos. No sé si me choqué con alguien, no recuerdo las caras de la gente que había a mi alrededor, todo era tan fugaz como una ráfaga de viento. Apenas había niños. Corrimos hasta que nos plantamos delante de tres autobuses. Todos iban a España. Uno se dirigía a Madrid, otro a Barcelona y otro a Bilbao, una ciudad de la que nunca había oído hablar. Nosotros nos subimos, con demasiada prisa, en el autobús de Madrid. Justo cuando empezamos a ascender por las escaleras escuchamos arrancar el motor. El conductor, un tipo con una camiseta blanca de tirantes y con su pitillo en la boca, hizo una mueca de desaprobación y le dijo algo a mi padre acerca de los billetes. Ya dentro, empecé a andar por el pasillo de asientos delante de mi madre, aunque ella era la que me dirigía con su mano sobre mi hombro. Llevaba, a duras penas, la bolsa que me había tocado cargar. Buscábamos asiento y encontramos tres al fondo. Estaba lleno de gente, pero nadie nos miró. El autobús era igual que el que nos había llevado desde el pueblo, aunque desde fuera parecía más grande. No supe hasta más tarde que una parte estaba ocupada solo por paquetes. Nos acomodamos como pudimos. Mamá se fue a la ventanilla y sentí cierta envidia porque era mi sitio favorito. Como no había mucho espacio, yo me quedé en medio. Tati apareció a los pocos segundos y comenzó a colocar las bolsas en el compartimento que había encima de nuestras cabezas. Cuando el bus estaba saliendo de la estación se sentó a mi lado y nos miró, sobre todo a mi madre, aunque no dijo nada.

En el autobús del pueblo siempre había gente que se quedaba de pie en el pasillo. Aquí no. Delante de nosotros había dos mujeres mayores que parecían ser amigas. Junto a ellas, un hombre mayor con canas portaba entre las piernas un maletín y nada más. También vi a tres chicos gitanos hablando sobre algo que no entendía, masticando pipas y guardándose las cáscaras en el puño. Junto a nosotros había un chico y una chica, más jóvenes que mis padres, aunque no hablamos con ellos por vergüenza.

Tati parecía estar satisfecho y contento de que ya estuviésemos en camino. Mamá perdió su mirada por la ventanilla, parecía estar despidiéndose de algo, aunque enseguida colocó su mano sobre la mía. Papá ya habría dicho adiós antes de subirnos. Seguro.

Nos rodeaba mucha gente, aunque estábamos los tres solos. Yo miraba al frente, al cabecero de un asiento que no me decía nada, pero era azul. Y rojo. Y verde. Y blanco. Y de todos los colores del mundo. Todo había pasado demasiado rápido. Demasiado. Ya estábamos en camino y, de la misma forma que a nosotros no nos importaba nadie, nosotros tampoco éramos blanco de ninguna mirada. Al fin y al cabo, ninguno de los que estábamos allí pensábamos en presente, sino en lo que habíamos dejado atrás. Así, con esa sensación, empezamos nuestro camino hacia Europa.

36

Dejamos Rumanía por Nadlac. Durante las casi nueve horas de viaje, apenas intercambiamos palabras y en el autobús solo se escuchaban ciertos cuchicheos y ruidos cotidianos. De vez en cuando, el conductor cambiaba la cadena de radio, siguiendo su propio criterio o por aburrimiento. Cuando llegamos a la frontera había muchos coches, pero nosotros tuvimos preferencia sobre otros vehículos. Esperamos aproximadamente una hora hasta que varios policías subieron y nos pidieron los documentos: pasaportes y carnets de identidad. Los pasajeros se los iban entregando, uno por uno. Tati fue el que les dio los nuestros. Los ojearon un poco más detenidamente que los de otros viajeros y nos preguntaron cuánto tiempo estaríamos fuera del país. Tati les dijo que tres meses. Justamente tres meses. Mentía, pero en ese momento yo no lo sabía y sonreí pensando que el curso siguiente estaría de vuelta. El policía también sonrió, pero irónicamente. Luego les preguntaron si yo era su hijo y mis padres afirmaron con la cabeza. Uno de ellos se agachó y, colocando una mano sobre mi rodilla, me preguntó cómo se llamaban mis padres, mi edad, el nombre de mi colegio y a dónde iba. Cuando respondí que a Madrid, me entró cierta vergüenza por si no lo había pronunciado bien. Entonces mamá sacó mi certificado de nacimiento y se lo tendió. El guardia lo cogió y pareció estudiarlo atentamente. Me entró un poco de miedo por si descubrían algo que no estuviera en regla y debía separarme de mis padres. Pero de repente algo pasó fuera, empezaron a escucharse gritos y, por la ventana, vi cómo uno de los agentes sacaba una porra, así que los compañeros que estaban en el autobús nos devolvieron bruscamente los papeles y salieron. Iban agarrándose las pistolas mientras corrían por el pasillo. Entonces, por un momento, deseé ser mayor para convertirme en policía. Las puertas se cerraron tras ellos y, mientras me incorporaba sobre mi asiento, adoptando la misma postura erguida que tenía en las clases del señor Petrescu, supe que íbamos a salir de Rumanía.

Con el anochecer cayendo sobre nosotros nos adentramos en Hungría, aunque no notamos la diferencia porque era prácticamente igual que mi país. Solamente cambiaba el nombre de las ciudades y el idioma. No nos pusieron problemas para entrar y entendimos que le daban un voto de confianza a la policía rumana. El chófer agarró el micrófono con el que iba equipado el bus y nos anunció, después de escuchar cómo se aclaraba la voz, que en siete horas habríamos recorrido el país y que solamente haríamos una parada en una gasolinera antes de abandonarlo, para quienes se tuviesen que bajar. Cuando terminó de hablar, empecé a comerme un sándwich de queso ahumado y tomate que mamá había preparado. Luego me comí un Chipicao y después de eso me quedé dormido otra vez.

Volví a despertarme justo cuando empezó el ruido. Los tres chicos gitanos se apearon en la estación de servicio que había mencionado el conductor. Serían menos de las cuatro de la mañana, pero hicieron que todos nos despertásemos. No sabía a dónde iban. Deseé bajarme, pero vimos que fuera empezó a juntarse más gente que parecía estar esperándolos y pensé que no sería buena idea. Empezaron a gritar y el conductor salió para hablar algo con ellos, pero no podía entenderlo. Continuaron gesticulando y poniéndose todos más nerviosos. Después de algunos empujones, el chófer volvió al bus, cerró la puerta, encendió el motor y puso rumbo a la carretera. Una piedra impactó contra la chapa y me asusté, pero nadie dijo nada y el vehículo siguió su camino hacia la frontera con Eslovenia, el siguiente país de nuestra travesía.

Al llegar a la frontera, unos guardias hicieron señales al conductor para que abriese la puerta. Se iban a subir. Eran tres, pero solamente mandaba uno de ellos. Era un tipo alto, corpulento y barrigón, llevaba la camisa metida dentro del pantalón, varias insignias en la chaqueta del uniforme y la gorra perfectamente colocada sobre su cabeza, ocultando una calva de varios años. Tenía cara de pocos amigos. Nada más poner el pie en el primer escalón, dejó que todos viésemos su porra y su pistola. Los otros dos eran sus cachorros. Empezaron a hablar en húngaro con el chófer. Dudo que nadie entendiese algo, aunque parecía que ellos tenían toda la intención de que nos enterásemos, porque hablaban alto, como gritando. Todos estábamos despiertos, aunque agachamos la cabeza y no dijimos nada. De repente el policía se acercó a las personas que estaban sentadas en la primera fila. También era una pareja joven. Les pidieron el pasaporte y se lo tendieron. Lo hicieron casi al mismo tiempo, sin rechistar, sin dudar. Los abrió, pasó varias páginas y levantó dos dedos moviéndolos como pidiéndoles dinero. *«Twenty euros»*. Ellos rebuscaron en sus bolsillos y, con gesto asustado, le tendieron dos billetes al oficial. Se los guardó en el bolsillo y les devolvió el pasaporte. Luego nos miró a todos e hizo un gesto, separando las manos del cuerpo, dirigiendo las palmas hacia arriba y torciendo la boca, como si esa fuera la única opción que teníamos. A continuación repitió la misma rutina con todos y nadie dijo nada. Papá, que era el que estaba a cargo de los papeles y del dinero, le tendió sesenta euros. Hasta entonces nunca había visto euros. El tipo no se inmutaba cuando se los guardaba en el bolsillo. No volvió a mirar ningún pasaporte. Yo me acariciaba las rodillas y volvía a estudiarme las manos, que estaban temblando. También estudiaba las de mi madre y vi que tenía los puños apretados.

El oficial siguió su recaudación con la pareja que había a nuestro lado y tampoco hubo problemas. El ambiente cada vez estaba más tenso y esa madrugada parecía eterna. El jefe se dirigió al hombre mayor y canoso, que llevaba varios minutos buscando en su maletita. De repente, llamó a sus dos secuaces, que acudieron enseguida. El hombre no tenía dinero para darles. Empezaron a hablarle el húngaro y no entendía nada, así que se puso nervioso y todo se le cayó al suelo, sobre los pies del oficial. Nadie dijo nada. Lo agarraron de ambos brazos y lo sacaron a rastras del autobús. *Tú no pasas,* debieron decirle. *Tú te vuelves a tu país,* debieron de pensar. Nadie decía nada. Él empezó a agitar las manos y a mirar hacia atrás, en busca de ayuda; hacia los lados, en busca de ayuda. Cada vez se acercaba más a la puerta de salida y se iba dejando caer en los brazos de los guardias hasta arrastrarse. Su expresión, desesperada, pedía piedad y compasión. Hasta ese punto había llegado. Humanidad, tan solo quería humanidad, pero nadie hizo nada. Acabaron sacándolo a gritos y empujones, tirándolo afuera del autobús como si fuera un perro. Luego lanzaron su maleta y cuando impactó contra el suelo, se abrió esparciéndose todo. El hombre se arrodilló y empezó a llorar. Juntó las manos como si estuviese rezando e imploraba que lo dejasen subir de nuevo. Los guardias, impasibles, se pusieron delante de la puerta del autobús, flanqueándolo. El hombre no tenía tanta fuerza como para enfrentarse a ellos. Empezó a recoger sus prendas, mientras seguía llorando y pidiendo ayuda. El oficial volvió al asiento del conductor y le dio una palmadita en el hombro. Salió del bus sin decir una palabra y lo vimos pasar junto al señor mayor contando el fajo de billetes. Los otros dos agentes siguieron en la puerta hasta que arrancamos. El conductor miró hacia atrás en busca de cierta complicidad. Tal vez quería sentirse menos culpable.

En aquel momento me di cuenta de que ese era el precio de la esperanza, de que eso valía un sueño: veinte míseros euros.

37

Debió de sentirse avergonzado. Tal vez lloró por la impotencia. ¿Qué pensaría en ese momento? ¿Tendría familia? Y, si era así, ¿pensarían sus hijos o su mujer que había fracasado? ¿Cuál había sido su sacrificio? ¿Qué había perdido para tener la posibilidad de ganar una oportunidad? Lo abandonamos ahí, callado, cabizbajo, probablemente pensando en cómo conseguir volver a Rumanía. O cómo burlar el control. Los faros del autobús proyectaban su sombra en el asfalto. Y nadie dijo nada, nadie hizo nada. ¿Por qué nadie hizo nada? Porque poco podríamos hacer. Si estábamos ahí, era porque poco teníamos y menos podíamos dar. No se trataba de la ley del más fuerte, porque ninguno de nosotros lo éramos, sino de la ley del más débil. Porque todos éramos débiles.

Antes de cerrar los ojos me quité las zapatillas y tendí las piernas sobre parte del asiento de papá. Me quedé dormido pensando que podríamos haber sido nosotros. Entonces sentí el miedo detrás de mis párpados, en mis manos, en mis pies, en mis rodillas. No soñé con nada. Con qué iba a soñar. A cada rato me despertaba asustado para comprobar que todo estaba bien, que seguíamos allí los tres. Cambié la postura varias veces. Veía a mis padres dando cabezadas o incluso apoyados sobre la ventana o sus rodillas tratando de conciliar el sueño. Para mí era más sencillo porque era mucho más pequeño.

Estaba amaneciendo cuando recorríamos Eslovenia. Cerca de Liubliana sentí cómo las piernas se me dormían y no podía moverme. No tenía de idea de las horas que llevábamos ahí encerrados porque hacía rato que había perdido la noción del tiempo. Por supuesto que no era el paseo que yo había imaginado. De un momento a otro las plantas de los pies empezaron a agarrotárseme como si fuesen unos muñones, y un dolor *in crescendo* fue apoderándose de todo mi cuerpo. Casi grité, pero me mordí los labios. Mis padres dormían y no quise despertarlos. Los malditos calambres. Me agarré las dos plantas con las manos y empecé a masajeármelas con los pulgares, mientras apretaba los dientes y aguantaba el dolor. El roce de los calcetines con la piel seca me provocaba un malestar desagradable. Como, poco a poco, el dolor fue desapareciendo, aunque sentía la necesidad inminente de ponerme de pie y caminar unos pasos para estirarme. Como no podía, porque no quería alarmar a mis padres, opté por erguirme ahí, en el espacio que había entre mi asiento y el de delante. Agarré el cabecero y me levanté. Entonces tuve una perspectiva amplia de todo el mundo. Había pasajeros que dormían con la boca cerrada, algunos estaban acostados sobre el hombro del compañero y otros tumbados plácidamente, en el suelo, con sus cabezas sobre maletas o chaquetas que hacían de almohada. Las dos señoras que teníamos delante dormían apoyando sus brazos sobre el asiento anterior. Todos compartíamos una historia, un pasado, probablemente una pobreza. Pensé que nadie que estuviera allí había podido tener una buena vida. Nadie.

Después de doblar un poco las rodillas y estirar la espalda, me volví a sentar. Los calambres ya habían parado y podía mover los dedos con cierta facilidad. Tanto tiempo en aquel asiento era como estar en una jaula. Quiero decir, mi vida había sido un ir y venir de kilómetros. Nací y me crie en la montaña. Siempre me escabullía de un lado para otro, corriendo detrás de las bicicletas o brincando sobre los árboles. Cuando me escapaba al monte, sentía que nos fusionábamos prácticamente. Los árboles me marcaban los senderos por los que tenía que correr y yo los seguía. El viento me decía en qué llano podía tumbarme a descansar y yo lo hacía. El sol se escondía y, cuando dejaba de alumbrarme la cara, yo sabía que tenía que volver. Evitaba las piedras cuando bajaba corriendo por las colinas. Fue lo primero que me enseñó la montaña. También me enseñó a evitar la hierba mojada para no resbalar y los riachuelos que me congelaban los pies. Tenía unas piernas fuertes y rápidas, pero de nada me servían postradas en ese asiento. No podía correr. Tan solo veía los faros de los coches a un lado y al otro de la carretera y, de vez en cuando, alguna señal luminosa que no entendía. No veía libertad por ninguna parte. Traté de volver a dormirme, pero fue imposible. Se oían de vez en cuando pequeños ronquidos o salivaciones. Cómo podían estar tan tranquilos. Y fue así como el sol de la mañana nos descubrió saliendo de Eslovenia, por Vrtojba.

38

Italia. Había escuchado hablar en la radio y en la televisión sobre Totti, sobre la Roma, sobre el A. C. Milán, sobre el Parma y el Verona. En el pueblo todo el mundo era hincha de un equipo de fútbol italiano. El *Calcio,* así lo llamaban y nosotros tratábamos de repetirlo igual, aunque sonábamos ridículos. Pero no sabía de Italia mucho más. En clase, el señor Petrescu nos había hablado sobre los romanos y sus guerras, y Tati una vez me contó historias de la Mafia y desde entonces empecé a tenerle cierto miedo a los coches con las lunas tintadas. Pero cuando vi el cartel que anunciaba la entrada al país, no sentí miedo, más bien me emocioné y pensé que ojalá viéramos algún estadio de fútbol por el camino o una estatua de Julio César o una limusina con las lunas tintadas.

Algunos rayos de sol asomaban por el parabrisas y las ventanas laterales. Nos paramos en una gasolinera para cambiar de chófer; otro nos llevaría hasta España. Poco a poco la gente fue despertándose y se empezaron a escuchar pequeños cuchicheos y a ver brazos estirándose sobre los asientos. Tati también se despertó y lo primero que hizo fue ponerse en pie y mover las piernas y los brazos entumecidos. Yo hice lo mismo y se rio de mi descoordinación. Luego bajamos varios minutos para ir al lavabo. Esperamos nuestro turno tras varios hombres. Hacía días que no me aseaba y sentía mi piel pegajosa. El baño estaba en la parte trasera de la gasolinera, en un pequeño edificio con dos puertas. Me sorprendió encontrarlo tan limpio y sentía cierta responsabilidad por dejarlo igual de impoluto. Me limpié las manos, la cara y los sobacos con el agua fría de uno de los grifos. No quise usar el jabón por si había que pagar por él. En la pared había una máquina que servía para secarte las manos después de mear. Yo no sabía usarla, así que me limpié en el pantalón. Cuando salí, papá me estaba esperando apoyado en una pared. Me hubiese encantado escuchar hablar a los italianos, pero no me crucé a ninguno. Cuando volvimos, el autobús estaba más revuelto. Pedimos permiso a varias personas para poder pasar hasta nuestro asiento y nos dejaron de buena manera. Mamá también se había despertado. Tenía el rostro un poco hinchado y legañas en los ojos. Antes de irse al lavabo, me dijo que desayunase una de las manzanas que se nos habían caído en la estación. No parecía estar sucia, así que la limpié con la palma de la mano y me la comí con corazón incluido.

El nuevo chófer era un señor alto y delgado que llevaba una gorra roja. Llegó más tarde de lo esperado. Tenía un café que iba removiendo con un palo de madera como si estuviese algo nervioso. Cuando subió al bus, le gritó algo a su compañero y por eso consiguió acaparar todas las miradas. Se sentó y, dejando el café en el suelo, agarró el micrófono y le dio varios golpes para comprobar que funcionaba. Un ruido estridente, como si nos hubiese golpeado el oído, invadió el ambiente. Todos hicimos un gesto de molestia y pensamos que el tipo era bastante torpe. Nos advirtió de que los *carabinieri* estaban algo alterados esa mañana. En las carreteras había puestos de control y, muy probablemente, nos tocaría pasar alguno de ellos. También pidió tranquilidad, aunque él no estaba tranquilo, y nos dijo que esperaríamos una hora más para ver si, con suerte, se calmaban un poco las aguas. En cuanto dejó de hablar, volví a escuchar el cuchicheo por todo el pasillo, esta vez más fuerte e incontrolado. Todos nos miramos con un poco de pánico y desconcierto. Lo que sabíamos es que no iban a valer los sobornos, en Italia las cosas funcionaban de otra manera. Sin darle mucha importancia al asunto, papá empezó a hablar con algunos hombres. La pareja que estaba sentada a nuestro lado parecía no querer entablar relación con ninguna persona, aunque a ratos me lanzaban algunas miradas o sonrisas tímidas que yo devolvía.

Cuando arrancó el autobús, entendimos que viajábamos hacia la incertidumbre. No me gustaba esa sensación. Iba mirando, preocupado, por cada ventana, por si alguien nos perseguía o nos miraba con más curiosidad de la normal. Debíamos de llevar unas dos, tal vez tres horas de viaje, cuando vimos el cartel de Padua y un poco más adelante un gran despliegue de conos y sirenas sobre la calzada. Todos los policías estaban armados con pistolas y metralletas. Sorteamos varios obstáculos antes de toparnos con un guardia que nos indicó que debíamos pararnos a la derecha. Acto seguido, uno de los vehículos se colocó delante para que no pudiéramos avanzar más. Todos nos miraban como si estuviésemos ya condenados y entonces el pánico fue más real. El procedimiento fue parecido al de la policía húngara, al menos al principio. El conductor abrió la puerta y tres gendarmes, con sus camisas azules y sus pantalones negros de raya roja, se subieron enseguida. Todos llevaban su arma. Esta vez también se notaba quién mandaba. Era un señor algo mayor, de pelo canoso, poco corpulento, con una expresión que no me resultaba agradable, sino violenta. Nos miró a todos y dijo en un tono jocoso, dirigiéndose al conductor: «*Rumeni illegali*». Nadie dijo ni una palabra y todos miramos al suelo como si fuésemos culpables de algo más que de estar viajando hacia España. Pidió los papeles al conductor y, cuando se los entregó, volvió a dirigirse a nosotros: «*Lungo viaggio Spagna, eh*». No se esforzaba en hablar correctamente y pronunciaba algunas palabras de forma exagerada porque quería hacerse entender. El chófer asintió, sonriendo de la misma manera que lo hacíamos todos y entonces le devolvió los papeles. Miró a sus compañeros y parecieron estar todos de acuerdo en lo que iba a pasar. Dirigiéndose a nosotros, de nuevo, gritó: «*Tutti fuori strada. ¡Andiamo!*». Entonces la gente empezó a armar cierto barullo porque no entendíamos por qué nos hacían salir. Nos callamos cuando uno de los policías agarró al conductor del brazo y lo sacó. Entonces entendimos que no teníamos elección. Qué querría esa gente de nosotros, si no teníamos nada.

Salimos en fila, de uno en uno. Mi padre iba delante, yo en medio y luego mi madre. Iba agarrado a su brazo y me pareció que estaba fuerte. Varios policías se acercaron para apoyar a los demás. Nos colocaron a lo largo del autobús, manteniendo el orden y el silencio. No hablaban ni gritaban, tan solo indicaban con su mano lo que teníamos que hacer: quedarnos quietos. No soportaba cómo nos miraban, la superioridad que desprendían y el aire burlón de cada una de sus acciones. No lo soportaba. De pronto escuchamos varios ladridos y tres pastores alemanes aparecieron de la nada, delante de nosotros. Para ellos olíamos a delincuentes, olíamos a caza. Ladraban y babeaban. Tiraban de la correa hasta elevarse sobre sus patas traseras. No los dejaron mordernos, pero lo podrían haber hecho. Algunas de las mujeres empezaron a chillar por el miedo. A los policías parecía no importarles mucho. Más bien les divertía. Acercaban sus perros cada vez más y nosotros nos pegamos a la chapa caliente del autobús. A mí no me daban miedo. Conocía a esos animales porque en el pueblo había muchos como ellos. Tan solo miraba a los tres *carabinieri* que los azuzaban. Ellos me causaban más temor porque parecían capaces de hacer cualquier cosa. El policía canoso les indicó que los subiesen al autobús y entonces dejaron de ladrar. Empezaron a buscar entre nuestras cosas. Qué esperaban encontrar, si no teníamos nada. Los policías bajaron todas las bolsas y las maletas a los asientos. Escuchábamos cómo los perros corrían de un lado a otro. Los imaginé metiendo sus hocicos en cada rincón de nuestra nada, porque no teníamos nada. Los otros policías empezaron a hablar de sus cosas, como si todo estuviese bajo control. Ellos hacían eso todos los días. Nosotros estábamos muy tensos. Cuando bajaron los perros, el canoso nos dijo: *«Giro, giro»*. Entonces nos dimos todos la vuelta, escuchando cómo los animales se alejaban ladrando. Empezaron a cachearnos como si tuviéramos algo. No teníamos nada. Vi cómo tocaban a mi madre más de lo permitido, vi cómo la humillaban a ella y a las demás mujeres y vi a los hombres sin hacer nada, sin decir nada. No podían decir nada. A uno de ellos lo pusieron de rodillas solamente por girar la cabeza. A otro, por no estar erguido, le golpearon con la porra en un costado y quedó doblado sobre el suelo. No les importábamos. Aquello era innecesario y ellos lo sabían. A mí no me tocaron, pero eso no importaba porque lo habían hecho sin ponerme una mano encima. Parecía que tan solo querían humillarnos. Cuando terminaron, el canoso nos volvió a gritar: *«Al bus. ¡Andiamo!»*, y obedecimos. Otra vez en fila. Mami andaba con sus brazos en cruz, acariciándose los codos y los antebrazos, como si ese consuelo fuera suficiente. Nos volvimos a sentar. Todo estaba patas arriba porque los perros se habían cargado las bolsas. Nuestra ropa estaba tirada por el suelo y habían mordido y babeado nuestros bocadillos y nuestras manzanas. El canoso volvió a subirse, detrás de nosotros. Todos pensamos que no pasaríamos de allí cuando, de un tirón, agarró el micrófono y, con una sonrisa en la cara, dijo: *«¡Benvenuti in Italia!»*.

39

Durante las siguientes horas de viaje, no hubo más ruido que el de las ruedas sobre el asfalto y algún pitido ocasional. ¿Qué le habíamos hecho a esa gente? Esa era la pregunta que más me hacía: ¿qué habíamos hecho? No éramos delincuentes. Nadie había robado ni violado ni pegado. Nadie. Éramos familias. Cada una con sus virtudes y defectos, con su pasado, presente y, tal vez, su futuro. Éramos familias. Me negaba a que Europa fuese esa pesadilla. No. Rotundamente. Ojalá. De ser así, ¿qué sentido tendría buscar una nueva vida en un lugar donde lo que menos se apreciaba era la vida? Ninguno. No podía quitarme de la cabeza la imagen de aquellos gendarmes manoseando a las mujeres, a mi madre. No podía. Mami se apagó en cuanto volvió al bus. De vez en cuando, tati la miraba y creo que esa era su forma de pedirle perdón. Era su forma de decirle: *aguanta, ya queda poco.* Yo tumbé mi cabeza sobre sus brazos y traté de darle mi calor. Así fue como seguimos nuestro viaje por Italia. Ya no me importaba ver sus calles ni saber nada sobre su gente. Tan solo quería salir del país y llegar al siguiente. Ya casi no pensaba en la vida que habíamos dejado atrás, sino en la que teníamos por delante.

El conductor paró en una gasolinera para hacer una nueva revisión técnica. En ese rato mi madre aprovechó para cambiarme y asearnos. Llevábamos más de cuarenta horas de viaje y el autobús olía bastante mal. El aire acondicionado no funcionaba y había gente que viajaba solamente con lo puesto. También aprovechamos para comprar una bolsa de patatas y limpiar las manzanas de las babas que los perros habían dejado sobre ellas. Luego nos las comimos y logramos calmar el hambre. Mi madre se negó a tirar los sándwiches mordisqueados porque dijo que tal vez nos hicieran falta más adelante. Y, aunque su estado era asqueroso, sabíamos que tenía razón.

Cuando reiniciamos el viaje, seguía presente el silencio en el ambiente. Nuestras cabezas se iban moviendo, de lado a lado, en función del sentido de la carretera o de los pequeños baches que encontrábamos. Me di cuenta de que, poco a poco, los pasajeros iban interactuando entre sí. Se iban contando sus historias y sus vidas. Mi padre empezó a hablar con la pareja que viajaba al lado. Él no parecía rumano porque era muy rubio y, efectivamente, nos contó que su familia era de Ucrania. Dijeron que venían desde Valcea. Ella no tendría más de veinticinco años y él nos dijo que tenía veintiocho. La chica parecía estar igual de asustada que mi madre, así que permanecía callada. Él, a pesar de las apariencias, mostró una actitud muy positiva y una vitalidad desbordante que, en otras ocasiones, me habría inspirado desconfianza. Nos contó que habían tenido que dejar a su hijo en Rumanía, con los padres de ella. Tenía cuatro años. Y mientras nos hablaba sobre el niño, ella sacó un pañuelo de su bolso. Habían conseguido dinero para el viaje de un prestamista y nos dijo que tenían que devolverle el doble, es decir, unos mil quinientos euros, por el bien de su niño. Sus planes eran trabajar de lo que fuese para pagar y después llevar con ellos a Radu; así se llamaba el pequeño. Él nos tendió una foto impresa en un papel arrugado y parecía que aquel era el único recuerdo físico que poseían. Me puso muy triste pensar que ese niño podría haber sido yo. En aquel momento, la mujer se acercó a mí y me tendió la mano. Se la agarré ante la mirada de mi madre. Sacó de su bolso un caramelo y me lo regaló. Él nos contó que había sido contable de varias empresas durante mucho tiempo y que ella había empezado a trabajar como enfermera. Aun así el dinero apenas les daba para seguir adelante y se mudaron a la casa de los padres de ella. Nos contaron también que un primo de él trabajaba de albañil y su mujer limpiaba casas de familias que tenían mucho dinero, pero vivían en Valencia. Ellos les habían dado la idea del viaje. Cuando les preguntamos dónde iban a quedarse, dijeron que aún no sabían, pero que habían escuchado que había muchos rumanos que dormían en las estaciones y que no pasaba nada. Hasta ahí estaban dispuestos a llegar.

Nosotros sí teníamos dónde dormir, pero en ese momento no sabía cómo lo habíamos conseguido. Creí escuchar que mis padres les dieron una dirección, por si necesitaban algo algún día. O tal vez para que nos visitaran. Mi padre la tenía apuntada en un papel que se volvió a guardar en el bolsillo.

Pasaban las horas y agradecía sentir el sueño en mis párpados. Cuanto más durmiera menos tardaríamos en llegar a Madrid, así que me acosté pensando en Radu y en mis amigos. ¿Sería consciente Radu de que no volvería a ver a sus padres en los próximos años? No lo sé. En ese momento quise con todas mis fuerzas abrazar a mami y a tati y agradecerles no haberme dejado atrás. No veía el futuro de otra manera que junto a ellos.

40

Dejamos atrás Italia y cruzamos la frontera con Francia sin problemas. Esa noche dormí bastante mejor que la anterior. Suponía que sería la última que pasaríamos ahí encerrados. Permanecer sentado tanto tiempo me estaba volviendo loco. Lo único que me preocupaba era encontrar una postura adecuada para descansar. No sabría decir cuántas horas de viaje llevábamos. Habíamos hecho pequeñas paradas, pero a esas alturas todo me parecía insuficiente. Pasar por Francia fue agradable. Veía la carretera y aquellos coches modernos y la costa. Era la primera vez en mi vida que tenía el mar tan cerca y me daba cierta rabia no poder bajarme y hundir los pies en el agua. Pasamos por ciudades que escuchaba nombrar en televisión como Niza o Cannes, pero tampoco pudimos verlas más allá de los carteles de la carretera. Tardamos unas siete, tal vez ocho horas, en recorrer el país entero y lo único que conocí fueron, una vez más, las gasolineras y sus baños. Fue en la localidad de Le Perthus donde hicimos la última parada, en una estación de servicio, antes de abandonar territorio galo.

Divisamos algunos indicadores de tráfico, en la lejanía, que anunciaban cuál era la dirección para entrar en España. Por fin, España. Estuvimos media hora estacionados en aquella localidad. Los coches entraban y salían. Algunos, como nosotros, se dirigían al mismo lado y otros entraban en Francia. Cada pasajero que se bajaba para repostar nos observaba como si viniésemos de otro planeta. De vez en cuando, volvía a mirar hacia aquellos postes azules para comprobar que era real, que estábamos muy cerca. Alrededor de las letras blancas, había estrellas amarillas y sabía que eso significaba Europa. Me sentí afortunado. Cuando nos subimos al autobús, el conductor volvió a hablarnos. Otro aviso. La policía española estaba acostumbrada a recibir autobuses de inmigrantes a diario, pero la diferencia entre ellos y sus otros colegas europeos era que sabían que nos íbamos a quedar en su país. *«Cu grija»*. Que tuviéramos cuidado, decía.

Una preciosa mañana del 15 de mayo nos pusimos detrás de la fila de coches para entrar al país. Debíamos tener toda la documentación preparada. Otra vez nos iban a controlar. La última. Varios agentes se subieron al autobús y fueron recogiendo, uno por uno, nuestros pasaportes. Una de ellas me sonrió cuando se acercó a mi sitio. Al rato volvieron a subir y fueron llamando a algunas personas para hacerlas bajar. Entre ellos estaba el chico sentado a nuestro lado y con el que mi padre había hecho amistad. Antes de apearse, dirigió una mirada a su pareja, que parecía estar algo confusa.

Nos quedamos en silencio de nuevo durante largos momentos. Veía por la ventanilla cómo los policías escoltaban a las personas que habían bajado hasta una garita en la que entraban de uno en uno, aunque no sabíamos lo que pasaba dentro. Al poco rato dos agentes volvieron a subirse y, dirigiéndose a nosotros, dijeron algo en español que yo no entendí. En inglés, se dirigieron a la chica para pedirle el equipaje. Ella no entendió nada, estaba algo asustada y le dijo a mi padre que la ayudase. Los policías se dieron cuenta de la situación y volvieron a preguntar algunas cosas, pero ella no respondía. Papá no sabía cómo ayudarla, y cuando le preguntó si todo estaba bien, empezó a llorar. Entre sollozos y ante la mirada de todos, la chica nos contó que aquel tipo no era su marido, sino un conocido que la había obligado a viajar con él a España para que trabajase la calle. Así lo dijo: trabajar la calle. Después de sonarse los mocos, añadió que su hijo, el que nosotros habíamos visto, estaba viviendo en una casa con otros niños cuyas madres estaban prostituyéndose por toda Europa. Papá no supo qué decir. Nadie supo qué decir. Entonces uno de los pasajeros se acercó y empezó a hablar en inglés con la policía. Tal vez les contase toda la historia que había escuchado, porque la misma agente que me había sonreído un rato antes, se sentó al lado de la chica y la rodeó con su brazo para que se tranquilizase. Ella añadió que, si no llegaba a España, si no hacía lo que le pedía aquella gente, le harían daño al niño. Mientras le decían que se calmase, la agente la ayudó a levantarse y, poco a poco, se fueron dirigiendo hacia la salida del bus. Antes de bajarse, me dirigió una mirada y me sonrió como hasta entonces no había podido. Tal vez esa fuera su forma de decirme que me cuidase. Nunca más volví a saber nada sobre ella ni sobre su hijo.

Un pueblo llamado La Junquera fue la primera parada que hicimos en territorio español. Estábamos todos un poco aturdidos por el episodio que habíamos presenciado pero, aun así, nos resultaba raro parar porque había pasado demasiado poco tiempo. Mi madre sacó los sándwiches mordisqueados por los perros en Italia. Era lo último que teníamos. De nuevo volvimos a bajar del autobús y el sol nos hizo sentarnos a la sombra, debajo de un árbol. Vi que los hombres empezaron a hablar entre ellos y mi padre se les acercó también. El conductor estaba en medio del grupo y gesticulaba, pidiendo calma y paciencia. La gente parecía estar algo alterada; mientras, mami y yo dábamos los últimos mordiscos al pan. El grupo se dispersó rápidamente y tati comentó, dirigiéndose a mamá, que tendríamos que esperar ahí el tiempo que fuese necesario. Iban a venir algunas personas. No entendía nada. En los otros países no esperamos a nadie. ¿Por qué allí sí?

Porque en España se podía entrar de otras formas. A través de las montañas. Y eso hicieron. Algunos de los que no habían podido cruzar la frontera, montaron en taxis clandestinos y entraron al país. Los conducía gente que se conocía los caminos, gente que estaba dispuesta a arriesgarse. Estuvimos todo el día en aquel aparcamiento. Poco a poco, las mujeres también iban interactuando entre ellas y formaban una especie de comunas en las que se quejaban por estar esperando tanto tiempo, aunque sin atreverse a elevar demasiado la voz por si el conductor las escuchaba.

Dentro del autobús hacía demasiado calor para dormir, así que traté de alejarme un poco, buscando algo con lo que jugar. No encontré nada más que unos valles llenos de pequeños árboles y tierra seca. En España hacía calor y el campo era distinto.

Se hizo de noche y empezó a correr un viento que resultaba un poco frío. Subimos al autobús y olía a queso podrido, pero no nos importó mucho. Me tumbé sobre los asientos que habían dejado libres y me quedé profundamente dormido. Ni siquiera sé cuándo arrancamos ni cuántas personas llegaron a través del paso de los Pirineos, pero tati me despertó acariciándome la cara y anunciándome que ya habíamos entrado en Madrid.

Con las legañas en la cara vi los bloques rojizos de la ciudad, las carreteras grandes y rápidas y las matrículas diferentes de los coches. En la radio hablaban español y me gustó cómo sonaba. Yo solo sabía decir «Buenos días, señor». Había multitud de carteles de tráfico por todas partes y en una carretera vimos unas pantallas grandes donde ponía algo que no entendí. Entramos a una ciudad llamada Coslada tras más de ochenta horas de viaje. Estábamos hambrientos y llevábamos mucho tiempo con la misma ropa. Nos situamos en una esquina del aparcamiento de la estación de tren. Yo llevaba la misma camiseta azul turquesa de manga corta que mamá me puso cuando salimos del pueblo. Me fascinó estar tan cerca de un tren de Cercanías y, por un momento, quise ser mecánico de trenes. Pasaban cada poco tiempo y antes de cerrar las puertas se escuchaban varios pitidos, como en las películas. *Cómo me gustaría montarme en uno,* pensé.

Recogimos nuestras cosas, y un pequeño sentimiento de euforia, previo al desconcierto, se apoderó de todos nosotros. Estaba tan feliz por haber llegado que casi empiezo a bailar. Mami me sonrió y tati me revolvió el pelo cuando le dije que tampoco había sido para tanto. Cuando nos bajamos del autobús, una pequeña multitud se nos abalanzó encima. Me asusté un poco, pero luego me di cuenta de que muchos eran familiares y amigos. A nosotros no nos esperaba nadie.

41

Llegamos a España porque tuvimos que correr. Correr para tener futuro, correr para poder comer, correr para vivir. Teníamos que correr. Correr fue la forma que encontramos para huir, noblemente, de la miseria. Llegamos a España porque teníamos hambre y teníamos frío, así de simple. En fin, porque necesitábamos una oportunidad.

La casa a la que íbamos estaba en una ciudad llamada Leganés y cuando tati me comentó que nos montaríamos en el tren, me emocioné un poco, aunque luego me di cuenta de que no era para tanto. Me dio el billete y sentí que ponía en mi mano cierta responsabilidad. Lo introduje en la diminuta ranura de un torno y cuando las puertas se abrieron automáticamente me asusté un poco. Estuvimos esperando el tren varios minutos y, cuando llegó, alguien accionó el botón de apertura desde dentro. Yo traté de entrar, pero papá me agarró el hombro porque había observado que debíamos esperar a que los pasajeros bajasen. Luego subí los escalones, de uno en uno, como indicaba el dibujo.

El vagón estaba bastante más vacío de lo que me esperaba, sin embargo, ocupamos solamente dos asientos desplegables. Eran grises y tenían unas líneas rojas con una trazada bastante caótica. Temí que se rompieran cuando me senté en las rodillas de papá. Me sorprendía escuchar a mi alrededor otro idioma porque aún no me había hecho a la idea de estar tan lejos de casa. Nosotros permanecimos callados mientras íbamos recorriendo las paradas, dejando atrás una enorme cantidad de bloques llenos de grafitis —yo nunca había visto un grafiti— y carreteras que me tenían impresionado. A veces alguien nos miraba con cierta extrañeza y tenía la sensación de que cuchicheaban cosas sobre nosotros. Entonces me entraba vergüenza y miraba al suelo.

Llegamos a una estación que se llamaba Atocha. Cuando bajamos, escalón por escalón, me impresionó que fuese mucho más grande que la de Coslada. Había gente en todos lados, pero no era como en Militari, porque nadie gritaba y todo parecía estar funcionando con un cierto caos ordenado. Debíamos coger la línea C-5 hasta Leganés. Subimos por unas escaleras mecánicas que estaban paradas y lo agradecí porque me daban miedo. Tanto mamá como yo seguíamos a papá, que parecía estar seguro de cada paso que daba. Yo sentía todo el rato que estábamos perdidos. Hicimos el amago de ir hacia un lado, aunque papá se arrepintió a última hora y dijo que no era por allí. Mamá le preguntó si estaba seguro de lo que hacía y respondió que sí, categóricamente. Cuando dimos la vuelta hacia el lado supuestamente correcto, papá volvió a pararse, dudoso. Pero cuando mami le iba a decir algo, avanzó con paso firme y grandes zancadas hacia las siguientes escaleras mecánicas, que también estaban estropeadas. Esta vez, la gente no parecía mirarnos demasiado, aunque un grupo de chicos mayores pasó a nuestro lado y nos dijeron algo que ninguno de los tres entendimos.

Cuando llegamos vi que el tren era idéntico al que nos había llevado hasta allí y pensé por un momento que era el mismo, aunque no lo comenté con nadie por si no era así. Nos sentamos en el primer vagón, en uno de esos espacios de cuatro asientos, y agradecí sentir el aire acondicionado dándome en la cara. Una mujer se puso al lado de mamá y cuando metió las piernas debajo de su silla, golpeó levemente mi bolsa y nos pidió perdón. Sonreímos, pero no contestamos porque no sabíamos qué decir. Entramos en varios túneles y temí que nos quedáramos sin aire, aunque vi que toda la gente tenía en su rostro una expresión tranquila. En una parada que empezaba por la O, un chico se subió con un perro y casi no me lo creía. Recordé aquel invierno en el que metí a Cassandra en mi cama y mamá me castigó varios días porque me había llenado de pulgas. El animal se sentó tranquilamente a los pies de su dueño y recorrió, sin hacer ningún ruido, todas las estaciones hasta Leganés.

Al bajar, de escalón en escalón, un golpe de calor seco me dio en la cara. La estación era igual de pequeña que la de

Coslada y me gustó que no hubiese tanta gente. Tati sonrió satisfactoriamente, como si estuviese celebrando una victoria. En la estación había un señor algo mayor, con el pelo largo y canoso, sentado en una pequeña silla de madera tocando una flauta, aunque apenas se escuchaba nada. Picamos el billete que volví a guardarme en el bolsillo del pantalón y entonces mis padres divisaron una mano levantada. Un tipo alto, con un bigote amarilleado por el tabaco, extremadamente delgado, vestido con un pantalón corto vaquero y una camiseta donde ponía, en letras rojas, la palabra «España», agitaba su brazo, sonriendo casi con descaro. Cuando nos acercamos, se fundió en un gran abrazo con mi padre y, poniéndole las manos en los hombros a mi madre, le dio dos besos. Se acercó a mí mientras todos sonreían, cómplices, y comentó, en tono exagerado, que estaba muy grande, mientras me tendía la mano y me colocaba la otra sobre el pelo, alborotándomelo. Mis padres me preguntaron si lo recordaba y me daba vergüenza decir que no, así que me callé, tímidamente. Entonces me explicaron que era un viejo amigo de la familia y que había estado en el pueblo algunas veces. «Hicimos la mili juntos», dijo mi padre. «Tú eras muy pequeño cuando venían a visitarnos», comentó mi madre. *Venían,* pensé. Eran dos. Probablemente su mujer.

Nuestro amigo se disculpó por no venir a recogernos a Coslada y, al tiempo que se dirigía hacia la salida, nos preguntó qué tal había ido la travesía. Me sorprendió que mis padres respondiesen que bien, sin dar más detalles. El hombre se llamaba Marian, aunque mi padre me dijo, por una razón que no entendí pero que intuí como afectiva, que lo llamase *unchiul** Marian.

Papá llevaba dos bolsas y *unchiul* Marian llevaba una, así que yo me metí las manos en los bolsillos, aunque siempre me habían dicho que era de mala educación caminar así delante de desconocidos. Tardamos muy pocos minutos en llegar a su casa. Estaba en una plaza y yo nunca había visto una plaza así. A pesar de estar atardeciendo, había niños jugando con una pelota, tirando a una portería ficticia dibujada en una pared. Me hubiese encantado poder patear con ellos y los miré con cierta envidia. Entramos a su portal, que estaba tan limpio que me dieron ganas de sentarme en el suelo. Nos paramos frente a la puerta del ascensor y me di cuenta de que nunca había montado en uno, aunque había visto muchos en las películas. Quise darle al botón, pero *unchiul* Marian se me adelantó, y creo que se dio cuenta porque cuando entramos me dijo que pulsase el segundo botón. Llegamos a la puerta de su casa, una grande y muy marrón, con un pomo que parecía de oro y, justo antes de llamar al timbre, su mujer, *doamna*** Kati, nos abrió con alboroto y una alegría que me pareció un tanto exagerada. Nos besó a los tres y me di cuenta de que era la primera vez en mi vida que veía a mi padre besar a otra mujer que no fuera mi madre.

Cuando entramos a su casa, dejamos las bolsas en un pasillo y nos metimos en el salón, aunque vi que pasamos fugazmente por delante de la cocina. Nos encontramos una

---

* Tío Marian.
** Señora Kati.

mesa grande junto a una pared con un espejo muy reluciente. Las sillas eran como las de las películas, con aquel respaldo grande y redondo por los bordes. Tenían una televisión y un sofá que envidié porque yo también quería lo mismo. Además, había una mesa de cristal como la que tenía Eduard, aunque un poco más moderna, y me gustó que hubiese una pequeña estantería con flores y otros adornos. Cruzando el salón divisé tras la cortina una terraza y una bicicleta amarilla. *Unchiul* Marian se encendió un cigarrillo mientras nos invitaba a sentarnos. Entonces me acordé de que doña Carmen dijo una vez que fumar era pecado y me escandalicé un poco. Su mujer también nos preguntó por el viaje y de nuevo mis padres respondieron que había estado muy bien. Entonces ella le dijo a mamá que la acompañase a la cocina porque nos había preparado una cena española. Dijo la palabra «española» con cierto orgullo.

Antes de sentarnos a la mesa, me consultó si quería Fanta o Coca-Cola y no le respondí que quería las dos por vergüenza. *Unchiul* Marian sacó una botella de vino de dos litros y le comentó a papá que su madre se la había enviado por Pascua. *Doamna* Kati vino con una pequeña cubitera de hielos y me sorprendió porque nunca había visto una y en el pueblo jamás usábamos hielo. Me echó varios cubitos en el vaso y luego me lo llenó de Fanta hasta el borde. Se lo agradecí y sé que papá se sintió muy orgulloso de mi buena educación. Me puse a beber tragos muy cortos porque no quería que se acabase. Mientras tanto, papá empezó a hablar con su amigo sobre las batallitas de la mili, al tiempo que iban vaciando la primera copa de vino. *Recuerda cuando... Qué será de... Aquella noche en la que...* Cuando me terminé el vaso, escuché la voz de mamá en la cocina. Se reía.

Yo bebía agua. En el pueblo bebía agua. Ponía la boca debajo del grifo de la bomba y me llenaba la cara y me salpicaba las rodillas. Me acordé de mi casa por un momento y me pregunté si nos habrían olvidado ya o si alguien se habría preocupado por nosotros, aunque pronto dejé de pensar en ello. Deseé que Eduard siguiera mirando cada mañana por encima de la valla de la parcela para buscarme antes de ir al colegio. Si en aquel instante me hubiesen preguntado algo, se habrían dado cuenta de que tenía la voz entrecortada por las ganas de llorar. En parte estaba entusiasmado por todas las cosas nuevas que estaba viviendo, pero cada vez que recordaba mi casa todo se venía abajo. Entonces deseé tener aquella botella amarilla a mano para poder rellenarme el vaso de nuevo.

Mamá y Kati, volvieron a la mesa con varios platos. *Doamna* Kati comentó que era un aperitivo que comían todos los españoles: queso, salchichón y tomate. El embutido me recordaba al salami que mi madre me cortaba en rodajas y me metía entre dos pedazos de pan para que pudiese comérmelo mientras me iba a jugar. También trajeron un plato con langostinos que dejaron en el centro de la mesa y cuando los vi me dieron un poco de asco porque yo nunca había probado el marisco. Nos explicaron cómo lo pescaban y dónde, y añadieron que en España todo el mundo lo comía con mayonesa y limón. A mí me gustaba comerme el limón como si fuese una manzana y entonces deseé probarlo, aunque me extrañó cuando vi que lo exprimían y desechaban todo lo demás. También dejaron el platito de mayonesa sobre la mesa y cuando apoyaron la cucharita en un borde, me pareció un gesto tierno.

Nos sentamos a cenar y traté de probarlo todo por vergüenza. Cuando *unchiul* Marian rompió la cabeza de la gamba me salpicó un poco la mano, pero me limpié disimuladamente. Luego, en tono de broma, me preguntó si quería un poco de vino, pero papá se encargó de decirle, sonriente, que no. Parecía muy contento y se estaba empezando a poner colorado. Mami también irradiaba felicidad y pensé en lo mucho que me gustaba verla así. Después de cenar me vieron bostezando y se rieron. Esa primera noche dormiríamos en su casa, nos la ofrecieron y mis padres no supieron decir que no por vergüenza. Nos habían dejado la habitación de matrimonio para los tres, pero yo me acosté antes y los dejé en el salón, hablando sobre cosas de mayores. Mamá y Kati me acompañaron a la habitación. Nunca había visto una cama tan grande y me gustó que se hundiese un poco cuando me tumbé. Me puse el pijama que traía de Rumanía y sentí un poco de vergüenza porque otra mujer que no fuera mamá me viese desnudo, así que traté de hacerlo lo más rápidamente posible. Cuando apagaron la luz, me volvió a entrar la sed, pero preferí aguantarme para no molestar más. Esa noche soñé que llegábamos a nuestra nueva casa de España y, delante de un salón vacío, le preguntaba a mi madre muy preocupado: «Mamá, ¿vamos a tener dinero para comprar agua?».

42

Cuando me desperté mis padres dormían a mi lado. Estaba lleno de sudor y lo único que quería era calmar la sed. La habitación olía a vino y cuando me moví un poco, tati balbuceó algo que no entendí. Traté de volver a dormirme pero no pude. Me daba vergüenza salir del cuarto por si me encontraba a sus amigos, así que me quedé en la cama, quieto, hasta que mami abrió los ojos. Los dos salimos de la habitación y me llevó de la mano hasta el baño. Bebí agua del grifo y estaba caliente. Luego me lavé la cara y meé. Al querer tirar de la cadena, no la encontré y luego me di cuenta de que debía apretar un botón. Al otro lado de la puerta, escuché la voz de *doamna* Kati, proponiéndole a mi madre un café.

Debían de ser las siete, tal vez las ocho de la mañana. No me lavé las manos después de hacer pis y salí al salón, donde me encontré la persiana subida y los rayos del sol reflejados sobre el parqué. En el pueblo teníamos unas cortinillas que nos tapaban, aunque para nada eran tan efectivas y por eso papá decía que en nuestro lado del mundo se dormía muy poco.

En la cocina, las dos mujeres charlaban y cuando entré sonrieron ampliamente. Aún estaba soñoliento. Me sirvieron un zumo de naranja de un tetrabrik y vi que la pulpa flotaba sobre el vaso. Me lo bebí de un trago y estaba tan frío que casi tosí. Me sirvieron otro y pareció que estuviesen contentas y agradecidas por el éxito que había tenido la bebida. *Doamna* Kati me preparó unas tostadas y por un momento me sentí de nuevo en una película americana. Cuando salieron de la tostadora nos sobresaltamos un poco. Mami no me hacía tostadas porque nunca comprábamos pan de molde y cuando trataba de calentarme un poco de pan en la sartén, se volvía muy duro. Me pusieron una rodaja de jamón cocido y un poco de mantequilla con sal, como a mí me gustaba. Cuando me la comí, estaba tan crujiente que cientos de migas se esparcieron por el plato. Mami le dio un sorbo al café y cuando me preguntaron si me gustaba, dije que sí. Me hizo ilusión poder comerme un verdadero sándwich. Al rato, el señor Marian entró a la cocina y después de saludarnos se encaminó directo a la nevera. Parecía ir con cierta prisa y, efectivamente, nos comentó que debía salir para el trabajo cuanto antes. Tenía el pelo mojado y al verlo me dio envidia y deseé darme una ducha. Agarró una bolsita pequeña y transparente y después de darle un beso a su mujer salió por la puerta diciendo que más tarde nos veríamos. Pasados unos minutos entró papá con cara de estar muy dormido. La señora Kati le sirvió un café mientras se apoyaba en la pared de mármol y miraba por una ventana que daba a un patio interior donde había mucha ropa colgada. Terminamos todos de desayunar y la mujer nos anunció que en cuanto recogiese un poco nos acompañaría a nuestro nuevo hogar. Mamá se ofreció para ayudarla en ciertas tareas mientras tati y yo recogíamos el cuarto en el que habíamos dormido y metíamos toda la ropa en nuestras bolsas.

Al salir del portal un leve viento de primavera nos recibió. Mi equipaje pesaba mucho, pero papá se dio cuenta y me lo quitó de las manos. Dentro de la casa hacía más calor que en la calle. Cuando empezamos a andar me pareció que la ciudad estaba especialmente activa, porque había coches y gente por todas partes. Además, en cada calle había una tienda diferente y muchos bancos. Nunca había estado en un banco. De camino, cruzamos un parque y me quedé mirando la hierba porque no entendía por qué salían chorros de agua de la tierra y se esparcían. También escuché el sonido de varias ambulancias en ese pequeño intervalo, cosa que en el pueblo era impensable, y me hizo pensar que estábamos muy protegidos.

Llegamos al portal número 4 de una calle que se llamaba Fray Luis de León. La señora Kati parecía conocer todo el barrio a la perfección y luego nos dijo que ese había sido su primer hogar. Cuando nos plantamos frente a la gran puerta negra estuvo buscando las llaves en su bolso amarillo durante un buen rato. Algo eufórica, la abrió y se quedó sujetándola al tiempo que nosotros íbamos metiendo nuestras cosas. Tuve la impresión de que pesaba mucho. Nos indicó que debíamos subir hasta el cuarto piso. No había ascensor, sino una escalera estrecha y angosta en la que me rozaba con las paredes constantemente, aunque a decir verdad la temperatura era bastante suave. Nos paramos frente a una puerta antigua, algo roída en su parte inferior y llena de pequeñas marcas de pintura blanca, pero no importaba. Era la letra B. La mujer la abrió y entramos, impacientes por descubrir dónde viviríamos. Lo primero que vi fue un pasillo, semejante al de su casa. Había un pequeño mueble con un cuenco gris oscuro y, junto a él, un perchero. Se intuía desde el primer momento que era un apartamento pequeño. Ella se colocó delante de nosotros y nos invitó a dejar las bolsas en el suelo para enseñarnos todo.

Tenía una habitación con una cama igual de grande que en la que habíamos dormido, un baño, una cocina, una terraza y otra habitación más pequeña que sería la mía. Estaba ocupada por un armario, una cama y una mesita con unas patas que parecían frágiles. El colchón tenía varias manchas, pero no importaba. Desde el marco de la puerta, la señora Kati nos dijo que ellos la habían usado como trastero. La habitación de mis padres estaba mucho más cuidada, incluso tenía un cuadro encima de la cama y un mueble con varias cajoneras, junto a un armario empotrado. Las persianas eran verdes, aunque parecían estar llenas de polvo. En el salón no había radio ni televisión, pero sí divisé unos pocos libros en una estantería. Había algo que siempre había deseado tener: un sofá y dos sillones con una pequeña mesa delante. Todos los muebles parecían estar muy desgastados y el suelo estaba sucio. Pero no importaba. En la terraza se amontonaban varios cubos, una escoba y otros utensilios de limpieza. También vi alguna cagada de pájaro sobre los cubos y sobre el suelo, pero no importaba. Lo que más ilusión me hizo fue el baño. Teníamos una ducha. Era la primera vez que tenía una. Y teníamos un lavabo donde podía dejar el cepillo de dientes después de lavármelos. Nunca había tenido uno. Tampoco solía lavarme los dientes, más que en ocasiones importantes. Además, estaba el váter, sucio, pero no importaba porque yo nunca había tenido un váter, sino un agujero en el suelo. Tiré dos veces de la cadena porque no me creía que funcionase. La cocina, que estaba junto a la entrada, era pequeña. Más pequeña que la de Rumanía, quiero decir. Pensé que, aun así, mi madre podría cocinar sin pasar frío en invierno. Había una mesa pequeña y dos sillas, también diminutas. Lo justo para sentarse y comer. Teníamos nevera, un microondas, una lavadora y unos fogones para cocinar. Tampoco habíamos tenido nada parecido en Rumanía. La señora Kati le preguntó a mamá si sabía como funcionaba y contestó que sí porque ya lo había usado todo en algunas casas en las que cocinaba. Los fogones me parecieron modernos. Sucios, pero no importaba. En esta podíamos cocinar cuatro platos a la vez y no había necesidad de usar leña para encender el fuego. Pero lo que me pareció más sorprendente fue la lavadora. Mamá lavaba la ropa en el río en los meses de calor y en el invierno lo hacía en el salón de la casa, en la artesa de madera. Probablemente nunca más se nos quedaría tan tiesa. También había un armario con platos, vasos y cubiertos. Creo que nunca había visto tantos cubiertos juntos. En Rumanía teníamos muy pocos, y a mí me gustaba comer, de vez en cuando, con una cuchara de madera. Pero esta vez me hacía ilusión tener mi propio vaso y mi propio cuchillo, mi propio tenedor y mi propia cuchara. Quería eso. Estaban sucios, pero no importaba porque ayudaría a mi madre a lavarlos.

La señora Kati, antes de marcharse, dejó la llave en el pequeño cuenco negro de la entrada. Cuando me fijé bien, vi que había tres copias y me gustó pensar que una era para mí. Se despidió de nosotros con dos besos, cosa que también me llamó la atención, pues en mi país la gente no solía besarse. Por fin nos quedamos solos y me gustó esa sensación. Sin más demora, mis padres empezaron a ordenar la ropa, a barrer, a fregar y a quitar el polvo. Yo me senté en el suelo de la terraza y me puse a mirar a la gente pasar. No vi niños en la calle, y era normal porque aún no había terminado el colegio. Algunas mujeres mayores cargaban con una especie de carrito del que tiraban sobre aquella acera rara de varios colores, mientras salían y entraban constantemente por una puerta sobre la que había un cartel que ponía «Galería». Me parecían muy diferentes a las mujeres de mi país, pues ninguna llevaba pañuelo ni esas faldas anchas que llegaban hasta los tobillos. Los hombres eran más bajos y tuve la impresión de que no eran tan fuertes como los del pueblo. Al lado de la galería había un sitio con un letrero en el que ponía «Locutorio» donde vi entrar a varias personas de color. Me di cuenta de que nunca había visto ninguna, más que en la televisión. Me puse tan nervioso que casi llamo a mis padres para contárselo. Había un tercer letrero en el que estaban escritas las palabras «Curvas. Gimnasio». Justo debajo, había otro con la forma de una silueta de mujer. Me escandalicé, no sabía lo que era un gimnasio, pero en Rumanía, «curva» es una palabrota que no se puede decir jamás y sentí un poco de vergüenza pensando en el momento en el que lo viesen mis padres. Por la calle pasaban coches, pero no pitaban y apenas había más ruido que el de sus motores. Las personas hablaban bajo. No había caos. Me quedé un buen rato analizando lo que todos hacían, y entonces pensé en que estaba haciendo algo parecido a cuando subía a mi árbol.

Al rato abrí la puerta de cristal de la terraza y escuché el agua de la ducha. Y en la cocina también escuché correr el agua del grifo. Alguien estaba lavando los platos. Era mami, claro. Y, a la vez, alguien se estaba duchando. Era tati, claro. Y me pareció que todo estaba en calma. Y me sentí raro, tal vez diferente, pero no mejor que antes.

¿Esa iba a ser nuestra vida?

43

Una de las noches de nuestra primera semana, tati y *unchiul* Marian salieron a la calle para buscar muebles en los contenedores de basura. Mami y yo nos quedamos esperándolos en el sofá. La brisa nocturna de un verano que había llegado antes de tiempo entraba por la puerta abierta del salón y me acariciaba el pecho desnudo y la frente sudorosa. Tenía delante una botella de agua que había estado todo el día en la nevera y, aunque mamá me decía que no bebiese mucha, le daba pequeños tragos cada poco rato. Aún no me acostumbraba al sonido del telefonillo, pero me encantaba responder, porque siempre soñé con tener un teléfono propio y cada vez que cogía el auricular me sentía importante.

Tati nos dijo que bajásemos a ayudarlos. Apurados, mamá y yo descendimos las escaleras casi de dos en dos. Cuando los vimos en el portal, cargaban con un ventilador blanco, una pequeña y vieja estantería, una bolsa llena de cubiertos y otros tantos utensilios de cocina. Además, traían una televisión que me pareció diminuta. Pero eso no era todo. También había una cama de madera que, intuí, sustituiría a la mía porque tenía pegatinas de futbolistas pegadas en su cabecero. Y fue así como empezamos a construir nuestro nuevo hogar.

Los comienzos fueron difíciles, pero a los pocos días mi padre encontró trabajo en una obra, como peón, por un sueldo de cuarenta euros al día. Nos emocionamos mucho cuando lo contó, pero mucho más cuando hicimos la conversión a moneda rumana de los doscientos ochenta euros semanales que ganaría. Nos parecía tal fortuna que casi doy un salto de alegría. Se marchaba por las mañanas, antes de que yo me despertase, y volvía por las noches, cuando estaba a punto de dormirme. Apenas podía verlo, pero me gustaba que después de ducharse viniese a mi cuarto y me diese un beso de buenas noches mientras me hacía el dormido. Mami pensó que sería ideal para ella trabajar como cocinera y, con la ayuda de Kati, empapelaron las farolas de la ciudad con anuncios. Como no teníamos teléfono, dejaron el de su nueva amiga, aunque en un primer momento no llamó nadie.

Vivíamos con un presupuesto semanal de ochenta euros. Tati debía gastarse cinco euros diarios en el transporte hasta el trabajo y el resto de lo que ganaba debían guardarlo para pagar el alquiler de cuatrocientos euros y algunas deudas que habían contraído para poder viajar a España.

Una tarde, *doamna* Kati nos dijo a mamá y a mí que fuésemos a buscar ayuda a Cruz Roja. Como desconocíamos qué era eso, nos lo explicó con todo lujo de detalles y, por un momento, me recordó a la iglesia del pueblo. Al día siguiente, después de que papá se marchase a trabajar, mi madre me agarró la mano y nos fuimos a ver de qué se trataba. Caminamos unas pocas calles, hasta una de esas plazas que tanto abundaban en la ciudad. Un letrero bien grande anunciaba que habíamos llegado al lugar exacto. Cuando entramos, algo tímidos, vimos una cola de gente esperando, aunque nadie nos miró. Sin preguntar nada nos pusimos en último lugar. A simple vista no había ningún rumano, pero sí había gentes de otras partes del mundo. Esperamos, pacientes, y cuando nos tocó nuestro turno, mi madre dijo: «Romania». La mujer que nos atendió —la primera mujer con el pelo morado que había visto en mi vida— nos sonrió y nos indicó con la mano que esperásemos. Entonces conocimos a Elena. Era una chica rumana que se encargaba de acoger a familias como las nuestras. Cuando nos saludó en nuestro idioma casi le doy un abrazo de la emoción. Antes de preguntarnos nada más, le dijo algo a la mujer del pelo morado y nos invitó a que pasásemos a una sala. Solo había una mesa y algunas sillas. Tomamos asiento justo delante de ella. Nos contó que se apellidaba Popescu, que llevaba tres años en España y que desde hacía un año y medio trabajaba en Cruz Roja. Añadió que cada vez había más inmigración proveniente de nuestro país y, en cierta manera, nos sentimos un poco culpables.

Antes de proceder a hacernos algunas preguntas, nos comentó que no estábamos obligados a contestarlas y, sobre todo, que no faltásemos a la verdad porque no nos iba a beneficiar en nada. En ese instante me asusté un poco porque no me gustaba que insinuase que éramos unos mentirosos. Mami empezó a responderlas todas: *¿Cuántos son en la familia?* Tres. *¿Dónde viven?* Fray Luis de León. *¿Tienen ingresos?* No muchos. *¿Por qué han venido a España?* Para trabajar, dijo mamá. Entonces pensé que era la primera mentira, porque lo correcto habría sido decir que lo habíamos hecho porque éramos pobres y queríamos buscar una vida mejor. *¿Le pega su marido?* No, dijo algo sorprendida. *Y a ti, ¿te pega tu padre?* No, respondí algo desconcertado. Elena sonrió mientras lo apuntaba todo en un papel. La situación se estaba volviendo algo incómoda porque parecía que ella había cambiado totalmente la actitud inicial y nos hablaba con cierta agresividad. Siguió escribiendo mientras nosotros permanecíamos en silencio. Yo llevaba una camiseta de tirantes y unos pantalones cortos que se me habían subido más de lo normal y me incomodaban. Los muslos de las piernas me estaban empezando a sudar sentado en aquellas sillas y me pareció que hacía demasiado calor. Me fijé en que también me estaba empezando a salir la tripa; la camiseta me estaba justa. *¿Tienen algo para comer hoy?* No, respondió mamá. *Está bien*. Elena lo escribió en el papel y cuando parecía que iba a lanzarnos otra pregunta, nos dijo que la acompañásemos. Salimos por el mismo lugar por el que habíamos entrado y detrás de nosotros entraron otras dos personas. Elena habló con la mujer de pelo morado mientras nosotros esperábamos sin entender nada. Nos volvió a pedir que la acompañásemos y, en silencio, nos indicó que aguardásemos en un pasillo, frente a una puerta con un letrero en el que ponía «Almacén».

Me di cuenta de que mis manos y mis sobacos también estaban sudados y en aquel momento empecé a odiar los tirantes. Mami miraba a la gente que entraba y salía por todas aquellas puertas. Nos hacían una pequeña mueca en forma de saludo, como si nos conociesen. De repente, divisamos que dos policías tenían intención de avanzar por el mismo pasillo en el que nosotros estábamos. Cuando los vi me puse recto y miré al suelo, deseando volverme invisible. No sé qué hizo mamá porque no me atrevía a levantar la mirada. Caminaban en nuestra dirección y entonces las manos me empezaron a sudar más y la frente se me empapó de nuevo. Como el tictac de un reloj, sus pasos se acercaban por aquel suelo gris y sus botas negras sonaban contra el pavimento. En aquel momento lo único que podía pensar era lo mucho que me hubiese gustado estar en mi pueblo, porque allí nunca había policías. Cuando estaban tan cerca que ya podía olerlos, Elena salió por la puerta y se puso a hablar con ellos con muecas de cariño y sonrisas. Entonces me relajé un poco y levanté la cabeza. Miré a mamá y estaba pálida. Elena habló con ellos y pareció decirles algo sobre nosotros porque, durante un instante, nos lanzaron una mirada y sonrieron. Les devolvimos el gesto, como no podía ser de otra manera. Cuando se despidieron se dieron dos besos, y los policías siguieron su camino por el pasillo. Elena se dirigió a nosotros y nos tendió varias bolsas. Era comida. Mamá la miró con desconcierto y le dijo, inocentemente, que no podía pagarla, pero Elena, sonriendo, le respondió que era gratis. La chica nos acompañó hasta la salida y, antes de irnos, le comentó a mami que volviésemos al día siguiente para tratar otros asuntos. No entendía por qué había tanto misterio y creo que mamá tampoco, pero le dijimos que ahí estaríamos. Mientras me alejaba de aquel centro deseé trabajar, cuando fuese mayor, en Cruz Roja, lo mismo que Elena.

Subimos las bolsas hasta el cuarto piso y al fin me deshice de mi camiseta. *Mamá, ¿por qué esa gente nos da comida?* Para que podamos comer, hijo. *Ya, pero ¿por qué?* Venga, ayúdame a colocarla.

Había bolsas de arroz, legumbres, lentejas, pasta, leche, yogur. ¡YOGUR! Llevaba años sin probar uno y le pedí permiso a mami para comérmelo. Ella me lo dio y, después de devorarlo, lamí la tapa y el envase hasta que no quedó nada. Luego me senté en la silla de la cocina y empecé a balancear las piernas mientras miraba a mami calentando agua y abriendo un paquete de arroz. Eran las doce de la mañana, aproximadamente. Me quedé mirando el pequeño reloj rojo que había aparecido sobre el microondas y pensé en que antes había tenido otros dueños. ¿Qué estaría haciendo papá? Cuando estábamos en el pueblo, nunca había reparado en esa preocupación inocente. Seguí analizando a mami y me di cuenta de que no se había cambiado de ropa. *Mamá, ¿cómo haremos para aprender español?* No sé, hijo. *Mamá, cuando encuentres trabajo, ¿con quién me voy a quedar?* Ya lo veremos, no seas pesado. *Mamá, aquí no hay montañas y los ár boles no son bonitos.* Ya, hijo, pero tenemos que adaptarnos. *Mamá, ¿falta mucho hasta que llegue tati?* Sí, ya sabes que llega muy tarde.

Y aquel día transcurrió así, tratando de encontrar respuestas a ciertas preguntas que no las tenían. Al menos todavía.

44

La mañana siguiente volvimos a Cruz Roja. A mi madre le propusieron que me apuntara a un centro de día. Estaría con otros niños desde las cinco hasta las ocho de la tarde y podía empezar ese mismo día. Se encargarían de enseñarme español y de hacer lo posible por integrarme. Mientras nos lo contaba me dio miedo, pero vi que mamá estaba muy decidida y sin pensárselo mucho dijo que sí. Me extrañó que tomase la decisión sin consultarlo con papá, pero no pude hacer más que sonreír y afirmar con la cabeza.

A las cinco en punto estábamos presentes en la puerta. Llevaba mi pantalón corto y mi camiseta de tirantes. Permanecía agarrado a la mano de mi madre sin decir nada. Cuando salió Elena, varios niños que estaban en la plaza se apretujaron para entrar por la puerta y casi la tiran. Se nos acercó y, colocándome una mano en el hombro, le dijo a mamá que a partir de ese momento ya se encargaría ella de mí. Cuando entendí que debía separarme, me dio pánico y me sentí como en el primer día de colegio. Elena me agarró de la mano y me dijo que todo iba a estar bien, que no me preocupase. Entonces vi que mamá sonreía y me recordaba desde lejos que a las ocho en punto estaría ahí para recogerme. No contesté, aunque me hubiese gustado decirle que no me dejase solo. Desde que habíamos llegado a España, era la primera vez que me separaba de mis padres. Cuando nos dirigimos hacia las escaleras, miré atrás y vi a mamá parada en medio de la plaza, despidiéndome con la mano.

Tenía miedo de conocer a otros niños y me daba vergüenza no entender lo que me decían. Cuando entramos a una especie de aula, todos estaban hablando y parecían conocerse. No sé si alguien me miró porque, después de ese vistazo rápido, no volví a levantar los ojos del suelo. Nos sentamos todos alrededor de tres mesas redondas. Cinco niños por mesa. Elena me sentó entre una chica y un chico. Ella era española y él era árabe. Tal vez marroquí. Luego empezó a hablar y todos se callaron. No sé qué les dijo, solo entendí «Rumanía» y mi nombre. Tal vez les advirtió de que no conocía el idioma. Tal vez les dijo que me incluyesen en sus juegos, que no me dejasen fuera. No lo sé, pero de repente Elena abandonó la clase y el alboroto empezó a crecer de nuevo. Nadie me hacía caso y todos parecían estar a sus cosas. Entonces entendí que Elena no sería nuestra profesora.

Nunca había visto una mujer como Noelia. *No-e-li-a,* me deletreó su nombre lentamente. Nunca había oído un nombre mínimamente parecido. Era tan alta como un bloque, tenía el pelo del color de la playa y los ojos de color del cielo. Probablemente fuera la mujer más guapa que había visto en mi vida. Hablaba muy rápido y su vivacidad era contagiosa, tanto que yo hacía todo el esfuerzo mental que podía por entenderla. Vestía con ropas anchas y tenía un colgante de madera que me encantaba. También llevaba unas pulseras que, en mi pueblo, hubieran provocado escándalo debido a su estridencia. Parecía ser una mujer llena de colores y por eso no podía parar de mirarla, porque era, en cierta manera, la antítesis de todo lo que yo había conocido.

A lo largo de la tarde hicimos varias actividades y juegos, pero no conocía muy bien ninguno porque en el colegio de mi pueblo no jugábamos. Aquí los niños hablaban, gritaban, se levantaban y hacían cosas que nosotros teníamos prohibidas. Incluso había una pared en la que se podía pintar. Ponían música y chillaban. Alborotaban y descolocaban las cosas. Yo permanecí sentado casi todo el tiempo. Me daba vergüenza cantar o bailar. Me puse a dibujar sobre una hoja. Una familia. Nosotros tres. Yo llevaba una bandera en la mano. Era la de mi país. Luego pensé en dibujarle otra a mi padre, que era el que estaba en la otra esquina. La de España. Pero no sabía cómo era la bandera de España, así que desistí. Al rato, la niña que estuvo sentada a mi lado al principio de la clase y cuyo nombre no conocía, se me acercó y se puso a colorear a mi lado. No me hablaba, tan solo miraba mi dibujo y lo imitaba. Rojo, amarillo y rojo. Ella dibujó esa combinación de colores donde yo había dibujado la mía. Esa era la bandera de España. Me miró y me dijo: «Familia». Con letras mayúsculas y menudas, escribió sobre mi papel, lo que intuí que era su nombre: *SARA*. Yo hice lo mismo en el suyo. Tampoco había escuchado nunca ese nombre y probablemente ella también desconociese el mío. Al ver que nos entendíamos, sonrió tras sus gruesas gafas de pasta.

Sin previo aviso, *No-e-li-a* llegó y, con una sonrisa en los labios, nos agarró de la mano a los dos y nos llevó a formar un círculo junto al resto de compañeros. Pensé que estaba organizando una especie de juego. *«A game»*, me dijo después de explicárselo al resto. Trató de hacerme entender de qué se trataba, pero se dio cuenta de que era imposible, así que desistió. Se acercó a un radiocassete y, cuando le dio al botón, una música que yo no conocía empezó a sonar muy alto, tanto que había que gritar si querías que te escuchasen, aunque yo no tenía ese problema. De la mera observación a mis colegas, deduje que teníamos que bailar, saltar, gritar o chillar mientras sonase la música. Cuando se parase, debíamos ir corriendo a abrazar a quien tuviéramos al lado. No había ganadores ni perdedores. Tan solo abrazos. De gente desconocida. Al principio me resultó raro el contacto físico, pero poco a poco fui olvidándome de quién era y me dejé llevar. Probablemente acabé abrazándolos a todos y al final, cuando la profe dijo que era la última ronda, todos se abalanzaron sobre ella y yo, con mucha más timidez, también lo hice. Entonces estallaron varias carcajadas que me hicieron sentirme bien, entendí que aquellas actividades formaban parte de su día a día y que, por haber llegado tarde, debía adaptarme lo mejor que pudiese. Pero aún nos quedaba otro juego. Tiempo después supe que se llamaba «Los inquilinos y las casas». Era por grupos de tres personas. Dos de nosotros teníamos que juntar nuestras manos como si fuesen un tejado y cuando *No-e-li-a* gritaba la palabra «inquilino», un tercer compañero se tenía que meter bajo nuestro tejado. El que se metía el último perdía. Me tocó al azar jugar con dos chicos y ninguno era español. Ellos eran muy competitivos y eso hizo que llegásemos a la final. Habíamos jugado tanto que un chorro de sudor bajaba por mi frente y sentía que mis pómulos estaban tan rojos como un tomate. Entonces me tocaba correr a mí. *No-e-li-a*, para despistar, en lugar de «inquilino» gritaba otras palabras similares. No parecía que en aquel momento se diese cuenta de que yo no entendía nada. Antes de esprintar, tenía que pensar dos veces en lo que había dicho y eso me daba cierta desventaja, así que justo cuando gritó la palabra correcta, me despisté y mi compañero y rival, mucho más ágil que yo, ya estaba en casa.

Perdimos por mi culpa y me sentí tan apenado que casi me pongo a llorar. Me preocupaba haber decepcionado a mis colegas y, más aún, que esa fuera mi carta de presentación delante de toda la clase. Sin embargo, parecieron no darle mucha importancia porque, el poco tiempo que quedaba, siguieron tratando de hacer que los entendiese y de incluirme en sus juegos. Pasé de la decepción a sentirme tremendamente abrumado y cansado por toda la información que recibía.

Cuando *No-e-li-a* nos señaló el reloj, vi que las tres horas habían pasado muy rápido. Probablemente mamá estuviese esperando fuera. Fui el último en abandonar la clase porque mis compañeros volvieron a abalanzarse sobre la puerta de salida como si estuviesen saliendo de una cárcel.

Había un pequeño pasillo intermedio hasta la salida del edificio en el que todos siguieron hablando y riendo durante un rato más. Cuando pasé al lado de uno de los grupos, los escuché decir, señalándome con el dedo, algo que entendí perfectamente: «rumano».

Y esa fue la primera palabra que aprendí en español: *ru-ma-no*.

45

Ser inmigrante era perder. Lo primero que me quitaron fue el nombre. En el centro de día no sabían pronunciar el real, así que decidieron traducirlo. A partir de ese momento yo dejé de ser quien era porque perdí parte de mi identidad. Me vi en la situación de tener que responder a una nueva persona que se estaba creando y que yo iba conociendo a la vez que sus creadores.

La primera en llamarme por otro nombre fue *No-e-li-a*. Y no me gustó que fuese ella precisamente. Cuando se lo comenté a mi madre no le dio importancia. Dijo que era un nombre que se usaba mucho en las telenovelas y solía ir asociado a personas muy fuertes. Pero a mí eso me daba igual. No quería otro nombre. Aun así lo acabé aceptando sin posibilidad de rechistar. Una noche soñé que todo el mundo quería hablar conmigo, pero al no saber cómo dirigirse a mí, me acababan ignorando fríamente. En aquel momento entendí que ser inmigrante suponía muchos sacrificios. Y, de alguna forma, esa fue mi primera bajada de cabeza oficial.

Cada día papá volvía más tarde a casa. Siempre llegaba agotado y sucio. El polvo de la obra le ponía el pelo muy áspero y, a pesar de llevar una barba muy corta, la cara también se le ponía blanca. Cuando llegaba siempre nos encontraba en el sofá, mirando la televisión y tratando de entender algunas palabras. Sin hablar mucho, nos daba un beso y se iba directamente a la ducha. Cuando salía mamá tenía la mesa preparada. Solíamos cenar arroz con salsa de tomate y huevo frito. A veces abríamos una lata de aceitunas o de atún, que compartíamos los tres. Papá nos contaba cómo había ido su día y se quejaba de que algunos de sus compañeros rumanos siempre hablaban en español y él no entendía nada, aunque había tres o cuatro que llevaban en el país tan poco tiempo como nosotros y era precisamente con ellos con quienes papá había tenido más contacto.

Cada noche nos contaba algo nuevo. Me hacía cierta gracia cuando nos decía que a veces confundía el nombre de las herramientas y en lugar de llevar un martillo, llevaba una espátula. Yo también contaba las cosas que me habían pasado en el centro de día y me gustaba que mis padres me escuchasen con tanta atención, porque ser parte de la conversación me hacía sentirme una persona madura. Mi madre apenas tenía contacto con gente, no podía contar mucho más allá de sus ratos en la cocina o su guerra con la lavadora y la limpieza. También solía dedicar parte del día a leer un diccionario que le había prestado *doamna* Kati y que usaba para aprender español por su cuenta. Luego nos enseñaba las palabras que recordaba. Todos nos escuchábamos atentamente durante ese rato, aunque el que más hablaba era mi padre.

Había pasado casi una semana y mi padre llegó emocionado porque, al día siguiente, por fin le pagarían su primer sueldo. Después de ducharse, se puso un albornoz blanco que le quedaba justo. Lo habíamos encontrado en la basura y mamá lo había lavado a conciencia. A mano y con jabón de lagarto, no en la lavadora, para evitar que encogiera. Con él puesto, papá parecía transmitir cierta elegancia. Nos dijo que quería comprarse un teléfono móvil para estar al tanto de otros trabajos. Conocía a alguien que conocía a alguien que podía conseguirle uno barato. Me hizo mucha ilusión porque en Rumanía solo tenían móviles los que eran jefes, como *domndirector*. A menudo se los veía caminando por el pueblo o en misa, con el teléfono colgado en la pequeña riñonera de cuero que se ponían en el cinturón. Yo había oído hablar de la marca Nokia y por eso sabía que era la mejor, así que le dije que debía comprarse un Nokia con antena.

Ese domingo mamá me propuso que fuésemos a descubrir la ciudad. Apenas conocíamos unas pocas calles del barrio, así que nos pusimos a andar hasta que llegamos a un parque enorme. Se llamaba parque Polvoranca. Y había mucha gente corriendo, vestida con pantalones cortos y camisetas de colores como en las películas, gente montando en bicicletas muy bonitas, *ojalá yo tuviese una,* y muchas otras personas paseando con animales. Me sorprendía muchísimo ver perros atados a correas o llevando bozales o aquellos cuellos de plástico que debían de ser incomodísimos. En el pueblo, la mayoría de los animales eran libres.

En medio del parque había un lago grande en el que nadie se bañaba. No entendía por qué, pero había un cartel que decía que estaba prohibido. El agua no estaba mal y no tenía pinta de ser muy profundo. Me fijé en que había gente montando en piragua y volví a tener la sensación de estar en una peli americana.

Caminé junto a mamá todo el tiempo y al rato nos sentamos en un banco porque estábamos cansados. El sol de junio nos daba en la cara y me secaba el sudor de la frente. Ella me preguntó si tenía hambre y yo le dije que sí. De una pequeña mochila verde y marrón sacó un sándwich. Ya no me impactaba tanto ver pan de molde, aunque esos pequeños detalles hacían que me invadiera cierta emoción y que recordara que estaba viviendo una nueva vida. Me lo comí a bocados diminutos para que me durase mucho.

Cuando salimos del parque, el atardecer estaba asomando entre los bloques de la ciudad y me gustó ver cómo los coches iban encendiendo sus luces, poco a poco. Cruzamos un puente y un tren pasó por debajo. Le pregunté a mi madre si sería el mismo en el que habíamos montado nosotros para venir hasta Leganés, pero ella me contestó que probablemente no, y luego me aclaró una cosa que yo ya intuía: que todos los trenes eran iguales. Bajamos por una calle diferente a la que habíamos subido y vimos el hospital Severo Ochoa. Justo enfrente había otro parque muy verde, con muchos bancos y árboles, aunque no nos detuvimos. Pensé en el hospital y lo imaginé bastante limpio y ordenado. También había una boca de metro con el mismo nombre. Tenía escaleras mecánicas y solo verlas me puso los pelos de punta. Una de mis pesadillas más recurrentes era que los pies se me quedaban enganchados en ellas y que, cuando llegaba al final, la plataforma de metal me los cortaba. También me acordé de mi amigo Eduard y de una película que vimos juntos en la que mucha gente se quedaba encerrada en un vagón de metro durante días y lo pasaban muy mal.

Nos paramos en una plaza que estaba enfrente de mi casa. En un letrero ponía «La plaza Amarilla». Todas las vallas estaban pintadas de ese color. La ventana de mi habitación daba al lado de la plaza, aunque no podía verla porque había un bloque en medio. Justo al lado de la plaza había un bar llamado Bar Juanín. Tenía una barra metálica y muchas botellas, grifos y platos detrás. Un tipo rubio con mucho pelo que llevaba una especie de toalla colgada del hombro y un polo blanco era el camarero. Parte de su cara se ocultaba detrás de unas gafas, y una barba, también rubia, le daba un aspecto un tanto rudo. Durante el poco rato que lo estuvimos observando, su voz me sonó muy ronca, aunque cuando se reía lo hacía en una especie de silencio ahogado. Parecía llevarse bien con todos los señores mayores a los que servía, aunque hablaba especialmente con uno que estaba sentado en una mesa de metal, junto a una copa de vino blanco y unas migas de pan que había esparcido para que los pájaros viniesen a comérselas. El camarero se movía muy rápido y traía, a cada rato, esas botellas tan extrañas y tan pequeñas de cerveza a las mesas. Me hubiese gustado que mamá y yo nos sentáramos a tomar algo, pero no teníamos dinero. Todas aquellas personas hablaban como si el mundo entero fuera a quedarse callado. No les importaba hacer ruido, tan solo estaban pasando un buen rato y me sorprendió ver que tiraban cosas al suelo y nadie decía nada. Me hubiese quedado mirándolos todo lo que restaba de tarde, pero mamá me dijo que nos teníamos que ir para hacer la cena, porque probablemente papá estaría al caer.

Cuando llegamos a casa le dije que quería intentar abrir la puerta con la llave y me la tendió sin inconveniente alguno. Sorprendentemente lo hice a la primera. Cuando entramos por el pasillo de casa, escuchamos la ducha y nos sorprendimos de que papá hubiese llegado antes de tiempo. Miré el reloj y no eran ni las ocho de la tarde. Me senté en el sofá y mami se fue a la cocina. Tati salió de la ducha y lo miré queriendo sonreírle como cada día que volvía del trabajo, pero pareció evitarme. Se dirigió a la cocina y entendí, por su forma de andar, que estaba muy cansado. Mamá lo recibió como hacía siempre, con un chillido amoroso de sorpresa que me gustaba mucho. Pero por el silencio que sonó a continuación, entendí que algo pasaba.

46

A papá no le habían pagado. Ni a él ni a nadie. Los habían timado. Escuché cómo maldecía al otro lado de la puerta de la cocina mientras mi madre lo intentaba calmar. Juraba por Dios que iba a encargarse de aquel tipo y no paraba de repetir que sabía dónde encontrarlo. Había caído en una especie de monólogo que acompañaba con los puños en la mesa y ahogados gritos de desesperación. Estaba hecho una fiera y, aunque yo sabía que podía ser un poco temperamental e impulsivo, esa vez cruzó un límite que pocas veces lo había visto traspasar. Durante lo que quedaba de día, estuvo divagando sobre las diversas maneras de cobrar, aunque en el fondo sabíamos que cualquier intento iba a ser en vano y que ese dinero ya estaba perdido. A medida que iba cayendo la noche se fue calmando y lo vi irse, cabizbajo y agotado, a su dormitorio. Ni mamá ni yo cenamos nada, así que me acosté hambriento, pero antes de cerrar los ojos volví a pensar en Rumanía. Me levanté de la cama y abriendo un pequeño cajón, saqué un papel y un lápiz y me puse a escribir. Apunté cosas sobre mi casa, sobre los valles, sobre Cassandra, sobre el invierno y los gitanos que iban a la taberna. Sentía cómo el sueño iba cayendo sobre mis párpados y cuando quise guardar los papeles, me topé con el librito que me había regalado el padre de Eduard. Lo agarré y repasé su textura con la yema de los dedos. Pensé en mi amigo y en aquella tarde. Se gestó dentro de mí una lágrima que no tardó en asomar, suicidándose, por mi barbilla. Me quedé dormido acariciando el pedazo de madera hasta que el sueño lo abandonó entre las sábanas.

Durante los siguientes días, todas las mañanas, papá se iba al alba hasta la plaza que había frente a la estación de Aluche a buscar trabajo. Ahí se reunían cientos de inmigrantes. A veces regresaba sobre las diez y se quedaba todo el día en casa, sentado en el sofá. Otras veces aceptaba jornadas de doce horas por treinta euros y llegaba tan agotado que apenas tenía ganas de hablar. Yo seguí yendo al centro y, poco a poco, iba aprendiendo palabras nuevas e integrándome en la clase. Quedaba poco para las vacaciones de verano y, en cierta manera, me daba algo de miedo encontrarme con un vacío de días. Había hecho muy buenas migas con Sara. Aunque a menudo no entendía qué quería decirme, nos bastaba dibujar juntos y compartir algunas cosas, para comunicarnos. También me había acostumbrado a *No-e-li-a* y a sus momentos de euforia. Un día me explicó que procedía de una ciudad llamada Córdoba y, poco a poco, me di cuenta de que su acento era diferente al de los demás.

Mami se pasaba las mañanas y algunas tardes vagando por las calles de Leganés y las ciudades colindantes, colgando anuncios en las farolas y en buzones con el fin de encontrar algo de trabajo. Imprimía las copias en el locutorio que había frente a la casa, a cinco céntimos la hoja:

Chica rumana busca trabaho en limpiesa en casas, cuidado de personas maiores o ninios. Cocinera ecselente. Disponible todo el día. La sona es indiferente. Buena presensia y espaniol bajo. Con ganas de trabahar. Llame al numero.

Un día mamá volvió a casa casi sollozando, muy nerviosa. Estaba tan agobiada que apenas podía articular palabra. Papá intentaba calmarla y yo no sabía qué hacer. Entonces nos contó que un hombre había ido detrás de ella, arrancando todos los papeles que iba colocando. No se dio cuenta hasta que sintió cómo una mano la empujaba, haciendo que su mochila cayese al suelo. El hombre le gritó algo, pero mi madre solo entendió: «¡Ilegal, rumana!». Rompió en su cara todos los papeles que llevaba y los tiró, señalándolos después para que mamá se agachase a recogerlos, cosa que finalmente hizo ante el temor de que se pusiese más violento y la golpease. El hombre se rio y pegó una patada al suelo, llenándole de polvo la cara y los ojos a mi madre. Luego repitió: «¡Ilegal, rumana!».

Mi madre solo quería huir hasta casa con su vergüenza. «¡Ilegal, rumana!». Tan solo quería saber por qué recibía ese trato. «¡Ilegal, rumana!». Se levantó para marcharse, pero, antes de irse, le escupió.

Había perdido su mochila y sus papeles. Mientras nos lo contaba, sentí cómo papá volvía a llenarse de rabia y comenzaba a maldecir. No podía hacer nada, aunque salió a la calle en busca de aquel tipo que mamá no supo identificar más que por una camiseta roja. Ella se hundió en una especie de shock, mientras se sentaba en el sofá despacio. Como no sabía qué hacer, me senté a su lado y apoyé mi cabeza en su hombro, como tantas otras veces había hecho. Sentía su carne temblando y no supe qué decirle. Parecía tan frágil que no encontré palabras para calmarla. Sus manos estaban extendidas sobre sus rodillas con las palmas hacia arriba y al verla sentí que aquel día mamá se había sentido derrotada.

Papá volvió a las pocas horas y, más tranquilo, intentó hablar con ella. Recuperó la mochilita y los papeles, que dejó sobre la mesa y que más tarde acabarían en la basura porque ninguno de nosotros volvería a salir a poner más anuncios. Poco a poco, mami también se fue tranquilizando. Yo seguía apoyando la cabeza en su hombro y, aunque el cuello me dolía, no quería despegarme. Al rato, aunque no era de noche aún, el agotamiento le hizo quedarse dormida, pero la despertó el timbre. Era *doamna Kati*. Habían llamado a su casa porque querían entrevistar a mamá para un trabajo.

47

Le ofrecieron un puesto como interna. No sabíamos qué quería decir eso, pero *doamna* Kati acompañó a mamá a la entrevista y luego nos lo explicó. De lunes a viernes, tenía que vivir en una casa con dos personas mayores y cuidar de ellas. Lavarlas, limpiar, cocinar, sacarlas a pasear... Todo. La mujer iba en silla de ruedas y no hablaba debido a una parálisis. Su marido estaba enfermo de cáncer, aunque estaba controlado. El sueldo era de ochocientos euros al mes y a mis padres les pareció una cifra difícil de rechazar. Así fue como me acostumbré a la ausencia de mamá.

Los días que papá encontraba trabajo, solía llevarme a la casa en la que mamá trabajaba y me quedaba con ella. Era en un barrio cercano al mío, llamado Valdepelayo. La casa tenía dos plantas, una piscina a la que no daban uso, y un garaje donde reposaba un coche antiguo y varias armas y emblemas, porque el hombre había sido militar. La primera vez que la vi, tuve la impresión de estar frente a una mansión. Muchas veces me sentaba en el sofá con aquella pareja de ancianos y me ponía a ver la televisión. Nos podíamos tirar así horas. Ella apenas se movía. Mientras tanto, mamá iba limpiando o cocinando. Solíamos ver un canal que se llamaba TeleMadrid y yo apenas entendía nada. A veces me ponían dibujos, pero eran diferentes a los que veía en mi país y al poco rato solían aburrirme. Tampoco hablaba con ellos, aunque de vez en cuando nos comunicábamos por gestos. A veces, él me sonreía y me levantaba el pulgar para indicarme que todo estaba bien. Me hacía gracia porque me recordaban a mis abuelos. Qué sería de ellos. No teníamos mucha relación, es cierto, pero inevitablemente los recordaba. Me parecían indefensos y les cogí cierto cariño. Mamá no solía aparecer por el salón, salvo si él la llamaba o en determinadas horas a las que tenía que servirles la comida. El señor, don Andrés, no dejaba que nadie que no fuera él le diese de comer a su esposa, que se alimentaba a base de yogures y de todo tipo de purés o caldos que mami preparaba.

Después de almorzar, algunos días los ancianos se echaban la siesta. En el pueblo estaba mal visto dormir hasta tarde o echar una cabezada después de comer porque decían que eso era de vagos o de ricos y nosotros no éramos ninguna de las dos cosas, así que yo nunca me dormía. A las cuatro en punto debía salir por la puerta e ir andando solo hasta el centro de día. Luego volvía a casa y esperaba a que papá llegase. Antes de entregarme el juego de llaves, me hicieron prometerles que no las perdería nunca. Me gustaba removerlas en el bolsillo del pantalón y cuando las sacaba para abrir me sentía muy mayor.

En cambio, los días en los que me quedaba en casa con mi padre eran bastante diferentes. Apenas veía la televisión, pero cuando lo hacía, apuntaba el sonido de ciertas palabras que luego miraba en el diccionario, aunque debía de buscarlas mal porque frecuentemente no las encontraba. A ratos me sentaba en la terraza, veía a la gente pasar y escuchaba a los chicos jugando en la plaza. La mayoría tenía camisetas de algunos jugadores de fútbol muy famosos. Sobre las ocho y media miraba cómo pasaban con el balón por mi calle, dirigiéndose de vuelta a sus casas. Uno de ellos vivía en mi portal y muy a menudo llamaba a su madre por el balcón y le imploraba quedarse un poco más. No me atrevía a bajar con ellos porque me daba mucha vergüenza no entenderlos y no saber de qué hablarles.

En el pueblo solíamos jugar descalzos, corríamos entre piedras y baches y nos lastimábamos los talones y los dedos, pero no importaba. Cuando más me gustaba jugar era después de la lluvia porque nos manchábamos hasta el cogote y el suelo estaba tan blando que pisar la hierba era como pisar una nube. En cambio, en la plaza había un pequeño campo donde jugar y parecía imposible hacerlo sin zapatillas. *La plaza amarilla*, pensé. Y en lugar de pronunciar la z, mi mente pronunció una s. A veces me prometía que pronto sería como ellos y luego me ponía triste pensando que ese pronto era muy relativo.

A finales de junio, una semana antes de las vacaciones, tuvimos nuestra última clase en el centro de día. Hicimos una pequeña fiesta, aunque mis padres no pudieron ir. Nos pintamos las caras y bailamos y saltamos como todos los días, aunque esa vez era un poco diferente porque había público. Yo me movía torpe y tímidamente entre todos mis compañeros, intentando no molestar o llamar la atención. A mi lado siempre estaba Sara, tan tímida como yo. Algunos papás se sentaron en unas mesas de plástico, muy rojas, que habían sacado a la plaza, y tomaron cerveza de aquellos botellines pequeños, sin hacernos mucho caso. Nuestra profe *No-e-li-a*, sacó una pelota de gomaespuma que pateamos sin cuidado alguno, aunque al rato nos cansamos y empezamos a distraernos tirándonos globos de agua. Yo permanecí en una esquina porque temía que al llegar a casa papá me echase la bronca por mojarme, pero Sara se acercó por detrás y me lanzó uno, empapándome las piernas y las zapatillas. No pude evitar reírme y hacer lo mismo con ella, aunque me daba cierto miedo tirarle el globo con una fuerza desproporcionada porque no quería hacerle daño. Cuando terminó la tarde *No-e-li-a* me dio un abrazo grande y sentí, por última vez, su olor a vainilla. No volví a verla nunca más. Me despedí como pude, torpe y tímido, de mis otros compañeros y especialmente de Sara. En cierta forma, me daba mucha pena decirle adiós porque había sido una buena compañera. Como no sabía muy bien de qué hablarle, agité la mano en repetidas ocasiones y ella entendió que me marcharía. Pero mientras me alejaba aceptando mi timidez, se me acercó corriendo y me regaló una hoja. Cuando quise desdoblarla para ver qué era, ya se había marchado sin añadir nada más. Había dibujado dos monigotes agarrados de la mano, ella y yo, cada uno con la bandera de su país. Me fui a casa sonriendo tontamente.

Pensaba que iba a pasar el verano más aburrido de mi vida viendo la televisión y escuchando a los niños jugar en la plaza, pero un día mamá me dijo que iría a un campamento de verano. Puse cara de circunstancia y desconcierto y ella me lo aclaró explicándome que era una escuela a la que iban niños cuyos padres trabajaban. Estaría allí desde las siete de la mañana hasta las siete de la noche. Esas iban a ser mis vacaciones. Ni correr por el campo, ni tumbarme en la hierba, ni bañarme en el río, ni subirme a la montaña con mis amigos a tirar piedras en el valle para ver quién llegaba más lejos. No. Iba a estar en un colegio. Con monitores y otros niños. Como en el centro de día, pero durante doce horas. El colegio se llamaba Andrés Segovia y se encontraba a media hora de mi casa. Me dio miedo pensar que tendría que irme solo, pero mamá me tranquilizó diciendo que mi padre me llevaría y me recogería los primeros los días.

El día 1 de julio nos presentamos en la puerta y vi una marabunta de chavales. Como no sabíamos hacia dónde ir, entramos al patio y nos quedamos esperando junto a las verjas, algo apartados del resto. De repente salieron varios monitores y toda la avalancha de personas se les acercó. Cada uno empezó a leer una lista con nombres y cuando dijeron el mío me coloqué, como hacían los otros niños, junto al chico que me había nombrado. Era muy alto y muy delgado.

Probablemente el más delgado que había visto en mi vida. Tenía el pelo corto y sus grandes dientes le ocupaban buena parte de la cara. Tenía una voz fuerte, pero parecía ser una persona muy atenta porque cuando me acerqué me sonrió. No pude despedirme de papá más que a distancia, pues enseguida abrieron las puertas rojas de par en par y entramos al edificio.

En mi clase éramos veinte niños. Nos llamábamos el grupo «nueve-once años». Tuve la impresión de que había muchos chicos que ya se conocían de otros veranos o del colegio porque parecían llevarse muy bien. Una vez más, yo no conocía a nadie. Sergio —así se llamaba nuestro monitor— empezó a repasar nuevamente la lista de nombres. Cuando llegó al mío, le costó pronunciarlo y lo hizo tan despacio que varios compañeros estallaron en risas y me puse un poco rojo. Como cuando asistía al centro de día, en mis primeras clases dedicaba casi todo el tiempo a colorear y a escribir algunas palabras.

Fueron transcurriendo los días y caí en una especie de monotonía. Todavía no entendía el idioma y no sabía cómo participar en las actividades más allá de usar mis pocas palabras y mis gestos. Sergio intentaba integrarme, haciendo que los otros niños me incluyesen en sus grupos, pero en cuanto se despistaba volvían a dejarme fuera.

A la semana se incorporó una nueva chica llamada Nuria que se encargaba de darnos inglés y de ayudar a Sergio. Era bastante maja y de vez en cuando nos daba un chicle cuando hacíamos bien las tareas. Poco a poco fui aprendiendo los nombres de mis compañeros, fijándome en sus caras, en sus gestos y tratando de adaptarme a cada uno de ellos para caerles bien. Había otros inmigrantes —ecuatorianos, nigerianos, marroquíes y colombianos—, pero la mayoría eran españoles, aunque el que parecía ser líder de la clase era un chico nigeriano llamado Prince, mucho más alto y corpulento que los demás. Su pandilla estaba formada por Mohamed y Edgard y se metían en muchos líos. En el grupo de los españoles el que más guerra daba era Borja y no parecía llevarse nada bien con Prince y los suyos. Precisamente él era el que peor me caía porque siempre protestaba y hacía pedorretas y todo tipo de bromas que no tenían ninguna gracia solo para llamar la atención.

En el horario estaba establecido que a las tres y media de la tarde termináramos de almorzar. Me costaba mucho acostumbrarme al comedor porque la mayoría de los platos nunca los había probado. Lo que más me gustaba eran las lentejas, aunque odiaba el chorizo. También me encantaba el postre de macedonia.

Como a veces no me terminaba el plato, Borja se comía lo que me quedaba. Era muy glotón y a veces le dejaba hasta medio plato de las comidas que más le gustaban porque sabía que era una buena forma de ganármelo. Prince y los suyos se sentaban en otra mesa y de vez en cuando se tiraban migas de pan. Me ponía muy furioso ver que desperdiciaban la comida y que les hablaban mal a las trabajadoras del comedor, pero no podía decir nada.

Cuando terminábamos, salíamos al patio. A partir de la primera semana los chicos empezaron a jugar al fútbol, mientras que la mayoría de las chicas siempre estaban a otras cosas. Yo no era muy bueno, aunque podía pegarle fuerte al balón; sin embargo, no sabía cómo decirles que también quería que me metiesen en sus equipos, así que un día que Borja estaba tranquilo, simplemente me acerqué al grupo sin decir nada. Como no podía ser de otra manera, Borja y Prince eran los que elegían y se tomaban muy en serio su postura de capitanes. Yo quería ir en el equipo de Prince porque era el que ganaba más a menudo, cosa que provocaba un cabreo monumental en Borja. Estaba entusiasmado cuando vi que habían reparado en mí. Entonces tiraron al aire una pequeña moneda y empezaron a elegirse por turnos. Al final, nos quedamos un chico al que nadie se acercaba porque se comía los mocos y yo. Borja lo eligió a él y le señaló la portería. Me molestaba un poco que me hubiesen dejado el último, pero al menos podría jugar. Miré a Prince y él me devolvió la mirada mientras corría hacia su campo. Entonces Borja usó su antebrazo para empujarme fuera del campo mientras miraba al suelo y pisaba el balón. No entendía qué pasaba, aunque en cuanto empezaron a jugar, comprendí que no, no habían reparado en mí. El chico rumano fuera. Como si nada hubiese pasado, siguieron jugando mientras yo, desde la banda, observaba cómo se pasaban el balón, cómo tiraban y cómo se tomaban muy en serio la celebración de los goles. Tendría que pensar otro modo de hacer que quisieran jugar conmigo.

48

A partir de ese día, cuando llegaba el recreo, me sentaba siempre solo en unas escaleras con los bordes rotos, viendo jugar a los chicos. Intentaba adivinar, observando la formación de cada equipo, quiénes iban a ser los ganadores. Ya sabía cómo se movían y quiénes eran los mejores. Ya empezaba a decir algunas palabras y me podía hacer una ligera idea de lo que hablaban si los escuchaba muy atentamente. Por ejemplo, mi *«fotbal»* era su «fútbol», mi *«joc»* era su «juego». Cuando el balón se les iba fuera yo corría a por él y se lo devolvía enseguida para evitar cualquier reproche. Pero a pesar de todos mis esfuerzos, no conseguía que me aceptasen y sabía que probablemente nunca lo hicieran.

Entonces empecé a jugar con las chicas. Cuando me veían solo, se acercaban y me decían «vamos». Me gustaba esa palabra. También la decían los chicos cuando marcaban gol. Ellas jugaban a saltar a la comba, a tirarse por el tobogán o a columpiarse. Pintaban rayuelas en el suelo y, cuando se cansaban de saltarlas, se sentaban en círculo y comenzaban a hablar. Yo también me sentaba, pero era en vano porque hablaban demasiado rápido. Entonces hundía mis manos en la arena y dibujaba formas indeterminadas y dejaba volar mi mente a otro lugar, lejos, jugando con mis amigos a *ratele si vantatorii*, tara tara vrem ostasi*** o a tirarnos por las lianas mientras hacíamos el grito de Tarzán. A menudo nos caíamos dentro de los matorrales y nos rasguñábamos las rodillas o perdíamos las zapatillas, pero volvíamos a levantarnos y, después de comprobar que podíamos mover cada extremidad, nos volvíamos a subir.

Yo era el único chico que había dentro del grupo de las chicas. Me caían todas bien, excepto una que se llamaba Sonia. Sabía que yo tampoco le gustaba a ella, aunque nunca entendí por qué. Siempre quería excluirme de los juegos. A veces lo conseguía, pero poco a poco conseguí integrarme en el grupo. Ya no intentaba complacer a los chicos para que me dejasen jugar, aunque cuando salíamos al recreo sentía sus miradas y algunas risas por lo bajo dirigidas a mí.

Un viernes del mes de julio llegué a clase entusiasmado porque estrenaba unos pantalones vaqueros y una camiseta rosa que me habían dado en Cruz Roja y porque papá por fin tenía trabajo y se había podido comprar un teléfono móvil,

---

* Patos y cazadores.
** País, país, queremos prisioneros.

aunque nunca tenía saldo y siempre tenían que llamarlo. Además, mi cumpleaños estaba a punto de llegar y sería un día especial.

La mañana se me hizo bastante corta y cuando quise darme cuenta de la hora nos bajaron al comedor y después salimos al patio, como siempre. Por la tarde nos enseñaron geografía y aprendí palabras extrañísimas, como «cordillera» o «meseta». Cuando llegó la hora de irnos, recogí mis cosas y las puse en una mochilita que también nos habían regalado en Cruz Roja. Mis pocos libros, mis cuadernos grandes, el tipex —que nunca había visto en Rumanía—, los bolígrafos y todo lo que me cabía en aquel estuche enorme. Lo coloqué bien y me la puse al hombro, antes de salir casi corriendo. Papá no podía venir a recogerme, pero no importaba porque ya me sabía el camino de sobra. Cuando bajaba al primer piso vi a Borja, a Prince y a otros compañeros apoyados en la puerta hablando. Quise pasar desapercibido por su lado, pero, a medida que me iba acercando, ellos me comenzaron a mirar de uno en uno y se empezaron a reír. Yo quise acelerar el paso y noté cómo la mochila se iba desplazando de lado a lado. Entonces les sonreí porque pensé que sería una buena e inocente manera de despedirme sin que me dijesen nada. Cuando pasé al lado de ellos se quedaron en silencio, aunque seguían riéndose y me puse colorado. Al alejarme escuché que Borja me llamaba por mi nombre. Entonces giré la cabeza, pensando que iba despedirse, y él me dijo: «Adiós, maricón». Y todos estallaron en carcajadas. Yo también sonreí y seguí mi camino. No tenía ni la más remota idea de lo que significaba.

49

El día de mi cumpleaños nadie, más allá de mis padres, me felicitó porque nadie sabía que cumplía años. Y creo que, aunque lo hubiesen sabido, me hubiesen dicho «Felicidades, maricón», porque desde aquella tarde, era una palabra que me acompañaba diariamente. Me sentía horrible porque algunas compañeras ya me habían explicado qué significaba y en el pueblo ser homosexual era un pecado tan grande como el asesinato. Además ni siquiera era verdad, a mí me gustaban las chicas.

Pero aquel insulto solamente fue la primera gota de una lluvia incesante. Casi todos los días la tomaban conmigo en forma de pequeñas declaraciones de intenciones: me solían tirar el estuche al suelo, me empujaban por el pasillo, me quitaban parte de la comida o me escondían los cubiertos. Cuando iba al baño debía cerrar la puerta para poder mear tranquilo, aunque los escuchaba reírse y burlarse al otro lado. A menudo solían tirarme bolas de papel mojado, pero lo que más les gustaba era burlarse de cómo hablaba. Borja solía imitarme, ante la aprobación de su cuadrilla. No podía pronunciar bien las cés, así que, en lugar de «cenar», yo decía «senar»; y así con otras muchas palabras. Tampoco pronunciaba bien las gés ni las jotas ni las dobles erres... Todos los días me pasaba el camino de vuelta a casa tratando de pronunciar bien las palabras, pero nunca me salía el acento tal y como lo oía y me sentía ridículo e impotente. Quería llorar, pero llorar era rendirse y a mí aún me quedaba mucha batalla. Todos los días iba a clase asustado y debía permanecer en jaque cada rato que me quedaba a solas con mis compañeros. Además, dejé de juntarme con las chicas porque pensaba que podía ser una forma de evitar los insultos. Pero me equivoqué porque les di una razón para llamarme «marginado».

Entonces supe que cuando fuese mayor nunca llamaría a nadie maricón, ni marginado, ni inmigrante.

No les dije a mis padres lo que ocurría. Cuando mamá se preocupaba por ciertos moratones —fruto de empujones, pellizcos o puñetazos—, yo los explicaba como la consecuencia lógica de una caída en el patio o un pelotazo sin intención. En cuanto a los progresos con el idioma, eran muchos. A veces me ponía a hablar y era capaz de mantener una conversación casi fluida sobre mi día a día. Además, había empezado a escribir una especie de diario en una pequeña libreta que papá me había regalado en mi cumpleaños por si la necesitaba para el colegio.

El día 15 de agosto cumplíamos tres meses en el país. Desde entonces empezamos a ser ilegales y todo cambió. Desde entonces comencé a conocer mejor el significado del miedo. Caminar con miedo, mirar con miedo, hablar con miedo... En definitiva, vivir con miedo. No sentía miedo a que me devolviesen a mi país, sino a que me separasen de mis padres. Cada mañana que iba al campamento de verano, papá me hacía prometerle, casi hasta la agonía, que no me metería en problemas.

Si bien estaba totalmente aislado del resto de compañeros, los días empezaron a pasar más rápidamente. A finales de agosto nos llevaron a la piscina municipal. Yo nunca me había bañado en una y estaba emocionado. Tanto que ese día me había olvidado de todos los problemas que tenía en el campamento. El calor de Madrid era horroroso. Tuvimos que caminar veinte minutos bajo aquel sol abrasador y sentía cómo la ropa se me pegaba a la piel. Durante el trayecto intercambié unas pocas palabras con Sergio sobre lo que me gustaba bañarme en el río del pueblo. Él mostró una actitud indiferente y cuando sentí que hablaba de más, me distancié hasta el final de la fila.

Cuando llegamos estaba exhausto. Antes de entrar, los monitores nos preguntaron si sabíamos nadar. Yo dije que sí y me indicaron que me fuese a prepararme. Me puse un slip con unos dibujos de superhéroes que me gustaba mucho porque me recordaba al que llevan los nadadores profesionales. También tenía unas gafas negras que, a mi modo de ver, me quedaban genial. Mi madre me lo había comprado todo el fin de semana anterior. Cuando salí vi que todos estaban fuera y que me miraron anunciando algo. Nadie, ninguno de los chicos llevaba slip, sino bermudas. De un momento a otro se empezaron a reír. Me señalaban con el dedo y sus risas chillonas resonaban con fuerza en mis oídos. Me señalaban con el dedo y con la otra mano se agarraban el abdomen. Me señalaban de la misma manera en la que se señala a los culpables.

Como no sabía qué hacer volví rápidamente al baño y me miré al espejo. Pero no vi nada raro, ni en mi cuerpo ni en mi cara, más que una piel algo morena con vello, ciertos cortes y marcas ya antiguas que no me dolían. Luego me miré brevemente las manos tiernas y suaves, con unas uñas limpias y recortadas y con ellas me tapé la cara y me eché a llorar, aunque siempre me habían dicho que los hombres no lloran.

Callado y dolido, salí del cuarto al rato y me fui hasta mi toalla. Todos estaban en el borde de la piscina, hablando sobre quién saltaba primero, tanteando el agua con la punta de los dedos de los pies. Cuando eché un vistazo a los demás bañistas que había en la municipal, acabé de confirmar que nadie llevaba un bañador como el mío. Entonces me sentí mal. Tenía ganas de vomitar y hundí mi cabeza en la toalla, como si me estuviese limpiando la cara de agua. La apreté fuerte entre mis manos y abrí la boca, soltando el aire con la fuerza de un grito. Entonces levanté la cabeza, los volví a mirar a todos y recordé el motivo por el que había ido a ese lugar. En aquel instante decidí que ya no les iba a dar el gusto. Sentí en la boca un poco de bilis, cerré los ojos y me la tragué. Me pasé las manos por el rostro varias veces y me juré que ya no iba a llorar más. Recordé aquella vez que corría detrás de las bicicletas de mis amigos y también cuando me tiraron la comida al suelo y me desgarraron la ropa. Pensé en el frío y en el hambre. Y fue así como me levanté, sabiendo que era mucho más fuerte de lo que me querían hacer creer aquellos niños. Otra vez me levanté.

50

El campamento se terminó el 1 de septiembre. Aunque pensé que me había acostumbrado a estar marginado, me di cuenta de que no hubiese podido aguantar más. Esos últimos días llegué al límite de lo que cualquier niño hubiera soportado. Tan solo pensaba en no dar problemas y en llamar la atención lo menos posible. Cuando papá fue a recogerme el último día, se sorprendió de que no me despidiese de nadie o que rechazase su ofrecimiento para quedarme en el patio un rato más jugando a la pelota. Lo único que deseaba era no volver a verlos nunca más y así fue.

En poco más de una semana empezaría el colegio. La simple idea de enfrentarme otra vez a otros niños me aterraba. Tanto que me despertaba por las noches sudando y miraba a todas horas el pequeño calendario de una agencia inmobiliaria que teníamos en la cocina para ver cuánto quedaba. Mis padres trabajaban todos los días y saber que al menos teníamos suficiente dinero para vivir me reconfortaba. Además, habíamos podido pagar parte de las deudas.

Cada vez frecuentábamos menos Cruz Roja para pedir comida y más el supermercado. Solía ir con mamá y nos tirábamos varias horas escogiendo lo que compraríamos. Solía regalarme alguna lata de Fanta de naranja o una caja de helados si me portaba bien. También dedicaba mucho tiempo a leer el diccionario y a apuntar palabras que me parecían interesantes en mi libreta. Veía la televisión e imitaba la voz de los locutores, tratando de mejorar mi pronunciación. A veces me sentaba durante horas en la terraza y escuchaba a los chicos. Repetía lo mismo que ellos: *pásala, aquí, malo, bueno, portero...* y trataba de meterme, mentalmente, en sus conversaciones. Por ejemplo, pensaba qué responderles cuando me preguntasen de dónde era o cuál era mi comida favorita. Pero lo que más me gustaba hacer era leer un libro llamado *Kiki Chatarras* que mi padre me había traído una tarde porque se lo había encontrado perdido en una obra. Me gustaba la fuerza con la que sonaba la palabra *chatarras* y la solía pronunciar decenas de veces hasta que las dos erres me salían perfectas.

La noche antes de ir al colegio, un domingo caluroso, apenas dormí. Estaba muy nervioso. Me revolvía en la cama y cerraba con fuerza los ojos para tratar de conciliar el sueño, pero era imposible. Mis padres me iban a acompañar y, antes de acostarnos, preparamos la ropa y la mochila que me había regalado la familia para la que mamá trabajaba. Nunca había visto una mochila con ruedas y cuando mami la trajo a casa me hizo tanta ilusión que estuve paseándola durante todo el día.

Entraba a las nueve, pero a las ocho tendríamos que levantarnos para ducharnos y desayunar. El colegio estaba a menos de cinco minutos de casa. Mientras me movía en la cama y pensaba en todas las cosas que viviría al día siguiente, me invadió la misma sensación de pérdida del verano que tenía cuando empezábamos el nuevo curso en Rumanía. Al menos eso no había cambiado. Era como si algo que tardaría mucho tiempo en volver se hubiera ido sin despedirse.

Me tumbé en la cama y después de que mis padres me advirtieran, una vez más, sobre la importancia del primer día de clase, comencé a recordar las tardes en las que salíamos del río, empapados, y empezábamos a tiritar tumbados sobre las piedras calientes. A Eduard no lo dejaban bañarse porque decían que el agua estaba muy sucia, cosa que era bastante cierta porque la gente solía llenar el río de porquería y no fueron pocas las ocasiones en las que nos vimos nadando entre basura. Pero nos daba igual y nos quedábamos tanto rato que cuando salíamos teníamos los labios morados. Con lo único que debíamos tener cuidado era con no cortarnos porque las heridas se nos infectaban hasta tal punto que nos entraba fiebre y vomitábamos. Pero siempre nos reponíamos. Mientras recordaba todo aquello, sentí que la frente me sudaba y, como no teníamos aire acondicionado porque era demasiado caro, agradecí la leve corriente de aire que entró por la ventana, como una caricia. Me removí y sentí las sábanas empapadas. Me puse de pie y miré a la calle. Estaba vacía y silenciosa. La luz de las farolas se proyectaba en el asfalto y en la acera y parecía que las sombras de los edificios eran gigantes a punto de conquistar cada pedazo de la ciudad. En el pueblo teníamos farolas de hormigón que dejaban de alumbrar a partir de las doce de la noche. Entonces pensé en las veces que salía a mear y me alumbraba con la linterna de mi padre. Apoyé mis manos en el marco de la ventana y el metal se me clavó un poco, aunque no me hizo daño. De repente, sentí un escalofrío en la nuca y por un momento pensé que no estaba solo en la habitación. No le di mucha importancia, pero tuve miedo a darme la vuelta y comprobarlo. Seguí mirando a la calle, pensando en mi pueblo, en qué sería de mi casa. Entonces un balón salió de la nada y empezó a botar en mitad de vía. Fue como si alguien lo hubiese tirado desde lo más alto de un edificio. Hizo un ruido seco. Sentí, de nuevo que alguien me respiraba en la nuca y se me puso la piel de gallina. Agarré con fuerza el marco de la ventana y pensé que, si me daba la vuelta, me pasaría algo malo. Todo seguía en silencio, salvo el balón que botaba, cada vez con más ritmo, como si lo estuviesen golpeando con más y más fuerza. Empecé a sentir un calor sofocante y hubiese deseado llevar algo de ropa encima para poder quitármela. *Pum, pum, pum, pum.* Una cosa me recorría la espalda desnuda como una gota de sudor enorme, pero no lo era. No quería darme la vuelta porque estaba seguro de que, si lo hacía, algo malo me iba a pasar. Tuve más miedo que nunca. Más que cuando me cruzaba con una patrulla de policía o iba al colegio de verano. Entonces la luz de las farolas se apagó de golpe, aunque los edificios seguían reflejando sus sombras en el suelo. En lo alto de uno de ellos, en el cuarto piso, vi a un niño subido al marco de la ventana. De pie, firme. Miraba hacia abajo y parecía no tener miedo a la caída. El niño era yo. Entonces escuché una risa en la calle y cuando miré volví a ver botando el balón. El niño del edificio elevó la voz con un pequeño chillido y entonces nos miramos, cruzando nuestros ojos y nuestros miedos, y a la vez que se dejaba caer desde lo alto de aquel edificio, el balón dejaba de botar. Entonces abrí los ojos y vi a mi padre, al otro lado de la puerta: «Es hora de levantarse, hijo. Hoy empiezas el colegio. Cuando seas mayor entenderás lo importante que es este día», dijo.

51

Había filas de niños colocadas por edades y por clases. Yo debía entrar en sexto de primaria. 6.º B. Mi madre había gestionado mi ingreso al colegio con la ayuda de *doamna* Kati. Me pegué a mi padre y él notó que estaba asustado. Me pasó la mano por la cara para no estropearme el peinado y me dijo que estuviese tranquilo, que no pasaba nada. Mami también estaba a mi lado, sonriente y diría que orgullosa. A mi alrededor todos los chicos hablaban y se empujaban mientras se hacían bromas, aunque sin salirse nunca de la fila. Tenía la impresión de que actuaban con cuidado para no estropearse la ropa o el pelo.

Mis compañeros estaban igual de alborotados que el resto. No me fijé bien en ellos porque me daba vergüenza. No quería despegarme de mis padres y tenía la impresión de que ellos lo sabían. En un momento dado, apareció una mujer que deduje que era mi profesora porque en cuanto la vieron, mis compañeros dejaron de alborotar tanto. Era más mayor que todos los monitores que había tenido ese verano. Y llevaba una bata blanca. Jamás había visto al señor Petrescu con otra ropa que no fuesen sus pocas chaquetas y sus pantalones desgastados. Yo miré a mi padre y me hizo un gesto con la mano para que me pusiera en la fila. Mamá seguía con la misma expresión que cuando llegamos. Cuando empezó a sonar una canción que yo desconocía, la profesora empezó a andar y vi que mis compañeros la seguían con la seguridad de saber a dónde los llevaba. Subimos unos pequeños escalones y me di la vuelta, antes de entrar al edificio. Mis padres se estaban despidiendo de mí, agitaban la mano mientras se perdían en una multitud, que hacía lo mismo con sus hijos. Les dije adiós antes de cruzar la puerta rojiza del aulario. Nos dirigimos hasta unas escaleras que subían a un segundo piso. Cada grupo se iba repartiendo entre las determinadas clases y nosotros hicimos lo propio al llegar arriba. El cartel colgado sobre una puerta verde anunciaba que esa era nuestra aula. La profesora hablaba distendidamente con algunos alumnos y parecían llevarse bien.

Cuando entramos, vi que todo estaba lleno de cartulinas con pinturas e inscripciones. Dibujado en una pared, había un abecedario y una larga lista de números romanos. Además estaba la pizarra, que me pareció que ocupaba muchísimo. Las sillas y las mesas estaban colocadas en forma de U y transmitían una sensación de orden que me relajaba. Me pareció una clase llena de color, con unas ventanas amplias y llenas de luz. También había equipos de música y radiadores, cosa que me sorprendió gratamente porque estaba acostumbrado a la frialdad del colegio del pueblo. Era como si hubiese entrado a otro mundo, y en realidad eso era justamente lo que estaba sucediendo.

Cada uno nos sentamos donde pudimos, y yo, al ser el último en entrar, lo hice en el único sitio libre que quedaba y que estaba junto a la profesora. Entonces fue cuando percibí que toda la clase me miraba. Hasta aquel momento, no se habían dado cuenta de la presencia del alumno nuevo. Me intimidó mucho y, para no aparentarlo, abrí mi cuaderno y en la primera página puse el número uno. No sé porque lo hice. Supongo que trataba de mantener la calma y no ponerme nervioso. Entonces la profesora comenzó a hablar.

Se llamaba Teresa. Tenía una voz calmada, paciente. No elevaba el tono y la intensidad era la justa para que todos la escuchásemos. Ella también me relajaba. Seguí mirando el cuaderno y pensé en el significado del sueño que había tenido la noche anterior, aunque no saqué nada en claro. Teresa empezó a presentarnos las asignaturas que cursaríamos y añadió otras cosas sobre el material y excursiones previstas, que yo no entendí muy bien y que hizo que me agobiara un poco. Luego dijo que íbamos a empezar el año escribiendo las cosas que habíamos hecho durante el verano y un pequeño barullo de hojas y estuches invadió la clase. Entonces volví a recordar el día de la piscina. Y los días anteriores. Y a los chicos jugando. Y cuando me llamaron «maricón» por primera vez, por estar jugando con las chicas. Pasaron todas esas cosas por mi mente como si fuesen mi recuerdo más reciente, como si ya me hubiese olvidado de mi país. Pero no iba a escribir sobre eso. En la hoja en la que había puesto el número uno, dibujé un guion y escribí: *Campamento en Andrés Segovia*. Otro guion: *Cruz Roja*. Y terminé. Me pareció que aquel papel era demasiado grande para lo poco que yo tenía que decir. Entonces pensé que podía inventar algo más porque nadie iba a saberlo. Miraba la intensidad con la que escribían mis compañeros, la estructura larga de sus relatos y sentía cierta envidia. Mis dos líneas no bastaban y, además, fijándome mejor, me parecía que mi letra era demasiado pequeña. Pero no serviría de nada inventar porque la realidad era que mi verano había transcurrido dentro de esa simpleza tan compleja.

La profesora se paseaba por la clase, ojeando lo que escribíamos. Ya no había alboroto, aunque algunos compañeros hablaban a susurros entre ellos. En el colegio del pueblo teníamos prohibido hablar, pero allí la profesora no les decía nada y eso me sorprendió aún más. Al contrario, ella también conversaba con ellos y reían en voz baja. Cuando pasó detrás de mí, se agachó y miró mi hoja. Entonces yo giré la cabeza y sentí una ráfaga de su perfume. Era dulce. Me sonrió. Se volvió a incorporar y, al poco, añadió que ya habíamos terminado la actividad. Entonces uno de mis compañeros, Martín, pasó a recoger las hojas. Ella se las guardó en su maletín y volvió a dirigirse a la clase: «Como todos habéis visto ya, este año tenemos una nueva incorporación». Entonces, después de una breve introducción sobre la necesidad de mi integración, Teresa se volvió hacia mí y esa pequeña ráfaga de aire que se generó, me hizo llegar de nuevo su perfume. Me invitó, sonriente, a presentarme.

Me puse de pie, porque así debíamos hablar en el pueblo, y ella me dijo que no hacía falta, que me podía sentar. Y obedecí porque a los profesores siempre hay que obedecerlos. Entonces empecé mi pequeño monólogo y elevé la voz demasiado porque en la clase de Rumanía teníamos que hacerlo para que todos nos escuchasen muy bien, pero ella me dijo que no hacía falta que hablase tan alto. Y obedecí porque a los profesores siempre hay que obedecerlos. Dije mi nombre, el nombre de mi país y mi edad. Y me quedé en silencio. Entonces, Teresa me echó una mano, ante la atenta mirada de mis compañeros. Percibió perfectamente mi incomodidad y empezó a preguntarme varias cosas: qué me gustaba comer, cuál era mi juego favorito, qué asignatura prefería... No sabía lo que significaba asignatura así que lo pregunté. La clase rio, cómplice, y ella se quedó pensando un momento, antes de decir: «... materia, ¿qué materia te gusta?».

Creo que me hizo más de veinte preguntas y, si bien mi español no era bueno, pude hacerme entender. No tenía dificultad para expresar lo esencial de lo que quería decir. Y aquella vez, a diferencia de las otras que debí hablar en público, no sentí que mis compañeros me juzgasen ni se burlasen de mí. Eso me hizo respirar aliviado y tranquilo. Mientras hablaba me di cuenta de que era la primera vez que no pensaba en mi idioma, y que no necesitaba traducir las palabras para decir lo que me venía a la mente. Sentía el peso de las sílabas en la lengua, la punta golpeando contra los dientes, tratando de pronunciar bien cada letra, la fluidez de alguna de ellas y la saliva de mi boca mojándome los labios. Era como si estuviese renaciendo. Y es que el hecho de comenzar a hablar otro idioma, en cierta forma, era renacer.

Cuando terminé, mis compañeros aplaudieron. Eso me impactó aún más porque no me lo esperaba. Martín, el chico que se sentaba a mi lado, me dio una palmadita en el hombro. Sentí que era mi pequeño momento de gloria, aunque este se acabó en cuanto Teresa me dio la bienvenida final y pidió silencio para empezar a introducir algunas asignaturas. Estaba tan entusiasmado que no presté atención a nada de lo que ocurrió aquella mañana hasta que el timbre invadió los pasillos y se escucharon los chillidos de decenas de niños correteando. Sonreí para mis adentros y recordé la vez que toqué la campana en mi último día de colegio en Rumanía.

El barullo de la clase, el ruido de las patas de las sillas moviéndose hacia atrás o el pequeño sonido de los libros y de aquellos cuadernos grandes al cerrarse fueron los detalles en los que me quedé pensando antes de salir al recreo. El perfume de mi profesora seguía impregnado en mi nariz, en mi boca y en mi garganta. Olía a ella sin olerla. Entonces caminé hacia el patio.

Era muy parecido al del colegio de mi campamento. Había una pista de fútbol, una de vóley y varios árboles entre medias. También teníamos una de baloncesto y al lado del aparcamiento había una zona de tierra donde los niños más pequeños jugaban dibujando figuras en la arena. Como ya estaba acostumbrado a hacer en el Andrés Segovia, me dirigí a una esquina porque estaba seguro de que no querrían jugar conmigo. Vi una pequeña sombra bajo un árbol y me senté a mirar cómo jugaban los chicos. Divisé a varios de mis compañeros de clase, entre los que estaba Martín. Estaban en la pista de fútbol y empezaron a patear una pelota mientras un chico con aparato y con el pelo repeinado hacia atrás trataba de poner orden para organizar los equipos. Uno de ellos le pegó una patada fuerte al balón y este salió del campo dirigiéndose hacia mí. Todos se quedaron mirando para que la devolviese, cosa que hice sin demora alguna porque temía que me echasen la bronca como hacía Borja en el campamento. Entonces Martín me hizo un gesto con la mano para que me acercase.

Era un chico más alto que yo, tenía los ojos muy marrones y una cara ancha. Parecía un poco bruto, aunque por su forma de moverse deduje que era muy espabilado. Sus cejas estaban muy pegadas a sus ojos y me hacía especial gracia la forma imperfecta de sus dientes. Me pareció un tipo normal, aunque tenía una forma de hablar que no era habitual. Como si fuese lo más natural del mundo, me señaló que yo iba en su equipo y empezamos a jugar hasta que la campana sonó y tuvimos que volver a clase.

52

Cada vez que caminaba por la calle debía ir con la cabeza agachada. Cada vez que me cruzaba con un coche de policía sentía miedo. Cada vez que alguien me decía algo fuera de tono, debía callarme. Sin embargo, también debía adaptarme a mi nueva vida, así que empecé a bajar a la plaza algunas tardes, para encontrarme con Martín y otros chicos. Sentía cuando estaba con él una especie de protección que me había brindado desinteresadamente. Cuando los demás muchachos proponían pequeñas travesuras, yo siempre me quedaba al margen. Si bien me hubiese gustado poder participar en ellas para ganarme su respeto y su simpatía, sabía que era mejor no buscar broncas. Así que Martín se encargaba de cubrir mi parte y, en lugar de robar un chicle, robaba dos. Yo los esperaba sentado en un bordillo y cuando los veía cruzar la esquina corriendo, sabía que su aventura había ido bien.

Me gustaba pasar tiempo con ellos y la plaza se convirtió en uno de mis lugares predilectos. Solíamos perder las tardes entretenidos con tonterías irrelevantes. Compartíamos bolsas de pipas y comíamos chucherías como si no hubiese un mañana. Fue en la plaza donde vi cómo los chicos más mayores compraban sus primeros mecheros y tenían los primeros coqueteos con los cigarrillos. Me impactó mucho porque en el pueblo estaba terminantemente prohibido jugar con fuego y más aún andar fumando. Compraban los pitillos en las tiendas de alimentación y se escondían en esquinas, como si estuviesen trapicheando con algo importante, y cuando volvían a la pista el olor los delataba. Fue en la plaza donde por primera vez me hablaron de qué era hacerse una paja. Todos escuchábamos con atención cómo uno hablaba sobre un nuevo canal en el que a partir de cierta hora salían chicas desnudas con las que aprovechaba y se acariciaba la cola hasta que obtenía mucho placer. Algunos prometieron probar la experiencia y a partir de ese día fue un tema recurrente. Fue en la plaza donde tuve mi primer mote. Me empezaron a llamar «Ruma», de Rumano, y aunque no me gustaba nada, lo acepté como el que acepta ciertas cosas con tal de sentir que al fin pertenece a un sitio.

Una tarde de finales de octubre, papá llegó a casa muy alterado. Yo estaba haciendo los deberes mientras esperaba a que mamá apareciese de un momento a otro. Sudaba como si viniese de correr. Las gotas le caían por la cara y se quedaban marcadas sobre su rostro manchado de pintura y de polvo. Respiraba con fuerza y la expresión de su cara me asustó porque parecía dibujarse el miedo en ella. Cuando me vio en el salón no me dijo ni me preguntó nada. Se fue directo a la ducha y pude escuchar el agua durante casi veinte minutos. Cuando salió, tenía el pelo arremolinado y mojado, pero ya no había manchas de sudor en su rostro y parecía más relajado. Tenía los ojos rojos, como si se le hubiera metido mucho jabón. Nunca le preguntaba nada que él no me quisiera contar, pero en ese momento sabía que debía hacerlo. Se sentó a mi lado, en el sofá y, mirando a la nada, me dijo: «Debes tener cuidado, debes portarte bien, nunca te metas en problemas». Ya me lo había dicho otras muchas veces, pero nunca con tanta intensidad, incluso percibí un cierto tono de ruego. Volvió a repetírmelo insistentemente dos o tres veces. Yo afirmaba con la cabeza y escuchaba con atención. Entonces mamá apareció. Cuando vio el rostro de mi padre se alarmó, y soltando la bolsa que llevaba en la mano, se acercó al sofá.

Nos contó que esa tarde tres patrullas de la Policía Nacional estaban apostadas en la estación de tren y que en cuanto se apearon y picaron el billete en los tornos, los oficiales se acercaron para pedirles la documentación. Los elegían al azar. Personas con rasgos africanos, personas con rasgos del este, marroquíes y latinos. Mi padre, como la mayoría de los días, volvía sucio a casa, pues en las obras donde trabajaba no podía asearse. Llevaba una pequeña mochila colgada del hombro en la que solo transportaba la bola del papel de aluminio con el que por la mañana había envuelto su bocadillo y una botella de agua vacía. Nos contó que al subir las escaleras mecánicas, había visto a los agentes identificando a algunas personas y entonces supo que tenía problemas. Rápida y discretamente, se había intentado dar la vuelta para bajar hacia la estación, pero en ese momento uno de los agentes levantó la voz, llamándolo. Nos contó que al escucharlo se había puesto a correr sin mirar atrás. Había saltado los tornos y había subido al andén. La gente lo miraba porque se escuchaban los gritos de los policías, aunque nadie había hecho nada. Nos contó que varios agentes habían ido detrás de él y que cuando se dio cuenta se encontraba frente a un muro que no podía saltar y tuvo que jugársela. Nos contó que había tenido que bajar a los raíles y huir por las vías. Ninguno de los dos agentes quiso seguirlo más allá de aquel muro. Entonces escuchó las sirenas por la calle. Nos contó que en ese momento fue consciente de que se estaba jugando la vida y el temor al arrollamiento hizo que no dejase de esprintar. Había corrido sin mirar atrás.

Otra vez la huida. Huimos de Rumanía y ahora huimos en España. Papá debió de pensar en mamá y debió de pensar en mí. Nos contó que de repente, sintió una vibración en el suelo y al girarse vio un tren acercándose a gran velocidad, así que tuvo que tirarse a una cuneta, al lado de la vía, y cubrirse la cabeza con las manos. El impulso del aire que dejaron los vagones le removió todo el cuerpo. Luego nos dijo que se había levantado y se había metido en un pequeño túnel por el que corrió mucho más rápido hasta llegar a un descampado desde el que pudo salir a la calle. Estaba agotado y las piernas le pesaban el doble. Pensó en deshacerse de la mochila, pero no serviría de mucho. Estaba perdido. No podía volver por la misma línea ni viajar en otro tren. Calculaba haber corrido durante unos quince, tal vez veinte minutos. Pero no sabía exactamente cuándo dejó de escuchar las sirenas.

Empezó a andar por un camino lleno de piedras y baches por el que no había nadie. No había ni rastro de humanidad. Poco a poco se fue alejando de las vías del tren y había dado algunas vueltas antes de volver a casa por si aún lo perseguían. Estaba lejos, pero mi padre era bueno orientándose. Lo aprendió trabajando en la montaña, en la tala de árboles.

Nos contó que había tenido que caminar durante un rato por las calles de la ciudad y que, a lo lejos, había divisado una patrulla. Era frecuente verlas, pero prefirió no correr riesgos y se escondió detrás de unos coches hasta que se alejaron. Caminó y corrió metiéndose por callejuelas, evitando semáforos, sorteando multitudes, hasta que se topó por fin con la calle donde vivíamos, con nuestro portal, con la puerta detrás de la que yo estaba haciendo mis deberes como si nada hubiese pasado, sin saber que ese día habíamos estado muy cerca de perder a uno de los nuestros, de volvernos a casa, como les pasaba a tantos otros. Papá nos dijo que, a partir de aquel momento tendríamos que evitar a la policía a toda costa. Mamá asintió mientras escuchaba horrorizada el relato y movía su mano, nerviosa, sobre su rodilla. Luego dijo que también deberíamos tomar la precaución de circular lo menos posible en el transporte público en las horas punta. Después de aquel día, papá siempre tardaba varias horas más en volver a casa y mamá, salvo que se viese forzada a ello, nunca usaba el tren.

53

Una tarde de sábado, *doamna* Kati y *unchiul* Marian iban a venir a casa para charlar con mis padres. Poco a poco, habíamos ido olvidando el episodio de la persecución a mi padre y todo estaba sereno. Mamá preparó algo de comida y cuando olí aquel sabor avinagrado de las hojas de repollo, supe que estaba haciendo *sarmale*. Me asomé a la cocina y vi que había llenado una olla grande. Entonces volví a pensar en mi país y en todas las veces que la había visto cocinando.

Papá estaba poniendo la mesa y parecía que, a medida que pasaban los días, se encargaba un poco más del hogar. Cuando llamaron al telefonillo respondí y escuché la voz ahogada del señor Marian al otro lado. Probablemente acabara de tirar la colilla del pitillo al suelo cuando le abrí la puerta. Llevaron dos botellas de vino blanco de Cotnari y mi padre sacó el agua con gas que guardaba en la nevera para mezclarlo. El señor Marian me preguntó si me había echado novia y me sonrojé un poco ante la atenta mirada de todos. Cuando nos sentamos a la mesa, su mujer se interesó por mi marcha en el colegio y le dije que estábamos a punto de examinarnos de *cuentas de control*, que era así como yo pensaba que se llamaban las pruebas de Matemáticas. Ella se extrañó un poco ante mi respuesta porque no lo entendió, pero entonces mamá le aclaró que me refería a los exámenes de cálculo.

Al finalizar la cena, me senté en el sofá mientras *unchiul* Marian les contaba a mis padres, en un tono jocoso, la vez que cobró veinte euros, su primer sueldo, y por no gastar, se vino andando desde el centro de Madrid hasta su barrio. Tardó cerca de cuatro horas. Entonces todos se empezaron a reír y me alegré de ver a mis padres felices y relajados. Encendí la tele y puse Telemadrid, pero el ruido no me dejaba escuchar nada, así que agarré el móvil de papá y me puse a jugar a Snake. Después de contarles el episodio de la policía, *unchiul* Marian empezó a hablar sobre la posibilidad que había de solicitar un permiso de residencia por cinco años. Se había enterado de que un abogado lo hacía por ochocientos euros, pero era necesario tener un contrato de trabajo. Mi padre pareció entristecerse un poco porque ellos trabajaban en negro y además no teníamos tanto dinero. *Doamna* Kati le restó importancia al asunto añadiendo que al menos yo estaba bien, había conseguido colegio y cada vez hablaba mejor. Papá y su amigo salieron a la terraza para que este fumase y cuando corrieron las puertas, una ráfaga de aire pasó por mi frente sudada. Miré a mami y le pedí un poco más de Fanta de naranja, pero ella me dijo que era muy tarde y que tantos gases harían que me hiciese pis encima. Luego empezó a hablar con su amiga sobre sus trabajos y Kati comenzó a quejarse de que las señoras eran cada vez más estrictas en la limpieza de los baños. Contaba que había una que la hacía limpiar los azulejos con un cepillo de dientes y fregar los platos a mano, a pesar de tener lavavajillas, porque así se aseguraba de que quedaban impolutos.

Me aburría y no me interesaba nada lo que contaban, de modo que me despedí de todos y cuando me tumbé en la cama, sentí el olor a tabaco que la mano de *unchiul* Marian había dejado sobre la mía al chocar los cinco. Me dormí pensando en lo que había dicho del permiso de residencia y esa noche soñé que me cogía la policía en mi portal, al llegar del colegio, y me llevaban a una comisaría donde esperaba en una silla, llorando desamparado, hasta que conseguían un billete de autobús para extraditarme a Rumanía. Y que mis padres no sabían qué había sido de mí. No lo sabían. Y entonces llegaba a Bucarest, perdido y hambriento. Pero cuando bajé en la estación de Militari, me desperté y me vi en mi cama, y sentí la plaza y la calle al otro lado de la ventana y me pareció que estaba a salvo. Todo estaba vacío. Luego me volví a dormir, sudoroso y agitado, temiendo ir al día siguiente al colegio.

Se acercaba el mes de diciembre y mis primeros exámenes finales del trimestre. En Cruz Roja nos habían dado algo de ropa de invierno, aunque mamá había logrado comprar unos jerséis, pantalones y un abrigo en un chino del barrio. Si bien es cierto que manejaba mi español con más soltura, desde la dirección del colegio decidieron meterme en clases de refuerzo. Ahí aprendí que el femenino de la palabra «gato» es «gata». Y también aprendí a decir «mejilla» o «postre» o «terremoto», y la diferencia entre «patata» y «patada». Mis compañeros solían ayudarme, aunque había alguno que me ignoraba y no mostraba especial interés. En mi primer examen estaba tan nervioso que me equivoqué en el nombre y, por vergüenza, no lo borré. Saqué una nota pésima y, por temor a represalias, no se lo dije a mis padres, aunque era consciente de que se enterarían tarde o temprano.

Lo que más odiaba eran las hojas con las conjugaciones verbales. Era incapaz de aprendérmelas de memoria, pero cuando se lo comenté a papá, me dijo que mi deber era esforzarme más. Mami, cuando venía los fines de semana, me las preguntaba y era muy paciente conmigo cuando me equivocaba. En matemáticas debía saberme las tablas de multiplicar de memoria y, si bien sobre el papel no me costaba nada, cantarlas de viva voz era un verdadero suplicio. Mamá me ayudaba de igual manera, y creo que ella aprovechaba y las iba reaprendiendo conmigo. En definitiva, los exámenes no fueron tan bien como debían haber ido y me quedó la mayoría de las asignaturas. Sorprendentemente en casa fueron comprensivos y no me echaron mucho la bronca, aunque papá me volvió a decir que recordase por qué habíamos venido. Pero esa fue solo la primera de las malas noticias que parecían habernos dado tregua durante un tiempo corto.

Una tarde noche de un día de las vacaciones de Navidad, tati y yo fuimos al súper a hacer la compra. Era imposible desprenderse de la sensación cinematográfica cuando entraba a un supermercado. Como me hacía ilusión, cogimos un carrito de los de metal y papá me dejó empujarlo y guiarlo por los pasillos. Cuando llegamos al estante de las patatas fritas puse cara de cachorrillo y papá me regaló un bote de un euro. Hizo lo mismo con la Fanta de naranja y con una bolsita de uvas pasas. Papá también compró plátanos y huevos y arroz y una caja de yogures, pero lo que más abultaba era la cajita de veinticuatro cervezas verdes que iba al fondo y con la que casi me pillé los dedos. Después de pagar, salimos con el carrito y noté que hacía frío, aunque nada comparable con el del pueblo. Lo fuimos empujando por las calles de la ciudad y me daba vergüenza el ruido que hacía sobre la acera porque llamaba la atención. Me puse muy tenso cuando una patrulla se paró a nuestro lado, invitándonos a cruzar una avenida. Probablemente tati también lo estaba, aunque los dos tratamos de actuar con normalidad. Aun así, sentía una gran felicidad al ver el carro tan abultado y creo que era la primera vez que no me sentía inferior a la mayoría de las personas con las que me cruzaba. Me pasé casi todo el camino sonriendo tontamente.

Cuando llegamos al portal, ayudé a papá a subir las bolsas a casa y, como no había ascensor, llegué agotado, pensando en que aún tenía que acompañarlo a llevar el carrito de vuelta. Pero cuando metió la llave en la cerradura vio que se abría con media vuelta. Entonces supimos que había alguien y nos miramos en busca de una respuesta. Encontramos a mamá hecha un mar de lágrimas, metida en la cocina, delante de una taza de café. Soltamos las bolsas y mientras se sentaba a su lado, papá me dijo que cerrase la puerta. Entonces mami empezó a contarnos que la habían despedido del trabajo porque el señor Andrés la había acusado de robarle unos anillos de oro que él había dejado sobre la mesa de la entrada, específicamente para probar su fidelidad. Entre sollozos, nos contó que no le habían pagado el mes y que la habían echado a la calle como si fuese una ladrona. Les había jurado que no había visto ni tocado nada, pero no la creyeron. Le dijeron que no volviese nunca más y que estuviese agradecida de que no llamasen a la policía.

Tanto papá como yo nos quedamos boquiabiertos y sin saber muy bien qué hacer ni qué decir. Los dos éramos conscientes de que mi madre no había robado nada, pero decírselo no sería más que una obviedad que no ayudaría. Mientras papá se quedó tratando de calmarla, yo me retiré a mi habitación. Estaba muy triste, tanto que solo quería meterme en la cama y dormir porque no entendía nada. Todo era una guerra y parecía como si nosotros siempre saliésemos perdiendo. Que mi madre se quedase sin trabajo suponía un problema gravísimo porque su sueldo nos ayudaba. No quería volver a depender de Cruz Roja. Quería llorar de rabia e impotencia, pero algo me estrangulaba la garganta. Fijé la vista en el techo de la habitación mientras escuchaba a través de las paredes cómo mis padres buscaban una solución. Pensé en quitarme la ropa y ponerme el pijama, pero decidí rebelarme, en cierta manera, y no hacerlo. Al poco tiempo, oí a papá abrir la puerta y dirigirse a la calle. ¿Volveríamos a llenar, alguna vez, un carrito de comida como el que acabábamos de traer?

54

Por Año Nuevo debíamos ir a misa. Mamá se empeñó en que la habían echado porque nos habíamos olvidado de Dios. Debíamos viajar hasta la otra punta de Madrid y bajarnos en la estación de Plaza de Castilla. Hasta entonces, yo nunca había salido de Leganés desde que llegamos.

Me compraron un billete en la máquina del metro y me lo dieron para que me lo guardase. Cuando llegaron los vagones, me empeñé en darle yo al botón para abrir la puerta y así lo hice. Estaba algo vacío. Me hacía gracia que hubiese una voz anunciando las estaciones y pensé que quizá fuera el conductor, aunque a medida que íbamos cambiando de trenes, entendí que no. Mis padres apenas hablaban, pero yo estaba emocionado por la aventura y no paraba de hablarles sobre los fuegos artificiales que vimos en Nochevieja o la costumbre española de tomar doce uvas que me habían explicado en el colegio. También les dije que echaba de menos la nieve y las tradiciones que había relativas al aguinaldo y los villancicos. Mis padres afirmaban con la cabeza mientras yo parecía dar clases. A medida que íbamos avanzando paradas, fui bajando la intensidad de la exposición porque me daba vergüenza que los viajeros que habían ido llenando el tren me escuchasen hablar en rumano.

Madrid era una ciudad llena de plazas y, a medida que entrábamos en la zona del centro, abundaban mucho más los turistas. Los veía elegantes y los comparaba con mi reflejo generado en el cristal de vagón. Daba una imagen pobre y un tanto cutre con mi camisa de cuadros, regalo de Cruz Roja, combinada con un pantalón de pana gris que ya tenía en Rumanía. Además, llevaba unos zapatos negros que me quedaban un poco grandes y una chaqueta de lana que me picaba. Todos iban bajando y subiendo y no quedaba de ellos más que un rastro de perfume.

Cuando nos apeamos en la estación y tuvimos que subir las escaleras mecánicas me di cuenta de que ya no me daban miedo, e instantáneamente pensé también en que había dejado de recordar a mi amigo Eduard y a Bianca y al señor Petrescu y su olor a *tuica*. Salimos de la estación y dos torres enormes, inclinadas, me cortaron la respiración. Nunca había visto unas iguales y cuando estábamos debajo papá me dijo que mirase hacia arriba. Me invadió una sensación de mareo desde las rodillas hasta la coronilla. Entonces sacó una cámara fotográfica negra que yo no había visto hasta aquel momento y me hizo una foto con los brazos abiertos, como si las estuviese sujetando. Mamá se acercó con la sutilidad de un gato y me agarró por detrás. Entonces papá nos hizo otra a los dos, sonriendo. Luego me tendió el aparato y me dijo que, aunque habían pasado ya muchos meses, ese era mi verdadero regalo de cumpleaños y de Papá Noel. La agarré muy emocionado y, después de examinarla un poco, se la devolví para que la guardara porque temía que se me cayese al suelo o, peor aún, perderla.

Las calles que había alrededor de la iglesia estaban abarrotadas de rumanos. Desde luego que aquel edificio era mucho más grande que el del pueblo, cosa que me dejó muy sorprendido. Entonces papá dijo que probablemente fuera una catedral y nosotros le hicimos caso. Casi a codazos, como en cualquier evento donde abundaban mis compatriotas, nos abrimos paso hacia dentro y nos quedamos en medio de aquella sala enorme, de pie, hasta que el cura terminó de oficiar la misa. Me dolía la espalda, pero cada vez que trataba de apoyarme o sentarme, mamá me llamaba la atención y me enderezaba de nuevo. Papá parecía estar ausente.

Antes de marcharnos, encendimos una vela en el puesto de los vivos y otra en el de los muertos. Además, pusimos varios euros en la cesta que había en la entrada, cosa que me indignó un poco porque íbamos muy justos de dinero. Fuera habían aparecido más compatriotas que se pusieron a vender casetes y CD con películas falsas. Otros ofrecían teléfonos móviles o nos daban tarjetitas por si queríamos enviar paquetes a Rumanía. En una esquina otros vendían alimentos y bebidas típicas rumanas, sobre unas mesitas de madera.

También pasamos al lado de algunos puestos de abrigos de piel que olían fortísimo. La calle estaba colapsada y yo me estaba agobiando un poco. Entendí que era lo normal y que eso solía pasar cada domingo. Entonces aparecieron varias patrullas de policía y, aunque nadie se alborotó, todos empezaron a dispersarse, sin intención de dar más guerra. Era una situación que parecía tan común como un paseo por la calle sin mirar al cielo.

Papá propuso bajar andando por el paseo de la Castellana hasta que nos cansásemos. Como hacía una buena mañana de invierno, nos pareció una idea excelente y mamá me agarró la mano y me dijo que no me soltase porque había mucho tráfico. Efectivamente era, con diferencia, la calle más larga y abarrotada en la que había estado jamás. A ambos lados había varios carriles por los que los coches circulaban a gran velocidad. Los turistas se mezclaban con los españoles y todos me parecían especialmente guapos. Los bloques de pisos eran mucho más grandes que los de mi barrio y sus fachadas estaban más limpias y más decoradas. Había muchos carteles publicitarios de grandes empresas, bancos con enormes cristaleras y restaurantes llenos de gente. Cuando me acercaba un poco a la carretera, podía sentir cómo el impulso del viento generado por los vehículos me golpeaba en la cara. En ese momento a nadie le importaba que unos inmigrantes ilegales estuviesen paseando, boquiabiertos, por las mismas calles por las que lo podía hacer un director de banco o un actor famoso. Entonces lo vi, a lo lejos. No me lo podía creer. ¡El Santiago Bernabéu! Era el mismísimo estadio del Real Madrid, el equipo del que yo escuchaba hablar en el colegio y por las calles del pueblo. Estaba justo debajo de aquel templo mirando hacia el cielo, agarrado a la mano de mi padre y de mi madre. Me faltó muy poco para llorar de la emoción. Mis padres se miraban, cómplices, porque sabían cuál sería mi reacción al llevarme allí. Entonces papá me volvió a hacer otra foto y tuve la impresión de que, en comparación con la enormidad del estadio, yo era mucho más pequeño de lo que creía. Mis padres me animaron a rodearlo y salí corriendo porque quería verlo todo de cerca. Pensé que, con un poco de suerte, quizá viéramos a algún jugador. «Ojalá apareciese Roberto Carlos», dije en voz alta ante la incredulidad de mi familia.

Tardamos bastante tiempo porque cada vez que pasábamos cerca de alguna de las puertas, yo miraba dentro, a través de las vallas, para ver si había alguien, pero no vi nada. Cuando llegamos de nuevo a la puerta principal, divisé que unos carteles luminosos anunciaban la posibilidad de realizar una visita guiada, pero costaba mucho dinero y no pudimos hacerla, aunque no me importaba. Entonces papá dijo que estaba seguro de que pronto volveríamos y que tal vez podríamos entrar. Poco a poco nos fuimos alejando, aunque yo seguía mirando hacia atrás con cierta reticencia.

Llegamos a Nuevos Ministerios y mis padres me tenían preparada otra sorpresa. Cuando quise dirigirme a la parada de tren, me dijeron que aún no nos iríamos. Entonces empezamos a andar hacia la calle Orense y nos paramos delante de un restaurante. Papá me dijo que me quedase quieto y me hizo una nueva foto. No entendía muy bien qué hacíamos ahí y casi no pude creerlo cuando me dijeron que entrásemos. Un poco avergonzado por las miradas recibidas, me senté en una mesa que estaba pegada a la ventana. Un ligero sol me dio en la cara. Me quité aquella chaqueta de lana y mi madre la puso a su lado. Las sillas eran de plástico y la mesa era roja. Con letras blancas, en todas partes ponía Telepizza. Yo pensé que era imposible pronunciarlo como hacían los españoles. Luego me di cuenta de que nunca había probado la pizza y una expresión de felicidad invadió mi rostro al escuchar decir a papá que pediríamos dos. Cuando las llevó a la mesa vi que eran enormes. Un pequeño vapor de aire caliente parecía desprenderse de su masa. Tenían mucho queso y jamón y tomate y cebolla y aceitunas. Me salivaba la boca y me sentía tan bien que no me importaba nada más en el mundo. Devoré cada pedazo hasta que acabé con las manos llenas de grasa. El queso se alargaba como si fuese un espagueti y jugaba recogiéndolo con los labios ante la atenta mirada de mi familia. No me llamaron la atención en ningún momento y me dejaron disfrutar. Además pude beber toda la Fanta que quise y cuando llegaba al fondo del vaso, me permitieron hacer ruidos graciosos y molestos con la pajita. Parecía que ellos también se estaban divirtiendo a mi costa.

Después de que papá pagase la cuenta, volvimos a casa en Cercanías. Nada más sentarnos en el vagón caí agotado sobre el hombro de mamá y me dormí pensando en que ojalá todos los días fuesen así, en que ojalá algún día fuésemos como esas familias españolas que salen a comer y a pasear los domingos.

55

La noche de Reyes salí a ver la cabalgata y volví a casa
con una bolsa llena de caramelos que no me podría
comer en un año entero. Con todo aquel ajetreo, acabé tan
agotado que estuve a punto de pedirle a papá que me llevara
a cuestas por las escaleras hasta el cuarto piso. Mamá me preguntó por algunos amigos que se habían acercado a saludar-
me y a los que había respondido tímidamente. Tuve que ex-
plicarle que eran del colegio o de la plaza, y que desconocía
el nombre de algunos de ellos. Ella se sonrió mientras me
ayudaba a quitarme el jersey. Le pregunté por qué ese día no
habíamos tenido miedo a la policía y me contestó que no
pensase en eso. Muchos iban sobre unos caballos enormes
y muy fuertes, repartiendo caramelos. Eran más grandes que
los que tenían los gitanos de mi pueblo.

Después de mis primeras vacaciones, la vuelta al cole no me costó tanto. De hecho, hubiese agradecido no tener tantos días libres. No nos mandaron deberes, aunque mamá me ponía tarea diariamente y la hacía durante el rato que ella salía a buscar trabajo. A veces la acompañaba y me quedaba en la entrada de los restaurantes o los bares en los que entraba a preguntar si había algo disponible. Me gustaba andar con ella y preguntarle el significado de palabras que escuchaba por la calle porque mami tenía mucho mejor español que yo. «Mamá, ¿qué significa joder?, ¿y coño?». Ella se ruborizaba y me decía que decir esas palabras era pecado y que no debía repetirlas nunca.

Así pasaban los días, iguales y sencillos, pero supongo que no estaba tan acostumbrado a que las cosas fuesen tan fáciles. Nunca me había visto en la situación de poder coger una moneda de un euro y bajar hasta el tendero para comprarme una Fanta o una bolsa de patatas. Poco a poco todo lo que me parecía sorprendente estaba convirtiéndose en rutinario. ¿Sería eso lo que todo el mundo llamaba «integración»?

Uno de los primeros días de febrero llegué del colegio y me encerré en mi cuarto. Sin decirle nada a mamá, me puse a llorar. Ella, sorprendida y preocupada, abrió la puerta de mi cuarto y se sentó sobre la cama a consolarme. Algunos chicos de 6.º A se habían reído de mí por mi acento y porque a veces me quedaba en blanco cuando no sabía cómo decir ciertas palabras. Mamá había estado cocinando y sentí sus manos mojadas posándose sobre mi cara. Con voz suave, me dijo:

«No te preocupes, hijo, tú serás alguien en esta vida». Y esa frase se clavó en mi pecho como una daga y cortó todas mis lágrimas. Luego se volvió a la cocina para preparar la comida mientras yo me quedé deshaciendo la mochila y dándole vueltas a sus palabras. Escribí en una página de la libreta: «Tú serás alguien en la vida». En aquel momento decidí que estaba dispuesto a cumplirlo.

Mami siempre tenía el mejor remedio para mis peores momentos. Me sentía muy protegido en su presencia, como si fuéramos un equipo. El papel de madre moderna en el cual trataba de convertirse me gustaba mucho más que aquel que tenía en Rumanía. Sentía que estaba aprendiendo, adaptándose, tal vez mejor que yo, haciendo de sí misma una mujer más fuerte y más inteligente. Incluso se cuidaba más, ya no estaba preocupada por racionar la comida y, sobre todo, había interiorizado la idea de que era impensable que volviésemos al pueblo. Mamá fue la primera, incluso antes que Martín, que adivinó que me gustaba Luna, una chica de mi clase. Bueno, no: la chica más guapa de mi clase.

Martín cumplía años el día de San Valentín y decidió invitarme a su fiesta. Iríamos todos los niños de clase y también algunos de la plaza. Como sus padres estaban separados, nos comentó que lo celebraría en casa de su madre. Me sorprendió la tranquilidad con la que me contó que su familia se había roto cuando él tenía tres años. Debíamos ir hasta San Nicasio, un barrio situado a las afueras de la ciudad, en una zona nueva. Me contó que tenía una piscina y una zona de recreativos para este tipo de eventos. Si bien, todavía no nos podíamos bañar, me pareció muy de envidiar. Mamá me dejó peinarme con gomina y me eché un poco de desodorante en el cuello porque quería parecer un chico mayor. Cogimos el autobús en una de las marquesinas que había en la avenida de Fuenlabrada, pero debido al olor y las rotondas me mareé un poco; cuando se lo hice saber, me dio un trago de agua para calmarme. Cuando nos bajamos en el barrio de la madre de Martín, tuve la ligera sensación de estar, otra vez, en una película.

Como los padres no iban a la fiesta, mamá me despidió en la puerta y se negó a entrar para saludar porque decía que tenía pintas de pordiosera, aunque, a decir verdad, a mí me parecía bastante guapa. Llevaba en una bolsa un libro y un desodorante que olía igual que el de papá y que decidimos regalarle a Martín porque cuando lo compramos nos regalaron dos. Mi amigo me recibió con los brazos abiertos y lo primero que hizo fue presentarme a su madre. Me miró con un poco de lástima, aunque fue bastante cariñosa conmigo. Sentía cierta sobreprotección y me llamaba la atención que mi amigo fuese tan cuidadoso conmigo. En cierta manera me recordaba a Eduard y a Bianca.

También divisé a Luna, a lo lejos. Llevaba unos vaqueros negros de campana, combinados con un jersey un poco ancho y una chaqueta vaquera. Tenía el pelo muy negro y lo llevaba suelto. Percibía en su pómulo un pequeño destello de maquillaje. Me parecía tan guapa que no se me pasaba por la cabeza acercarme, más allá de cualquier cruce de miradas repentinas involuntario. En cambio yo vestía ropa de Cruz Roja, la misma que mamá me había puesto el día que comimos pizza. Ni se me pasaba por la cabeza acercarme más allá del cruce de miradas repentinas que ocurría siempre, así que me integré en el grupo de clase y nos pasamos varias horas jugando. Los chicos empezaron a poner música y yo me retiré a una esquina porque quería evitar bailar a toda costa. Parecían intercalarse el papel de DJ para poner las canciones y había una cierta competición por ver quién elegía las mejores.

De repente empezó a sonar una que yo no había escuchado nunca. La había puesto Guillermo, uno de mis compañeros de clase con el que apenas tenía trato. Todos se giraron para mirarme. «Me cago en esos putos rumanos...», era la letra que invadía aquella pequeña sala en la que nos encontrábamos. «Hijos de puta, rumanos...». Parecía que cada vez sonaba y resonaba más fuerte entre las cuatro paredes. «Que les corten las manos, rumanos». Escuché una pequeña risita y una voz, que era la de Guillermo, se acercó a mí, para agarrarme del cuello y sacarme a bailar. Entonces pensé en mi madre, en que la habían despedido de su trabajo porque la habían acusado de algo que no había hecho. Empujé a Guillermo y antes de que pudiese sorprenderse le lancé un puñetazo. Lo siguiente que recuerdo es a los demás chicos separándonos, mientras Guillermo trataba por todos los medios de devolverme el golpe. Parado en el sitio, empecé a temblar de rabia y apreté tanto los puños que casi golpeo a Martín, cuando fue a sacarme fuera. Estaba muy nervioso, tanto que nada más abandonar el cuarto, me puse a llorar. También me asusté por mi reacción. Pensé que tal vez había sido muy desproporcionada, tal vez Borja y los niños de la escuela de verano la hubiesen merecido mucho más. Tal vez. Entonces, mientras

Martín me hablaba, calmándome, Luna asomó por la puerta y se acercó. Parecía estar interesada en mi estado y, con su voz tranquila, me preguntó si estaba bien mientras su mano se posó sobre mi espalda. En aquel momento quise hablar lo mejor que pude, quise esforzarme por poner un acento perfecto, quise hablarle sobre el olor de mi desodorante o sobre la gomina que me había echado en el pelo, pero tan solo le contesté que no me pasaba nada malo. Mi amigo Martín, al darse cuenta de lo que pasaba, volvió con los otros con la excusa de comprobar el estado de Guillermo.

Luna me pidió perdón por aquella canción, como si ella fuese la culpable. Nos sentamos los dos sobre un bordillo y empezamos a hablar, por primera vez, sobre todas las cosas del mundo, como si nada hubiese pasado.

56

Guillermo nunca me pidió perdón por aquel episodio, aunque desde entonces empecé a notar que me mostraba un cierto respeto que antes no me tenía. Por otra parte, yo me disculpé con Martín por estropearle el cumpleaños y él le restó importancia al asunto diciendo que en realidad Guillermo nunca le había caído demasiado bien.

Con respecto a Luna, las cosas empezaron a transcurrir de una manera diferente. Algunos compañeros de clase empezaron a sospechar que me gustaba porque siempre estaba pendiente de lo que hacía y a menudo trataba de hacer que cualquier cosa desembocase en ella. Aunque yo lo negaba por vergüenza y hasta me escandalizaba un poco cuando lo decían, como si me estuviesen acusando de algo, en el fondo me hubiese gustado gritar que sí, que me encantaba. Por supuesto, no le había dicho nada a ella y seguía manteniendo la distancia apropiada y la confianza implícita en una relación de amistad. Sin embargo, a menudo, sospechaba que Luna sabía que me gustaba. Las chicas siempre saben esas cosas. Y, justamente por eso, pisaba con zapatos de cristal cada vez que nos encontrábamos.

Y así, desde ese silencio vergonzoso, tuve que enfrentarme a compañeros que le enviaban cartas de amor o le regalaban flores para convencerla de que fuese su novia. Luna, por su parte, no parecía estar muy interesada en el asunto y solía tratar a la mayoría con una indiferencia que yo, por una parte, agradecía. Con esa incertidumbre fueron transcurriendo los días. Había momentos en los que me miraba en el espejo del baño y juraba que al día siguiente se lo contaría todo, pero lo iba posponiendo y alargándolo en el tiempo. Supongo que, en parte, combatir el miedo al rechazo que se había generado en mí a lo largo de todos esos años era una difícil batalla. La primera vez que me fijé en ella fue como si el tiempo se parase durante un instante y mi pecho estuviese a punto de explotar. Me empezó a gustar tanto que me sentía un poco culpable por todo el tiempo que había pasado sin que le prestara atención. Tampoco me explicaba cómo había podido ocurrir, teniendo en cuenta que desde aquel instante no concebía pasar un día sin verla.

Le conté a mamá lo que me pasaba y ella me animó a que me abriese ante mi amiga, pero se me quedó un poco corto su consejo y decidí volver a sacarle el tema al día siguiente.

Nos sentamos a comer y cuando me preguntó cómo había ido la mañana, antes de que pudiese planteárselo de nuevo, nos interrumpió una llamada de teléfono con una noticia que, sin saberlo en aquel momento, nos marcaría toda la vida. Mamá había conseguido un puesto de trabajo en un restaurante del centro de Madrid como ayudante de cocina. Parecía que sus anteriores empleadores habían encontrado los anillos y se sintieron tan culpables por despedirla injustamente que movieron algunos hilos para buscarle algo mejor.

Siempre confié en la inocencia de mamá y, después de aquella llamada, entendí que era una de las mujeres más elegantes que había visto en mi vida. Se puso muy contenta y esa misma noche preparó una tarta de frutas para celebrarlo.

En el transcurso de los siguientes días nos tuvimos que adaptar al horario que el trabajo de mamá exigía. Solía entrar por las mañanas y volvía a casa a media tarde. Yo debía comer solo y tener mi tarea preparada para corregirla con ella cuando llegase. Pero una de las tardes papá me pidió que lo acompañase a hacer unos recados al centro de la ciudad. Cuando bajamos sentí una ráfaga de aire colándose por dentro de la sudadera y un pequeño escalofrío me hizo soltar un tímido gemido que papá advirtió y acompañó de una delicada amenaza de castigo si me ponía malo por ir poco abrigado.

Caminamos lentamente y en silencio, porque entre papá y yo se había generado cierta distancia fruto del poco tiempo que pasábamos juntos. Además, notaba que él no trataba de convertirse en un padre más moderno, como hacía mi madre, y a veces me avergonzaba de que siempre estuviese manchado de la obra. Aquella tarde parecía un poco preocupado. El tráfico era discontinuo y bastante lento a mi parecer. Los coches iban, poco a poco, encendiendo las luces y yo me iba fijando en todos ellos pensando cuál de todos compraría si pudiera. Un Citroën C5, sin duda; ese fue mi veredicto.

Cuando llegamos a MoneyGram, papá me dijo que pasara con él porque fuera hacía frío. No tenía ni idea de qué se hacía en aquel lugar, hasta que lo vi sacar un fajo de billetes de cincuenta euros del bolsillo y depositarlos sobre un escritorio pequeño en el que había un papel y un bolígrafo. Rellenó todas las casillas con su mejor letra y parecía escribir con miedo a equivocarse. Yo no le dije nada, en absoluto. Simplemente me limité a observar. Entonces vi que en una casilla ponía el nombre del señor Virgil, el papá de mi amigo Eduard. Lo volvió a repasar todo y remarcó algunas casillas como la cantidad: mil euros. Los números eran redondos y me pareció que, por más que se esforzase en hacerla bien, la caligrafía de papá dejaba mucho que desear.

No entendía por qué aparecía el nombre del padre de mi amigo. Tampoco por qué tati le mandaba todo ese dinero. Ni siquiera entendía cómo esos billetes que él depositó en una especie de bandeja que coló por debajo de un mostrador de cristal podían llegar hasta mi pueblo. Pero no hice preguntas. Papá pareció relajarse mucho cuando la mujer, una señora latina que se había excedido con el maquillaje, le dijo que todo estaba bien. Entonces salimos por el mismo lugar por donde habíamos entrado y volví a fijarme en el tráfico. Mientras nos alejábamos le dije a papá que ojalá llegase el día en el que tuviéramos un Citroën C5 para irnos al pueblo.

Entonces él me contestó que no sabía cuál era aquel coche y, mientras se rascaba unas manchas de pintura que tenía sobre el codo, añadió que no le gustaba que fuese tan poco abrigado por la calle porque había escuchado en la radio que había una epidemia de gripe por todo el país.

57

A las siete y diez minutos de la mañana el tren salió de Leganés Central. Fue puntual. A las siete y media, mamá tenía que hacer trasbordo en Atocha. Puntual. Entonces cogería el Cercanías que se dirigía a Recoletos y llegaría a la parada a las siete y cuarenta. Puntual. Luego subiría las escaleras y se iría caminando, a paso ligero, por el paseo de Recoletos y el paseo de la Castellana hasta la puerta del restaurante. A las ocho solía estar ahí. Puntual. Como siempre, era la primera en aparecer y esperaba hasta que la encargada llegase, con su cara cansada y de mal humor, para abrir. Luego empezaba a preparar los desayunos mientras, poco a poco, los clientes iban apareciendo y sentándose en aquellos sillones, junto a sus periódicos y a algún pensamiento fugaz.

En el tren había gente como mi madre. Quiero decir, gente que iba a trabajar. A sus oficinas, a sus despachos, a sus trabajos de dependientas, a sus puestos de recepcionistas. Todos iban dirigidos al maravilloso oficio de ganarse la vida a cualquier precio. El día anterior, mientras estábamos cenando, mamá se rascó la palma de la mano derecha y nos comentó, sonriente, que eso significaba ganar dinero.

También había estudiantes. Con sus cascos y su música alta. Mami nunca había tenido un mp3, aunque siempre prometía que se compraría uno y cuando pasábamos por delante del escaparate de TIEN21 los miraba con cierta envidia. Le encantaban las baladas de Angela Similea o Corina Chiriac. Amaba aquellas canciones de su juventud porque eran como un viaje por los recuerdos: su primer amor, su primer beso... Mamá siempre había sido así de sentimental. Guardaba una foto en blanco y negro del primer viaje que hizo con papá y siempre la miraba con cierta nostalgia, como si estuviese segura de que cualquier tiempo pasado fue mejor. Se la hicieron en Brasov y junto a ellos aparecía el letrero de un campamento organizado por el Partido Comunista.

Yo me desperté a las ocho y diez. Me lavé la cara y meé. A esa hora ya había sucedido, pero yo no lo sabía. Como cada mañana Mami me había dejado el desayuno preparado. A las ocho y media había terminado mi zumo de naranja y una tostada de mantequilla, me había lavado los dientes y me había arreglado un poco el pelo, aún revuelto de la noche anterior. Pensé en Luna y entonces me volví a echar un poco de desodorante porque creía que ese olor serviría para impresionarla o, al menos, para llamar su atención. A esa hora ya había sucedido, pero yo no lo sabía.

Papá se despertó sobre las nueve menos veinte y me ayudó a vestirme. Me desdobló el pantalón de chándal, la camiseta de manga corta y una chaqueta que me quedaba un poco pequeña por las mangas. También me ayudó a ponerme el abrigo y los dos peleamos con la cremallera para que cerrase bien. A esa hora ya había sucedido, pero yo no lo sabía. Él también se vistió con rapidez y caminamos hasta el colegio porque nosotros siempre llegábamos puntuales. No hacía frío, pero el cielo estaba gris. De vez en cuando, un leve viento golpeaba con la delicadeza de una caricia. Me puse en la fila y me despedí de tati con un beso que más bien fue un roce de mejilla que sabía a costumbre. Él debía volver a casa y encargarse de las tareas del hogar. Esa semana no trabajaba porque habían pausado la obra. A esa hora ya había sucedido, pero yo no lo sabía.

Subimos a clase, como de costumbre y nuestra profesora, con gesto serio, nos comentó que algo había pasado. No nos dijo exactamente qué, pero nos avisó de que las clases podrían verse afectadas por los acontecimientos del día. Yo no lo entendí muy bien, pues aún me costaba captarlo todo cuando hablaban tan rápido, así que saqué los cuadernos, los libros y el estuche, colocándolos con precisión y algo de manía sobre la mesa. Entonces mi amigo Martín me lo repitió. «Algo ha pasado, pero tranquilo. Hoy tenemos examen de Lengua, ¿has estudiado?». Le respondí que sí y me di cuenta de mi, todavía pronunciado, acento rumano. La primera clase transcurrió con cierta normalidad. De vez en cuando miraba a Luna y ésta me hacía una mueca tonta con la cara que me provocaba una risa tímida. Entre asignatura y asignatura veía a las profesoras hablando con gesto preocupado, pero no nos volvieron a transmitir nada.

A la hora del recreo, cuando bajamos al patio, varios padres vinieron a recoger a sus hijos. Nadie dijo nada. No entendía por qué se iban. Entonces escuché pronunciar, entre la multitud, la palabra «atentado». No sabía lo que significaba. Después escuché la palabra «ETA», pero tampoco sabía qué era eso. Ese día no jugamos al fútbol porque nadie quería. Yo cogí el balón y me puse a patear a portería. Era el único niño que había en la pista. A esa hora ya había sucedido, pero yo no lo sabía. Por un momento pensé que mis compañeros estaban cabreados conmigo. Martín me miraba desde una esquina, algo extrañado. Luna ya se había marchado a casa sin despedirse. Los niños seguían yéndose a sus casas, casi corriendo. Yo seguía jugando hasta que vi a mi padre entrando por la puerta, serio, preocupado, caminando deprisa. Entonces entendí que algo grave había sucedido. Y no era algo que afectase a unos pocos, sino un hecho que nos afectaba a todos: rumanos, ecuatorianos, marroquíes o españoles. A todos. Y cuando salimos por la puerta, en dirección a mi casa, yo pensaba en el examen de Lengua de última hora, en Martín y en Luna.

Cruzamos la calle y papá no me decía nada. Todo el mundo repetía esa palabra en sus conversaciones: «Atentado». Sacó las llaves de su chaqueta y abrió la puerta. Cuando llegamos a casa, me miró y me dijo: «No sé nada de tu madre».

58

Ser inmigrante supuso perder gran parte de la identidad. Lo primero que me quitaron fue el nombre. Vivía en la constante pregunta de cuál era mi casa y, aún más difícil, de cuál era mi hogar. Cuál. Me torturaba pensando cómo estaría todo aquello que había dejado atrás. ¿Seguirían viviendo todos mis vecinos? Y por más que pasaban los días, no encontré una respuesta a muchas de esas preguntas.

En mi pueblo había una piedra que era muy grande y en la cual solía sentarme. Estaba ubicada junto al río. A menudo, desde ella, miraba cómo el agua corría y mojaba todo a su paso. Yo me sentía protegido ahí arriba porque nada me podía pasar.

En España no tenía una piedra así. Tampoco tenía mi refugio del manzano. Nada era mío y sentía que cualquier riada habría podido barrerme, con gran facilidad, de la faz de la tierra. Me dolía no acordarme exactamente de la voz de mis amigos. Tampoco lograba, por más que lo intentase, revivir el momento exacto de la despedida de mi casa. No conseguía visualizar cómo estaba vestido Eduard o con qué mano se despidió Bianca de mí o si Cassandra se quedó, como hacía siempre, tumbada en el felpudo. No lo recordaba.

Mi idioma era un balbuceo de nostalgia, las palabras que tanto amé, con las que crecí, se quedaron tras una puerta que era muy difícil volver a abrir. Incluso mi risa era diferente. Los huevos de Pascua, el aguinaldo por Navidad, la nieve en la cara, los muñecos que hacía con Eduard... ¿Cuántas piedras de carbón le pusimos? Todo se había quedado atrás para no volver nunca. Pero en esta nueva vida, sentía que no tenía nada que dejar atrás porque nada era mío. Ese sofá en el que lloré, esa ducha que me limpió el puño de sangre, no eran míos. Ser inmigrante era perder parte de la identidad porque comenzaba a vivir la vida que marcaba la sociedad. Y no podía salir de ese círculo porque no iban a dejarme. Al menos ese era el plan. Y el que se salía de ese esquema, ya no sabía en qué polo estaba: si en el extremo de los suyos o en el de los otros. Ya no sabía.

Quería gritar. Gritar fuerte porque teníamos sueños y parecía que todos se habían venido abajo. Dónde había quedado nuestro sacrificio. No sabíamos nada más allá de las explosiones, nada más que aquellos trenes reventados, nada más que las sirenas de las ambulancias que anunciaban catástrofes. Que anunciaban catástrofes. Mi padre no sabía responderme y yo tampoco sabía hacer las preguntas adecuadas. Nos mirábamos el uno al otro: *y ahora qué.* No podíamos hacer nada más que sentir la impotencia en cada pedazo de piel, en cada poro. No podíamos hacer nada por saber si mi madre estaba viva. Nada para sacarla de los escombros, si es que estaba en los escombros. Nada, nada, nada.

El 11 de marzo mi madre iba a su trabajo. El 11 de marzo mi madre estuvo en Atocha y nosotros estábamos llorando en casa. La única señal que teníamos de ella era esa maldita voz que repetía y repetía: «El teléfono al que llama está apagado o fuera de cobertura».

59

El 11 de marzo no hubo niños jugando en la plaza. El silencio reinaba en cada rincón de mi barrio. Las informaciones se iban multiplicando y en la televisión repetían constantemente palabras como «yihad» y «Al-Qaeda».

En casa, nos enfrentábamos a una situación que no teníamos prevista. No pasaba por nuestra cabeza que algo así nos pudiera suceder. Ni por la nuestra ni por la de nadie. Tal vez éramos demasiado ingenuos. Había una parte de mí que me decía que estuviera tranquilo, que mi madre era una mujer fuerte, pero otra se estaba preparando para lo peor. Supongo que a mi padre le pasaba lo mismo. En el teléfono seguía repitiéndose el mismo mensaje del contestador. Una y otra vez. En aquel instante deseé que mami hubiera grabado su voz. Esa voz que tanto me había calmado y me había ayudado. Esa a la que le debía mi vida. Recordé aquella noche en la que tuvieron que llevársela al hospital y un escalofrío me hizo temblar. Debíamos esperar, pero nadie estaba preparado para la espera. Nadie.

Las víctimas mortales y los heridos crecían cada hora. Dentro del caos había muchos rumanos. Eso era lo único que sabíamos sobre mi madre: que en los trenes había muchos rumanos. Se repetía aquella imagen de los vagones reventados. Una y otra vez. Aparecían caras ensangrentadas, pero ni rastro de un rostro conocido. Volví a pensar en mi país. En el pueblo no pasaban estas cosas, más bien al contrario, en el pueblo no pasaba nada. Creo que ninguno de los que vivíamos allí éramos conscientes de que en el mundo había personas capaces de matar así, de esa forma. De hecho, cada vez que nos sucedía algo relevante, se convertía en asunto de Estado. Los vecinos lo convertían todo en catástrofes. Recuerdo una vez cómo una de las vacas de *tanti* Mili se cayó al lago y murió ahogada. Hizo falta una grúa para sacarla y todo el pueblo estaba revuelto, cuchicheando sobre qué pasaría con la mujer, que vivía de vender leche y quesos. Ese tipo de sucesos daban para muchos días de conversación. Aquel, en concreto, duró varios meses. Unos decían que era normal, claro, porque el alcalde debería haber vallado el lago. Otros echaban la culpa a la pobre mujer, por no educar a su vaca. Otros decían que era culpa de los americanos. Otros de los rusos. Y así funcionaban las cosas. Pero nadie, ninguno de ellos estaba preparado para enfrentarse a un atentado. *¿Alguno, de todos aquellos, habrá pensado en nosotros al ver las imágenes por televisión?* Pronto lo sabría.

Todo ocurrió con bastante rapidez. La llamada de la embajada nos vino de improviso. Como si nos lanzaran un gramo de esperanza, nos dijeron que fuésemos al hospital Doce de Octubre de Madrid. Pero no nos bastaba, preguntábamos una y otra vez por mi madre a nuestro interlocutor hasta que nos dijeron y nos repitieron varias veces que no nos preocupásemos, que no nos preocupásemos, que estaba bien, que estaba bien. Que no nos preocupásemos porque estaba bien. Vi como el gesto de dolor de mi padre se convertía en alivio. Respiró y se sentó en el sofá. Entonces me miró y me abrazó con una calidez con la que nunca me había abrazado antes. Me puse a llorar como el crío que era. Mami estaba bien. *Pero ¿qué hacía en el hospital?* Quería verla ya. No quería demorarme más y mi padre tampoco. Nos fuimos con lo puesto.

Del trayecto solo recuerdo que cambiamos varias veces de autobús. La puerta de urgencias del hospital era otro caos. Había mucha policía y cuando vi las patrullas me entró miedo. *Ojalá no nos pregunten nada. Ojalá no nos pregunten nada. Ojalá no nos pregunten nada.* Era lo que me repetía una y otra vez. Entramos sin hacer ruido, como siempre. Es curioso, pero aun en esos momentos tenía miedo a que me echaran de España.

Hasta ese instante, no había ido a un hospital. Cruzando varias puertas automáticas, divisamos a mi madre sentada en una silla de ruedas, mirando a la nada. Estaba bien, no tenía rastros de sangre ni de heridas. Estaba bien, pero no nos miraba. Estaba bien. Mi padre se acercó casi corriendo y, agachándose, le cogió las manos. Yo hice lo mismo. Del impacto, la silla se desplazó unos pocos centímetros hacia atrás y fue entonces cuando ella nos miró. Le hacíamos preguntas, le decíamos palabras, pero parecía que no nos escuchaba ni nos reconocía. Mi madre estaba en una especie de shock. Miraba, pero no veía. Oía, pero no escuchaba. Su cabeza estaba en otro lado. Tal vez en lo que vio en Atocha. O tal vez no estuviera en ningún lado.

Enseguida se acercó una doctora, junto a una chica de la Embajada de Rumanía para contarnos qué era lo que ocurría. Mi madre estaba en la estación cuando todo sucedió. No sabían exactamente en qué punto ubicarla, pero estaban seguras de que lo había visto todo. Mamá debió de asustarse tanto que huyó. La habían encontrado fuera de la estación escondida entre dos coches aparcados. Estaba agazapada, como esperando a algo o a alguien. Los servicios de emergencias pudieron identificarla porque llevaba encima su documentación. Parecía que había sufrido un shock y se había quedado paralizada. Nos dijeron que era común en personas que vivían emociones muy fuertes. Nos explicaron que, con un poco de suerte y mucha ayuda, se recuperaría poco a poco. Entonces, pegado a la manga del abrigo de mi padre, entendí que mi madre estaba bien, pero no era mi madre. Luego nos dijeron que la embajada se haría cargo de todo. Eso nos dijeron. Pero no sabíamos qué querían decir con eso.

Después de varias horas en las que mi padre tuvo que rellenar algunos papeles y autorizaciones para las pruebas que tenían que hacerle a mamá, nos dijeron que podríamos irnos a casa. Mi madre estaba bien, pero no era mi madre. Debíamos dejarla en observación algunos días, hasta que los médicos considerasen que podía tratar de volver a una vida que debería ser normal. Nos dejaron acompañarla hasta una habitación, aunque no sabría decir qué número ni qué planta. La ayudaron a incorporarse para tumbarla en la cama. Entonces la silla se movió varios centímetros, como si le quitasen un gran peso de encima.

Tenía la sensación de que mamá caminaba por impulsos. Como un robot que tiene que moverse porque sí. En sus piernas no había naturalidad, tan solo una dejadez muy cansada. Tratábamos de hablarle de nuevo, de decirle, de indicarle, pero no había respuesta. Nos quedamos con ella hasta que nos dijeron que debíamos marcharnos.

El hospital olía a sangre y a muerte en cada esquina. A veces se escuchaban los gritos de familiares y me estremecía de tal manera que hubiera deseado estar en cualquier otro sitio antes que ahí. Nos costó despedirnos, pero papá prometió que volveríamos al día siguiente. Le di un beso y sentí en los labios su frente mojada por el sudor. Antes de abandonar el cuarto eché la vista atrás hacia la cama de mamá, que estaba en la misma postura rígida, mirando a la nada. El nudo de mi garganta se transformó entonces en un mar de lágrimas, mientras la chica de la embajada, Alina, nos acompañaba hasta un taxi.

Vino con nosotros hasta nuestro portal. Salvo tres o cuatro frases de formalidad, viajamos en silencio. Tardaríamos en llegar unos cuarenta minutos. El taxista nos miraba de reojo de vez en cuando. Creo que intuyó lo que había pasado y se imaginó que éramos inmigrantes en cuanto escuchó a papá hablando con la chica. Sus ojos mostraban una gran pena, como si quisiese pedirnos perdón por algo. Pero no era culpa suya. No era culpa de nadie. No era culpa de España.

Cuando llegamos al destino, antes de bajarnos, Alina nos tendió una tarjeta con su número de teléfono. Nos repitió que la embajada se encargaría de todo y tati pareció dedicarle una media sonrisa de agradecimiento. La misma que nos regaló el conductor del taxi antes de encender el motor y perderse por las calles de aquella ciudad de luto.

Al abrir la puerta y ver el sofá vacío, volví a pensar en mamá. Mi madre estaba bien, pero no era mi madre. Me hubiese gustado verla ahí, acariciarle la cabeza hasta que se quedase dormida. Como ella hacía conmigo. Papá dejó las llaves sobre la mesita de la entrada y odié el ruido que hicieron. Ojalá mamá estuviese dormida, soñando con la brisa de los días de primavera que sentíamos en el pueblo cuando plantábamos patatas y cebollas en nuestro pequeño huerto. Ojalá que sí. ¿Volvería a ser la mujer que era? Ojalá que sí. Entre silencios, junto a una situación que no sabíamos cómo afrontar, me dormí antes de la hora habitual, deseando levantarme de la cama, en algún momento de la noche, y decirle a mi padre: «Tati, volvamos a Rumanía». Pero no lo hice. Nunca lo hice. Y menos mal.

60

Visitábamos a mamá cada día y, a medida que iban pasando las semanas, me preocupaba no ver en ella señales de mejoría. Cuando papá se puso a discutir con los doctores, el acento rumano se le marcaba tanto que me dio un poco de vergüenza ajena. Lo tranquilizaron recordándole, una vez más, que el proceso iba a ser lento y que la paciencia era fundamental. Pero papá no sabía lo que era la paciencia y ya no estaba dispuesto a esperar.

Tati había dejado de trabajar durante esas semanas y el dinero volvía a escasear, pero no importaba. Nada importaba. Cada vez que llegábamos a la habitación de mamá, yo agarraba su mano y la ponía sobre la mía. Caía como si fuese un cuerpo sin vida. Un peso muerto. Entonces le acariciaba la piel como con miedo de que se fuese a algún lado. Quiero creer que conectaba con mi madre de alguna manera natural, que lograba meterme dentro de ella y despertarle sentimientos que, por distintas razones, ella no lograba materializar en ningún acto.

Tenía la piel más suave que de costumbre. Tocarla era como acariciar las alas de un pájaro. A veces, en Rumanía, cuidábamos de aquellas golondrinas que no habían podido huir del invierno. Las alimentábamos con pan y agua porque era lo único que nos podíamos permitir darles. Las acariciábamos y, como no podían volar, mamá preparaba un pequeño nido de mantas donde se refugiaban. Pero, de todas ellas, tan solo unas pocas lograban salir con vida. Mamá nunca me dejaba ver sus cuerpos inertes y me contaba la mentira piadosa de que, de la noche a la mañana, habían decidido volar a los países cálidos. Pero yo sabía lo que pasaba, aunque no decía nada. Mi madre era una golondrina que saldría con vida de ese invierno. Seguro.

Todos mis compañeros del colegio se enteraron de lo ocurrido y rara era la mañana en la que no me preguntaban por ella. Martín supo ser un gran amigo y esos días me mostró una solidaridad, un cariño y una empatía que yo desconocía. Sin pedirme nada a cambio, me ayudaba con los deberes y, cuando veía un mínimo atisbo de tristeza en mi rostro, trataba por todos los medios de animarme. Me emocionaba mucho sentirme uno más y percibía que ya no existía ninguna diferencia entre nosotros. Al mismo tiempo, Luna también me cuidaba. En algunas clases se sentaba a mi lado y se preocupaba de que anotase en la agenda todos los deberes o de que mis apuntes estuviesen en regla. Lo cierto es que iba a clase con la cabeza en otro lado y, a menudo, viajaba hasta la habitación de hospital de mi madre y todo lo que había a mi alrededor se transformaba en un ruido blanco del que solamente mis amigos sabían cómo sacarme. Estando mamá tumbada sobre la cama del hospital, empecé a hablarle sobre Luna. Pude terminar la conversación que teníamos pendiente y le conté todo. Lo mucho que me gustaba mi compañera, las ganas que tenía de verla todos los días y las miradas fugaces que me lanzaba de vez en cuando. Deseaba que, en aquel momento, mami me mirase y me dijese algo al respecto. Agarré su mano y ella no desvió su mirada del techo. Le susurré que ya estaba seguro de que se lo contaría todo a mi amiga, al día siguiente. Pero la esperanza de que mamá reaccionase a algo que, para mí era tan importante, se evaporó a los pocos segundos llenos de silencios. Entonces volví a sentirme solo, sin nadie a quien confesarle todas las cosas que sentía.

Una tarde de principios de abril sonó el teléfono de mi padre. Me sorprendí un poco cuando me dijo que respondiese yo. El número que aparecía en la pantalla era de Rumanía. Entonces, al otro lado, una voz que conocía muy bien me preguntó qué tal estaba entre risotadas de emoción. Miré a papá y me dedicó el gesto cómplice de una pequeña sonrisa desde el otro lado de la habitación. Era mi amigo Eduard. Lo primero que hizo fue preguntarme por mamá. Con cierta tristeza en la voz, le conté que me recordaba a una de esas golondrinas de invierno y él entendió perfectamente qué era lo que quería decir.

Su voz, poco a poco, se fue volviendo calmada y me dijo que lo sentía mucho, que seguro que saldría adelante y que rezaba por ella cada día. También me comentó que incluso los domingos en la misa, el cura del pueblo la recordaba y pedía a Dios por su mejoría. La simple idea de que no nos habían olvidado me emocionó mucho. Pero luego empezó a hablarme sobre el pueblo. Me explicaba, con todo detalle, lo verde que se estaba poniendo la montaña, el deshielo del río y el sol que volvía a llevar a la vida aquellos sitios que ambos compartíamos. Me dijo que mi manzano estaba empezando a tener flor y que este año recolectaría las manzanas por mí. Él se encargaría de hacer un vino riquísimo que nos mandarían por paquete. Además, su papá y mi perra Cassandra se habían hecho buenísimos amigos y, de vez en cuando, lo acompañaba cuando salía a cazar. Al fondo, escuché cómo la llamaba y cómo ella le dirigió unos pequeños ladridos.

Me dijo que él mismo solía entrar en mi casa a comprobar que todo estaba en orden. Su padre le prestaba la llave y se la devolvía después de ir habitación por habitación, fijándose detenidamente en que nada había ocurrido más allá del cúmulo de polvo o de la aparición de ciertas telarañas.

Después, sin parar a respirar, empezó a hablarme sobre el colegio. Casi podía sentir lo duros que estaban aquellos asientos de madera, el frío de las clases, el olor de los cuadernos y el sabor del pan con leche que nos daban. Me acordé de la campana y de cómo la hice sonar aquel día. Eduard me dijo que el señor Petrescu se jubilaría a finales de ese curso y que se hablaba de que una nueva profesora que había estudiado en Austria sería su sustituta. Durante un buen rato, seguí hablando con mi amigo sobre todas las cosas que nos habían pasado a lo largo de todo aquel tiempo que llevábamos separados. Le conté cómo era España, cómo era el colegio, le hablé de Martín y de Luna y le enseñé a decir algunas palabras en español. «Amigo», repetía al otro lado del teléfono. Entonces yo me reía porque su acento sonaba muy forzado.

Hablamos cerca de una hora, pero antes de colgar nos prometimos que trataríamos de llamarnos cada mes y yo me apunté en un papel el número de teléfono de su padre. Lo llamaría desde las cabinas del locutorio. Justo en el momento antes de colgar, entendí que Eduard iba a estar ahí todos los días de mi vida, sin importar el lugar del mundo en el que nos encontrásemos cada uno. Por poco se le olvidó transmitirme los buenos deseos y recuerdos de todos mis amigos. Además, me anunció que Bianca solía hablar sobre mí, frecuentemente, que había ganado el concurso literario de aquel año y que, cuando le dieron el premio de los libros, dijo que me enviaría uno a España. Entonces sonreí, tímidamente, y antes de colgar, le hice prometer a Eduard que le diría a su padre que seguía guardando el librito de madera que me había regalado aquella tarde, y que le enviaría un saludo y mi enhorabuena a Bianca.

Cuando corté la llamada me invadió una sensación de paz que necesitaba. Tenía el pecho lleno de una cosa tan simple como el aire y notaba que respirar era posible y fácil. Todos estaban bien. No nos habían olvidado. Esa era, en parte, nuestra victoria. Papá me estrechó entre sus brazos y me besó la cabeza. Cuando lo miré, me contó cómo habíamos llegado a España. El papá de mi amigo Eduard había sido quien nos había prestado el dinero para el viaje. Papá y mamá estaban pensando en vender la casa cuando él apareció y les dijo que no cometiesen ese error. Entonces, sin que nadie más lo supiese, ni siquiera su mujer, tomó la decisión de creer que otro futuro era posible para nosotros.

Mis ojos se inundaron de lágrimas y entendí que la mejor forma de agradecerle al señor Virgil lo que había hecho por nosotros era intentarlo. Intentarlo hasta las últimas consecuencias. Me separé de papá y no hizo falta hablar porque, de repente, otra llamada hizo vibrar el mueble. Esa vez no era mi amigo, sino Alina. Llamaba para contarnos aquello que, efectivamente, nos iba a cambiar la vida.

61

No éramos conscientes de que, realmente, nuestra
vida no estaba en nuestras manos sino en las de
otros. Huimos de los puños, pero nos encontramos patadas.
Fue curioso, el teléfono siempre había sido un bien muy caro
para nosotros, pero en ese momento sin él no podíamos movernos. Cuando vi ese número tan largo en la pantalla, miré
a mi padre en busca de auxilio. Él se acercó y contestó, con
voz firme aunque relajada.

Desde que había pasado lo de mi madre, sentía que tati
estaba enfocando la vida de otra manera. Ya no peleaba contra
viento y marea, sino que se había aliado con ellos porque era
luchando desde dentro como íbamos a conseguir no volver
a pasar hambre. Por eso su voz, a menudo, era tan tranquila
como un soplido. Creo que esa era la única forma que tenía
para luchar por la recuperación de mamá. Si por alguna casua-

lidad no le había quedado claro que su vida no funcionaba sin que mamá estuviese a su lado, estaba aprendiendo la lección.

Alina me transmitía una enorme sensación de seguridad. Desde el primer momento, sentí que se preocupó mucho por nosotros. Y su preocupación iba más allá de su trabajo. No lo sabíamos, pero después de esa llamada no volveríamos a hablar con ella. Al principio no supimos cómo enfocar la noticia. Digamos que las pocas cosas buenas que nos habían pasado habían sido muy efímeras, tanto que apenas habíamos podido disfrutarlas. Las tragábamos sin masticarlas mucho. Y por ello no sabíamos cómo alegrarnos. No lo sabíamos.

Habló con mi padre poco rato. No tendría tiempo, supongo. Tendría que hacer más llamadas, supongo. Cuando colgó el teléfono, antes de decirme nada, papá miró fijamente la foto que mamá y yo nos hicimos debajo de aquellas torres en Madrid y que había impreso y dejado sobre la mesita del salón, junto a la tele. Supuse que lo que iba a decir era malo. *Nos van a echar de España,* pensé. Después me miró y se acercó para estrecharme, de nuevo, contra su cuerpo. Seguía en silencio, pero me apretaba con cierta rabia, aunque también percibía una felicidad implícita en toda aquella escena. Entonces papá me anunció que nos iban a dar los papeles.

A nosotros. Nos iban a dar los papeles y entonces dejaríamos de ser ilegales. Y todo gracias a mamá. Y todo por el sacrificio que mi madre estaba padeciendo. Mami, mi mami. Me quedé callado porque no me salían las palabras. Pensaba que mamá estaba teniendo que enfrentarse a la guerra para que encontrásemos la paz y esa sensación agridulce me rompía por dentro. Y a papá también. ¿Merecía la pena ver a mamá así?

No correríamos más para huir de la policía, ya no saldríamos con miedo a la calle, podría hacer una vida normal, como mis compañeros de clase. Tal vez apuntarme a fútbol, tal vez a clases de guitarra. Qué se yo. Podría alquilar libros de la biblioteca municipal porque nos iban a dar los papeles. Así lo llamaban: «Los papeles». Y no eran más que eso. Como si el derecho a vivir fuese un motivo de debate. Eso eran los papeles. Nada. Pero, al parecer, esa nada pesaba más que cualquier otra cosa del mundo. Dejaría de ser un inmigrante ilegal y pasaría a ser solo un inmigrante. Mis padres podrían encontrar trabajo y, en lugar de ganarse la vida, podrían tratar de vivirla. Aunque mi madre tardase un poco más.

Nos vestimos y nos marchamos al hospital. Debíamos ver a mamá y contarle. Cuando llegamos, tati se acercó a ella con cuidado y le tocó el antebrazo para hacerle saber de su presencia. Yo observaba toda la escena desde la puerta, sin decir nada. Entonces le susurró que ya se había acabado y rompió a llorar, porque mi madre era un océano. Mi madre era un mundo. Y ese mundo estaba lejos. No sabíamos dónde. Pero cuando mi padre le siguió contando, ella giró la cabeza, aunque muy poco, porque dentro de su océano había una lucha y esa nada que mi padre le contó, para ella significaba tanto, tanto... Le sirvió para aferrarse a un nuevo clavo, para tener esperanza y, casi sin quererlo, esbozó una pequeña y tímida sonrisa.

A partir de ese momento, mi padre y yo supimos que mi madre iba a recuperarse. Pero ¿cuándo?

62

Año 2012

ogí el metro en Leganés Central. Eran las ocho
y treinta y dos de la mañana. Tardaría unos veinte
minutos hasta mi parada. Llevaba colgada del hombro una
mochila que apenas pesaba. El asa me molestaba un poco
porque aún seguía algo quemado del verano, pero podría
soportarlo hasta que se hiciese un hueco a mi alrededor para
poder dejarla. Dentro tenía un cuaderno y cinco bolígrafos.
Hacía ya tiempo que había adquirido esa pequeña manía de
llevar conmigo tres de color azul y dos negros. O cuatro
azules y uno negro. O dos azules y tres negros. Cualquier
variante me valía. Manías de uno, supongo.

El metro estaba a rebosar de gente. Había muchos jóvenes. Estudiantes probablemente. Casi todos llevaban sus

cascos puestos y andaban metidos en sus reproductores de música. Para muchos de ellos era el primer día de universidad. Para otros no. Nunca pensé en que yo podría ir a la universidad. En el pueblo, decir la palabra abogado era soñar. A mi alrededor se iban formando pequeños grupos de compañeros que parecían saludarse sorprendidos por los estragos del verano. También vi a varias parejas besarse entre los vagones. Entonces pensé que pronto yo sería igual que todos ellos. Saqué mi móvil y vi el mensaje que Martín me había enviado, antes de entrar a trabajar al taller. Me recordaba la vez que, en lugar de pedir un archivador, pedí un *chimador* y todo el mundo estalló en carcajadas. Me invadió cierta nostalgia. Luego sonreí cuando leí que el fin de semana celebraríamos que ya me había convertido en un *gafapasta* universitario. Él se encargaría de avisar a Luna y a los demás.

El tren frenó ligeramente y alguien me pisó mis Converse nuevas, pero no hice más que una mueca en señal de aceptación a la disculpa. Al salir de la estación, caminando por el campus, vi la hierba cortada y anduve por debajo de los árboles que hacían sombra. Todo parecía estar listo. Entonces pensé en mi infancia. Y fue la última vez que pensé en ella. Añoraba mi pueblo. Añoraba a mi gente. Estaban muy orgullosos de mí. Me acordé de mi amigo Eduard y de que la última vez que hablamos había sido cuando murió su padre. No pudimos ir al entierro. Desde el día en el que me marché del pueblo, no había vuelto. Luego pensé en Bianca y en la foto que me regaló antes de irme. Siempre la llevaba dentro de la cartera, tan doblada que ya no se veía bien lo que me había escrito, aunque con un poco de acierto, podías adivinar en su letra infantil un mensaje claro y tierno: «Vuelve pronto». Seguí caminando hasta el aulario. Entré y escuché el ruido. Ya empezaba.

Antes de salir de casa había desayunado con mis padres. Mi madre se preparaba para ir a trabajar y mi padre para salir a echar currículums, otra mañana más. Llevaba tres años en el paro, pero con lo que mamá ingresaba podíamos salir adelante. Los dos me besaron y mi padre se echó a llorar un poco, aunque se contuvo bastante. Mi madre se burló de él, pero en el fondo ella también se hallaba al borde de las lágrimas. Estaban orgullosos por la beca que había conseguido y porque nunca había parado de luchar.

Me despedí de ellos quitándole importancia al asunto, con la simpatía de un adolescente con prisas. Antes de abrir la puerta les sonreí y les guiñé un ojo. Bajé las escaleras de dos en dos por no llamar al ascensor. Cuando llegué abajo, dejé que la puerta del portal se cerrase lentamente tras de mí y, como si se tratase de una revelación, pensé en lo que me dijo mi madre aquella noche antes de marcharnos del pueblo: «Cuando seas mayor, entenderás por qué nos fuimos». Y así era. Lo había entendido todo.

Agradecimientos

Mamá, papá, vuestra lucha, vuestro sacrificio y vuestro ejemplo han hecho de mí el hombre que soy. Os agradezco, infinitamente vuestra valentía. Lo teníais todo en contra y habéis conseguido sobrevivir. Os lo deberé toda la vida.

Eduard, pajarito, te dije que ibas a ser muy importante en mi novela y ahí lo tienes. Ojalá cuando seas mayor entiendas un poco más a tu hermano.

Marisa, lo he vuelto a hacer. Gracias por todo. Te debo tantas cosas que no sé si algún día podré ser capaz de recompensártelas.

Rafael, me acuerdo de ti cada vez que escribo.

Mon, sin tu trabajo nada sería posible. Gracias por confiar en mí y apoyar este libro desde el principio. Te dije que lo editases como si lo hubieses escrito tú y así lo has hecho.

David, fue en aquella conversación que tuvimos en el taxi de Barcelona cuando supe que debía contar esta historia. Te lo agradezco en el alma.

Gonzalo, Mar, Alfonso, Irene, Rita, Pablo y todo el equipo de Random House: sois mi casa.

Soraya, Marti, Sara, os agradezco infinitamente vuestra amistad. Sois parte de este libro.

Elisabet, Javi, Héctor, Fátima, José, Celia, Irati, Alex, Juanin, Nico, Añil, Domínguez, Manu, Alex y todos mis amigos de Rumanía, no me faltéis nunca.

A mis tíos de Rumanía y a sus familias: Razvan, Ni, va multumesc pentru ca m-ati ajutat atunci cand aveam nevoie.

Yolanda, gracias. Tú sabes los motivos.

Noelia, Elena, gracias por ese vino y esa conversación sobre la Cruz Roja y la importancia de los profesores.

Me acuerdo de las decenas de familias rumanas con las que me he cruzado a lo largo de estos dieciséis años y cuyas historias han inspirado algunas partes importantes de este libro.

Probablemente nunca vayáis a leerme, probablemente ya no os acordéis de mí, pero yo os he tenido presentes y os llevaré conmigo toda la vida. Os abrazo allá donde estéis.

Querida lectora, querido lector. Este libro es mi mayor apuesta. Debo ser fiel a lo que me pide el alma y escribir sobre ello. Lo he hecho lo mejor que he sabido. Os entrego esta historia, mi historia y la de millones de personas, y siento que una parte de mí se va con todas y todos. Espero que sepáis perdonarme el tiempo que os he hecho esperar. Os envío este abrazo hasta la parte del mundo desde la que me leáis. Ya sabéis, ojalá volvamos a leernos en otra ocasión.

Este libro
se terminó de imprimir en España
en el mes de septiembre de 2019